NIGHTS OF THE LIVING DEAD

ナイツ・オブ・ザ・リビングデッド

ジョナサン・メイベリー、ジョージ・A・ロメロ［編著］

ジョー・R・ランズデール、クレイグ・E・イングラー、ジェイ・ボナンジンガ、
マイク・ケアリー、ジョン・スキップ、ジョージ・A・ロメロ、ライアン・ブラウン、
デイヴィッド・ウェリントン、マックス・ブラリア、キャリー・ライアン
阿部清美［訳］

NIGHTS OF THE LIVI[illegible] : An Anthology
EDITED BY JONATHAN MABERRY AND GEORGE A. ROMERO

竹書房文庫

画期的なアンソロジー『死霊たちの宴（うたげ）』（クレイグ・スペクターとの共同編集：一九九八年／東京創元社刊）で〝ゾンビ文学〟なるジャンルを築いたジョン・スキップ。彼に本書を捧（ささ）ぐ。スキップ、君はずっと我々の仲間だ。

そして、いつものように、サラ・ジョーへ。　ジョナサンより

スザンヌ・デスロチャー・ロメロへ。　ジョージより

死者の章 目次

NIGHTS OF THE LIVING DEAD

CONTENTS

生者の章　収録作品

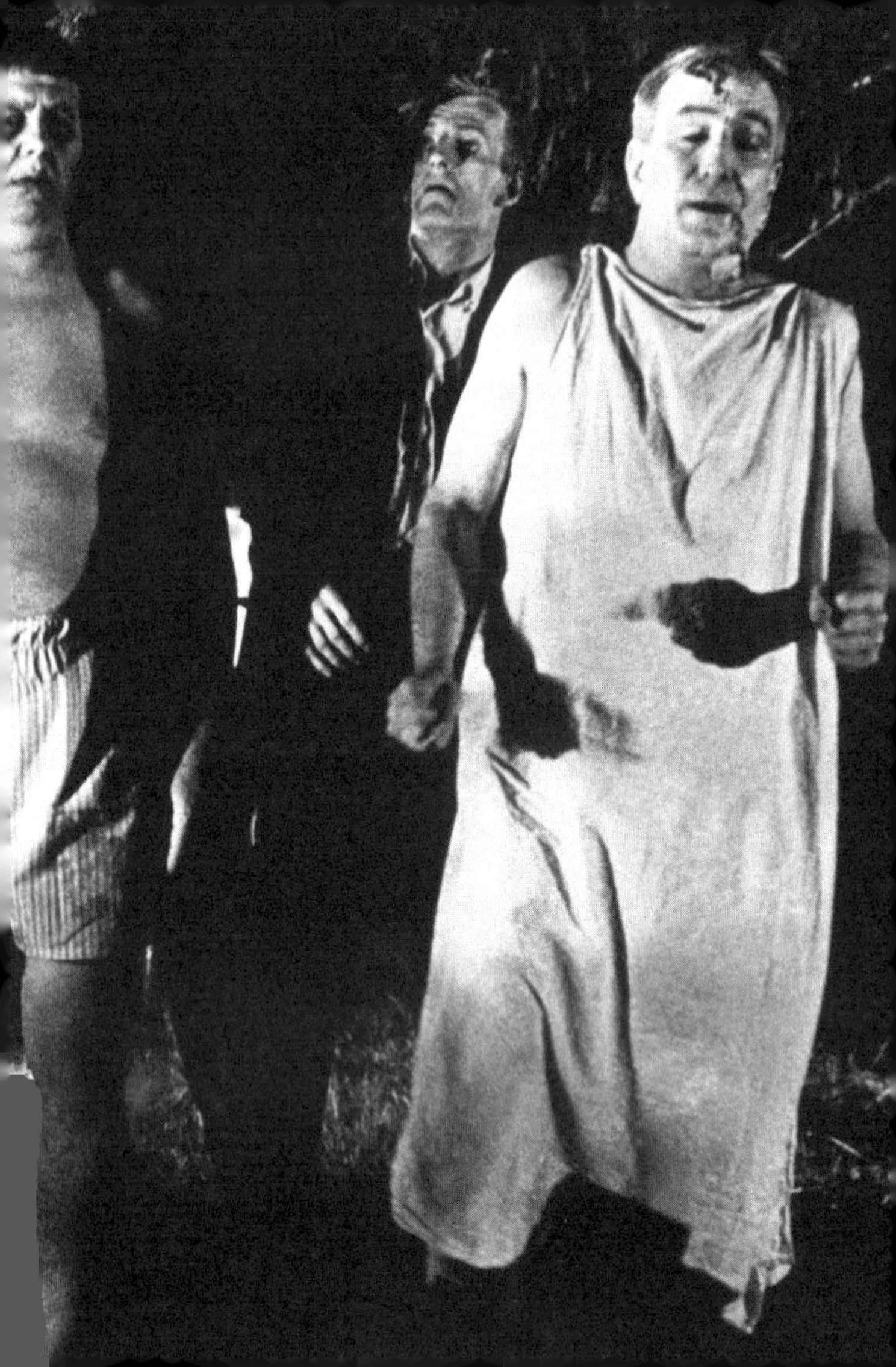

ナイツ・オブ・ザ・リビングデッド

謝辞

映画『ナイト・オブ・ザ・リビングデッド』で、当時誰も予想していなかった一大ジャンルの礎を築いてくれたジョージ・A・ロメロとジョン・A・ルッソに深く感謝する。また、本書の企画に手を差し伸べてくれたセント・マーティンズ・グリフィンのマイケル・ホーマーに謝意を表す。現代出版業界の奇妙で危険な情勢の中、このプロジェクトを導いてくれた我々のエージェント、サラ・クロウ、デヴィッド・ガーシュに礼を述べたい。そして、この世で最高の毒舌アシスタントでいてくれたダナ・フレドスティ、本当にありがとう。

序説：ナイツ・オブ・ザ・リビングデッド

この映画の成功は、
誤った解釈によるところが大きいと私は今でも信じている。
我々はラッキーだった。そして、その幸運はさらに続く。

――ジョージ・A・ロメロ

五十年前、私は友人たちを何人か説得することができた。自分たちは、真面目(まじめ)に、正真正銘の長編映画を作れるかもしれないぞ、と。
当時、我々はペンシルベニア州ピッツバーグにいた。それまで、ピッツバーグの人間が映画を作ったことはなかったと思う。生まれも育ちもニューヨークシティだった私は、まさに『ウエスト・サイド物語』の〈シャーク団〉や〈ジェット団〉のごとく、ギャング団の縄張り争いが日常茶飯事(さはんじ)だった頃、ブロンクスのパークチェスター地区をうろうろしていたものだ。近隣では、〈ゴールデン・ギニース〉が幅を利かせていた。連中はイタリア系ギャング団で、私は〝ラテン野郎〟だと思われていたらしい。そのせいで、ことあるごとに彼らからいちゃもんをつけられていた。

父は、世界で最も偉大な人物だ。私が進学する時期には、仕事を三つ掛け持ちし、必死で育ててくれた（ちなみに私は彼のひとり息子だ）。

この〝世界一偉大な〟父は、〝カスティーリャ系スペイン人〟であることを自負しており、一家はラ・コルーニャの出身だった。彼の両親は、華々しき頃のキューバに渡り、成功を手にして私の父やその兄弟をニューヨークへ送り出した。そこで父はリトアニア人女性のアン・ドボルスキーと出会い、やがて二人は結婚。彼らの間に生まれたものの、私はスペイン語もリトアニア語も覚えぬまま成長し、習得した言語はアメリカ英語のみ。それも、ニューヨーク英語、厳密にはブロンクス訛りで話す。

近所のイタリア人たちも同じで、話すのはブロンクスアクセントの英語だった。生粋のニューヨーカーだったものの、いかんせん、私の名前が「ロメロ」ゆえ、連中に〝ラテン系アメリカ人〟だと考えられていた（ロメロ姓はイタリアが起源だとも言われるが、当時、ラテン系俳優シーザー・ロメロが大人気だったこともあり、ロメロ＝ラテン系と思う人が多く、私もその例に漏れることはなかったのだ）。

しかしながら、私はラテン系のハーフに過ぎないのではないか？　いや、父親の言葉に従えば、私には〝ラテン〟の血など全く流れていない。というのも、あの頃、〝ラテンアメリカ人〟は〝プエルトリコ人〟を意味していたからだ。恥ずかしながら、スペイン人の父は、「自分は、ニューヨークを〝下水道のようなひどい街〟にしてしまった〝下劣なプエルトルコ人〟とは全くの無関係」というスタンスの持ち主だった。

だから、ご想像の通り、〝レッテル〟なんて私にとっては大した意味などない。

数年後、ジョン・ルッソと一緒に処女作の脚本を書いた際、我々は主人公を有色人種としては表現していなかった。執筆時、自分の頭の中では、そのキャラクターは〝白人〟だった。オーディションを受けたデュアン・ジョーンズはアフリカ系アメリカ人だったが、ギャラがわずかな予算に見合うことだけでなく、突出した演技力で文句なしの採用となった。

脚本の書き換えはしなかった。デュアンが自分でセリフを調節し、ジョンと私がもともと描いていた〝粗暴なトラック野郎〟とは違ったキャラクターを作り上げてくれたのだ。しかも、それが物語の展開に障ることは全くなかった。主人公ベンは、白人の設定でも最後に悲惨な結果を迎える予定でいたが、黒人になっても結局同じ運命をたどる。あの人物は、いわゆる〝偶然の産物〟だったのだ。

＊　＊　＊

映画『ナイト・オブ・ザ・リビングデッド』（当初は『ナイト・オブ・ザ・フレッシュイーターズ』と呼んでいた）の最初のプリントを車のトランクに入れ、ニューヨークを目指してペンシルベニア州の高速道路を走っていたとき、マーティン・ルーサー・キングが暗殺されたというニュースが製作担当のラッセル・ストレイナーと私の耳に飛び込んできた。不幸にも、その事件があって……永遠に……私の処女長編作は、人種差別的だと捉えられるようになってしまった。意図的に人種的な偏見を盛り込んで、この映画を作ったのでは決してない。異常な事態に陥った少人数グループの話で、彼らの間に生まれた不和を解決することができず、自分たちの死を招く結果となるというのが、我々が描こうとした内容だ。

この映画の成功は、誤った解釈によるところが大きいと私は今でも信じている。我々はラッキーだった。そして、その幸運はさらに続く。

ゾンビは、ホラー映画専門誌『フェイマス・モンスターズ・オブ・フィルムランド』（一九五八年から八三年まで発行）に登場する常連となり、もう長いこと、モンスターとして不動の人気を維持している。『私はゾンビと歩いた！』(43)や『恐怖城（再公開・ビデオ邦題『ホワイト・ゾンビ』）』(32)など、古くからゾンビは存在していた。五〇年代に人気を博したアメリカのお笑いコンビ、アボットとコステロも、彼らのコメディ映画シリーズで一度や二度、ゾンビに遭遇しているはずだ。

しかしながら、ジョンと私が『ナイト・オブ・ザ・リビングデッド』の脚本を執筆しているとき、自分たちのモンスターを〝ゾンビ〟だと考えたことはなかったし、そう呼んだりもしていない。そいつらは死人のくせに蘇り、生きた人間の肉を食らうという不可解な設定で、こちらが付けていた名前は〝グール〟だった。

ところが、「この映画は、後代に大きな影響を与える重要な一作だ」などとあちこちで書き立てられ、記事という記事が私たちのクリーチャーを〝ゾンビ〟と呼んだため、私の方が折れざるを得なかったのだ。それから十年後に続編『ゾンビ（原題：Dawn of the Dead）』の脚本と監督を務めたが、そこで初めて私は〝ゾンビ〟という言葉を使った。

今日、ゾンビはすっかりポップカルチャーの一部として定着し、光栄なことに、私はこのジャンルのゴッドファーザー的存在だと見なされている。

偉大な先人が大勢いる中で、そのように考えてもらえる事実がいかに誇らしいか、言葉では簡単に言い表わせない。これまでの人生を映画に捧げてきた老輩として、長年にわたる賛辞も素直にありがたく受け入れられるようになったものの、ゾンビ界の大御所という位置づけは、どうにも不相応に思えてしまう。

とはいえ、私はこのジャンルが好きでたまらなく、いつも関わっていたいのだ。ゆえに、今もゾンビ映画を作ることができる自分が大変恵まれていると感じずにはいられない。このアンソロジーは、偶然ではなく、確固たる意志と目的を持ってこのジャンルに飛び込んできた作家たちの短編集であり、その序文を任せてもらえるとは、これまたなんと幸運なことか。現在の境遇に導いてくれた数奇な運命に、私は一生感謝し続けるであろう。この本に掲載されている素晴らしい小説家たちの作品を、読者の方々に届けることができるのだから。

まえがき　～朽(く)ちかけた映画館での奇妙な少年の回想～

――ジョナサン・メイベリー

肉体の生命維持機能が損なわれた同胞たちに対する私の愛情は、相当深い。ゾンビ、グール、ウォーカーなど、呼び方は様々だが、変わることのない激しい情熱で常に彼らを愛(いと)おしんでいる。

本当に。心から。

彼らとの関わりは、今に始まったことではない。一九六八年十月の月夜の晩、十歳だった私は友人のジムと連れ立ち、新作のホラー映画を観るべく、ミッドウェイ・シアターという古い映画館に忍び込んだ。作品のタイトルは『ナイト・オブ・ザ・リビングデッド』。その日が封切り日で、一週間前に予告編を観ており、なかなか怖そうな映画だと思っていた。しかしこれまで、予告編でかなり楽しみにしていても本編で裏切られたことが何度もあったため、過度な期待は抱いていなかった。スラム街の子供だった私たちは、上映中のユニバーサル、RKO、ハマー・ホラー作品を片っ端から——新旧問わず——鑑賞していた。何かと物騒な地域に住んでいたこともあり、私たちはたくましい子供でもあった。暴力沙汰は日常茶飯事。人種差別、家庭内暴力、ギャングの抗争とも隣り合わせ。あまりにも過酷な現実の中にいたため、どんなホラー映画も怖いとは感じられず、単なる現実逃避の手段でしかなかったのだ。

少なくとも、私たちはそう感じていた。

あらゆるヴァンパイア映画を観て、吸血鬼など恐るるに足りないと悟るようになった。物語が始まってしばらくは脅威的なのだが、終盤になると自分のマントを踏んでよろめき、尖った枝や木片がある不都合な場所で胸から転ぶ始末。あるいは、自分たちの城の遮光対策が万全でなく、陽の光を浴びて焼かれる残念な結果になる。狼男は、毎月満月の前後三日間のみ獰猛になるが、私には姉妹が四人もいたので、周期的に異様に怒りっぽくなり、近づいてはいけない存在になるのには慣れていた。ミイラ男はというと、映画に出てくる奴らは古い包帯を巻いてふらふらと歩く傾向にあり、あの包帯はかなり燃えやすそうだったゆえ、一緒にマッチで火遊びしてみたらどうなるかなと思う程度だった。

結局のところ、ジムも私も、何に対しても怖いもの知らずだったのだ。だから私たちは、ルートビア数本とリコリスのキャンディ袋を持って、しょっちゅう映画館に忍び込んでいたのだった。ミッドウェイ・シアターはかつて演芸場としてにぎわっていたのだが、建物の大部分は老朽化が進んでいた。バルコニー部分はその十年前に正式に使用不能となり、ロープが張られて立ち入り禁止になっていた。それがかえって私たちの好奇心をくすぐった。危険を承知で入り込み、そこで映画を観るのはスリル満点だった。

私たちは、いわば恐怖に対し感覚が麻痺(まひ)していたストリートキッズで、あらゆるものの種明かしができると自負していた。銀幕上で何かが這(は)い回り、羽ばたきし、飛行し、蛇のように滑って進み、よろよろと歩いたとしても、すでに想定済みの展開で、全く動じたりしなかったのだ。

ただ、それは自分たちの愚かな思い込みに過ぎなかった。

前もって忠告を受けずに『ナイト・オブ・ザ・リビングデッド』を観た客で、心の準備ができていた者はいなかったはずだ。一九六八年では、誰も。そののちにゾンビ映画を観るようになった――あるいはコミックやテレビドラマを通じて同ジャンルにはまった――人々は、素直にゾンビ作品を賞賛したり、たちまち大ファンになったりするのかもしれないが、『ナイト・オブ・ザ・リビングデッド』を最初に劇場公開された時点で観ていなければ、それが実際にどんな感覚を観る側にもたらしたかは、わかってもらえないだろう。

吸血鬼は出てこない。狼男も登場しない。ミイラ男も、クリーチャーも、デーモンも、放射線を放つトカゲもどきも、巨大蟻(あり)も、陽光を浴びると鱗(うろこ)に覆われた醜悪な姿に変化する〝太陽の怪物〟も現われない。

映画本編の大半を観ても、リビングデッドとやらが何なのか正確にはわからなかったが、連中は歩く屍（しかばね）で、明らかに人間を食うのだということは理解した。しかし、その理由は定かではない。吸血鬼や狼男は、映画より先に神話に登場していたし、ミイラ男は呪いで起き上がり、タナの葉でパワーを得ていた。キングコングは地図に載っていない孤島に生息し、ゴーストは特定の場所に捉われて徘徊（はいかい）する死者だ。

ところが、生ける屍という存在はそれ以前に出てきたことがなかったし、劇中でも誰も明確な説明をしてはいなかった。科学者と軍はそれぞれに推測し、互いの見解を否定し合っていた。ジーン・バリー（『宇宙戦争』の科学者クレイトン・フォレスター博士）やエドマンド・グウェン（『放射能X』の生物学者ハロルド・メドフォード博士）のように理論的な解説をする人物も、勇敢に救助に駆けつけるケネス・トビー（『遊星よりの物体X』のパトリック・ヘンドリー大尉）やピーター・カッシング（『吸血鬼ドラキュラ』の吸血鬼ハンター、ヴァン・ヘルシング博士）的なキャラクターも出てこなかった。

この映画の化け物は謎めいていた。とにかく得体の知れない何か（エニグマティック）であった（当時の私はそのような小難しい単語は知らなかったのだが）。その不可思議さが彼らを一層恐ろしい存在に仕立て上げていた。映画に登場する誰ひとりとして、何が起こっているのかを把握しておらず、何も解明されなかった。登場人物全員が劇中で発生する事態の手がかりを何ひとつ得ることもなく、対策を立てようにもなんの情報もないため、結果として、絶望の淵に追い込まれていくのだ。こんな設定の映画は、他に観た記憶がなかった。

確かに、それなりのルールのようなものはあった。登場人物たちがどうやって生ける屍の息の根を止めるかを突き止めようとしているときは、私は椅子から転げ落ちんばかりに身を乗り出してスクリーンを見つめていた。だが、いつまで経っても、なぜこの事態があちこちに拡大しているのかはわからない。徐々に私は、化け物に嚙みつかれた地下室の子供のことがやたらと気になり始めた。どう考えても、事態が好転する気配すらない。

そして、実際にそうだった。

ひどい環境で育った向こう見ずの二人のストリートキッズに、この映画はどう影響したのか。私たちは二人とも、とてつもない恐怖を覚えたのだ。冗談ではない。おそらくこれでも控えめな表現だろう。

若いカップルがガソリンの給油ポンプ付近で火に巻かれ、屍たちのアツアツのごちそうになったシーンで、ジミーは震え上がり、席を立ってしまったほどだ。その後何年も、彼は悪夢にうなされ、粗相をする日々が続いたという。もちろん本当の話だ。

私はどうしたかって？

私は座席に留まり、続けて二回観た。

翌日も映画館に忍び込んだ。その次の日も。ジミーは映画のせいで私の頭がおかしくなったと思っていた。もしかしたら、そうだったのかもしれないし、いまだにそうなのかもしれない。スクリーンの中には、同じ地球でありながら全く違う世界が存在していたのだ。

この作品は私の大のお気に入り映画だったし、今も大好きだ。

また同作は、フィラデルフィアで初の深夜映画としてハロウィンにリバイバル上映された。その頃、私はすでに十五歳になっていた。女の子と一緒に観に行けば、彼女が悲鳴を上げて男子の胸に顔を埋め、男子がなだめてやっていい雰囲気になるという思春期の少年にはもってこいのデート映画だった。少なくとも、六十年代後半から七十年代前半にかけては。

『ナイト・オブ・ザ・リビングデッド』は伝説となった。ヒヤリとするには、夜間に、ドライブインシアターか古い映画館で観るのが理想的。ミッドウェイ・シアターでは、毎年十月にリバイバルされ、のちに、フィラデルフィア中心部の複数の映画館でも公開されるようになった。ドライブインシアターも然りだ。

しかし時が過ぎても、私もジミーも、あの怪物が何なのか皆目わからなかった。

「ゾンビ」という言葉は、劇中では一度も出てきていない。ジョージ・ロメロは、彼の映画がゾンビものとして定着してしまい、彼自身がその新ジャンルの生みの親とされたことに驚きと困惑を隠せなかったようだ。彼はゾンビ映画を作ったわけではなかった。彼はグール映画、人間を食らう死体についての映画を作ったのだ。彼にも、当時の人々にとっても、ゾンビとは、三十年代、四十年代のハイチが舞台の古い映画に出てくる〝魔術で生き返らせた奴隷〟のことだった。『私はゾンビと歩いた！』『恐怖城』をはじめとする作品は、『ナイト・オブ・ザ・リビングデッド』と同ジャンルの映画ではない。当時も今も別物だ。小説家や歴史家、批評家の中には、ロメロのリビングデッドとそれ以前のブードゥー教のゾンビを結びつけようとする者もいるが、それは拡大解釈。ミイラ男の方が、ロメロのグールよりハイチのゾンビとの共通点が多い。とはいえ、論点はそこではない。

とにもかくにも、〝ゾンビもの〟というジャンルを作り出したのは、やはりロメロだ。

書籍のサイン会やコンベンションで、ロメロが誰かを知らない人に出会うと、私は驚くし、同時に悲しくもなってつい相手に噛みつきたくなってしまう。幸いにもそのような人々は決して多くはないが。ゾンビが、マックス・ブルックスの小説『ゾンビサバイバルガイド』や『WORLD　WAR　Z』から始まったと思っている人もいれば、このジャンルはマーベルコミックの『マーベル・ゾンビーズ』が先駆けだと勘違いしている人もいる。ロバート・カークマンのコミック『ウォーキング・デッド』がゾンビを生んだと誤解している人も少なくないのが現状だ。

私はマックスとロバートの友人だし、『Marvel Zombies Return』の原作者のひとりでもある。私たちはよくゾンビものというジャンルについて語り合い、全員が「このジャンルのゴッドファーザーはジョージ・ロメロだ」ということで見解は一致している。もしも

『ナイト・オブ・ザ・リビングデッド』という映画が生み出されなければ、私たちの現在のキャリアはなかっただろう。他の人生の選択肢の問題ではなく、確実に私の今の立ち位置は、この作品あってこそのものだ。マックスやロバートや他のアーティストが別のジャンルでは成功しなかったという意味ではない。とにかく、今の自分たちがあるのはジョージと彼の歴史的傑作のおかげだ。それははっきりしているし、映画『ショーン・オブ・ザ・デッド』『バイオハザード』『高慢と偏見とゾンビ』、テレビドラマ『Zネーション』『Dead Set』『iゾンビ』、ゲーム『LEFT 4 DEAD』といった作品たちにも同じことが言える。このジャンルの幅はかなり広いので、ここに挙げた作品はほんの一部。私は延々と列挙することが可能だ。それに、世界のどこに行っても、ゾンビが何かを知らない人はほとんどいないだろう。

ジョージと一緒に『ナイト・オブ・ザ・リビングデッド』の脚本を書き、『バタリアン』でこのジャンルのニュージェネレーションを創り出したジョン・ルッソにも心から感謝したい。もちろん、『ナイト・オブ・ザ・リビングデッド』のキャストや他のスタッフにも。彼らは、リビングデッドを世に残したヒーローだ。

ゾンビ（ここからはそう呼ぶことにする）は、私の中では最恐のモンスターである。十歳の私は、小説、コミック、映画館、深夜のテレビで遭遇するたび、彼らに夢中になった。彼らの存在を知った最初の夜、映画館から家路についた私はすでに、もし途中で出くわしたらどうやって生き延びるか、シナリオ的なものを考えていた。この年齢になっても、訪問先の建物でついついゾンビとのサバイバル戦をシミュレーションしたり、出入り口や隠れ場所のチェックは言うまでもなく、防御時の対策などをあれこれ思いめぐらせたりしてしまうのだ。信頼できそうな脱出ルートやサバイバルプランを気にかけるのは、もはや習慣となっている。

このモンスターに対する私の貪欲さは無尽蔵だ。『ナイト・オブ・ザ・リビングデッド』以降、目も当てられない模倣作品が作られるようになったが、オリジナル版のように私の心を摑んだ映画は一本もない。一九七八年、ジョージは『ゾンビ』（原題：Dawn of the Dead）を世に送り出す。この作品自体はオリジナルの続編ではなく、同じストーリーの別チャプターというべき作品だ。新たな場所の新たな登場人物に、同じ問題が襲いかかる。これも大ヒットを記録し、ゾンビ映画やホラー映画ファン向けの名作ランキングでいつも上位に君臨している。

『ゾンビ』公開時、ミッドウェイ・シアターは相当ガタが来ていたが、『ナイト・オブ・ザ・リビングデッド』を倍の料金で再上映することになり、これには賛成だった。

一応紹介しておくと、私の友人ジムは、一緒にリバイバル上映に行こうという私の誘いを断った。勝手にひとりで観に行ってろと言われた。まあ、そういうことだ。

一九八五年、ジョージは三作目の『死霊のえじき』（原題：Day of the Dead）をヒットさせる。ゾンビ作品は、その頃絶頂期を迎えた。少なくとも映画業界ではそうだったように思う。

しかしながら、ゾンビ文学に関しては同じ流れは当てはまらない。ちらほらとゾンビコミックが出版され、いくつか短編小説はあったものの、真底ガツンとくるような内容で、人気が長続きするようなクオリティの小説は登場していなかった。そこに、ジョン・スキップが参入する。作家、映画監督であり、独創的な発想の持ち主のスキップと同僚のクレイグ・スペクターが、自分たちのヴァンパイア小説を原作とした映画が作れないかとジョージ・ロメロと話し合いを持った。ところがスキップは、ジョージにあるクレイジーな提案を持ちかけたのだ。オリジナルのリビングデッド短編小説でアンソロジーを作るのはどうだろうかと。当時のジョージは、そういった企画には懐疑的で、なかなか首を縦に振らないことで有名だった。スキップとスペクターは、トップクラスのホラー作家たちに声をかけ、『ナイト・オブ・ザ・リビングデッド』の世界観を有する物語を書いてくれと依頼した。私のように、同作とともに成長したホラー作家たちは大勢いたのだ。

こうして一九八九年、スキップとスペクターは『死霊たちの宴』を出版。スティーヴン・キング、リチャード・レイモン、デイヴィッド・J・ショウ、ラムジー・キャンベル、スティーヴン・ラスニック・テム、レス・ダニエルズ、ダグラス・E・ウィンター、ジョー・R・ランズデール、ロバート・R・マキャモンをはじめとする錚々（そうそう）たる作家陣が執筆したオリジナルストーリーが収録されている。

それ以来、私はたくさんのゾンビ文学を読んだ。

私自身も何度か執筆に挑戦している。最初の書籍は、もし実際に『ナイト・オブ・ザ・リビングデッド』の事態が発生したら、現実世界はどう反応するかというノンフィクションの分析本『Zombie CSU：The Forensics of the Living Dead』。この本には、法律、医療、科学など各分野の多数の専門家へのインタビューが含まれているが、分野の違いに関係なく、私が取材した専門家たちはすでにゾンビのことを考慮していた。如何に関わり、対処するかを具体的に検討し始めていたのだ。救命士、ＳＷＡＴ隊員、聖職者、マスコミ関係者のみならず、歯科医（噛み痕のエキスパート）も同様だった。

私の作品はほとんどがフィクションで、五冊に一冊がゾンビものだ。例えば、『Joe Ledger』シリーズの二巻『Patient Zero』と『Code Zero』、主流派ホラー小説二部作『Dead of Night』と『Fall of Night』、卓上ゲームを原作としたスチームパンク小説『Ghostwalkers』、コミック『Marvel Zombies Return』『Marvel Universe vs. The Punsher』『Marvel Universe vs. Wolverine』『Marvel Universe vs. Avengers』、世界滅亡後の世界を描くティーン小説『Rot & Ruin』『Flesh & Bone』『Fire &Ash』『Bits & Pieces』。それ以外にも多数の短編、中編小説でゾンビを取り上げている。

中でも、『Dead of Night』と『Fall of Night』は『ナイト・オブ・ザ・リビングデッド』

に直接関係する物語だ。この二つは、ジョージのために書いた小説。彼の映画とその創造的な構想の大ファンだからこそ、彼に捧げるために執筆した。

そして、本書の案を思いつき、ジョージに電話連絡したところ、彼は私のアイデアに興味津々で、すぐに容認してくれたのだ。憧れの人との初めての会話では、自分がただのオタク少年と化していたことを認めねばなるまい。電話口の私はうまく声をコントロールできていたものの、うれしさのあまり、身体はスヌーピーダンスを踊っていた。考えてみてほしい。映画館に忍び込んで『ナイト・オブ・ザ・リビングデッド』に怯え、魅了されていた十歳の子供が成長し、奇妙な物語を書く小説家となって、あのジョージ・ロメロと共同プロジェクトの話をしているなんて！

なんと素晴らしいことか。

その会話の中で、私たちは『死霊の宴』について語り合った。そしてジョージは、今回のアンソロジーで私も一編書くようにと提案してくれた。それが、本書に収録されている『孤高のガンマン』。公式に私の作品とジョージの映画を結びつけるショートストーリーだ。この短編を執筆できて、本当に格別の思いでいる。

巨匠との会話を終えた私は、著名な文筆家——特にゾンビ文学に馴染みの深い作家——にメールを送り、電話をかけ、この企画に参加する意志があるかどうかを訊ねた。

彼らに返事を催促する必要はなかった。誰もが即答してくれたのだ。

ジョージと私は彼らにリビングデッドの〝ルール〟を与えたものの、細かいガイドラインを決めて縛りをきつくするようなことはしなかった。例えば、時代設定は大雑把だ。『ナイト・オブ・ザ・リビングデッド』は一九六八年に公開されているが、『ダイアリー・オブ・ザ・デッド』のリリースは二〇〇八年。それでも、物語は同じ時期に起きていることが描かれていく。それゆえ、このアンソロジーでの出来事は、それが厳密にいつの時代であれ、〝明日の夜に起こる〟と想定しよう、という感じだった。

他の部分でも創造性に幅を持たせるべく、ある程度の自由は許容した。それがどう功を奏したかは、本書を読んでもらえればわかるだろう。結局のところ、ジョージも自身の各映画で彼なりに〝ルール〟をいじっている。そうやって、この破滅的状況の本質が誤解され、誤って報じられ、当局の偽情報に翻弄され、絶えず変化をすることも示唆していたのだ。

本書『ナイツ・オブ・ザ・リビングデッド』の物語はいずれもオリジナルで、ここでの発表が初お披露目となる。楽しく、恐ろしく、切なく、思慮深く、愉快で、感動的で、奇妙で、胸をざわつかせる多彩な内容だ。おそらく読者が期待している通り、どれも、ジョージ・ロメロとジョン・ルッソがおよそ五十年前に創り出した世界観に沿っている。

私のようにこのジャンルの筋金入りのファンであろうが、ゾンビ初心者であろうが、たまたまお気に入りの作家の名前に惹かれてこのページを開いただけであろうが、誰でも歓迎する。不気味な世界への扉は開かれた。
この世の終わりにようこそ。

デッドマンズ・カーブ

ジョー・R・ランズデール

DEAD MAN'S CURVE

ジョー・R・ランズデール
Joe R. Lansdale

PROFILE

これまで上梓した小説は45作品以上というベテラン作家で、手がけた短編、映画やテレビドラマ、コミックブックの原作は400編以上。エドガー賞、スパー賞をはじめ、ブラム・ストーカー賞を10回（特別功労賞を含めば11回）受賞するなど、複数の受賞歴を誇る。米国テキサス州ナカドーチェス郡で、妻カレン、愛犬のピットブル、ニッキーと暮らす。代表作は、『ハップ・コリンズ＆レナード・パイン』シリーズ、エドガー賞受賞作の『ボトムズ』（早川書房 刊）など。他に、『ロスト・エコー』『アイスマン』『ダークライン』『サンセット・ヒート』（早川書房 刊）、『テキサスの懲りない面々』『バッド・チリ』『罪深き誘惑のマンボ』『人にはススメられない仕事』『凍てついた七月』（角川書店 刊）、本書にも執筆しているデイヴィッド・J・スカウの作品を含む、映画ホラーアンソロジー『シルヴァー・スクリーム』『死霊たちの宴』『モンスター・ドライヴイン』（東京創元社 刊）、『テキサス・ナイトランナーズ』（文藝春秋社 刊）など邦訳も多数ある。

HP：www.joerlansdale.com/
Twitter：@joelansdale

自分は組み立ても修理もできない。それは兄のトミーの仕事で、彼は非常に腕が立つ。芝刈り機をフォード製のV8フラットヘッドエンジンよりもパワフルな仕様にすることだって可能だ。とはいえ、機械の知識は劣っていても、運転ではこっちも負けていない。別に虚勢を張っているわけではなく、これは事実だ。そして、トミーは今、そのことをマットに説明していた。

「こいつは見た目以上に、運転できる」

トミーの言葉に、マットは眉をひそめた。

「見た目以上……ねえ……」

「ま、すぐにわかるさ」と、返しながら、トミーは肩越しにこちらを一瞥した。

兄の意味していることは、十分理解できるはず。普通の頭脳の持ち主ならば。

ポンティアックGTOのボンネットに寄りかかり、ズボンのポケットに手を突っ込んだマットは、まるで品定めでもするかのように、こちらの頭からつま先までじろじろと見た。横にはマットの仲間のデュアンが立っており、面白がってニヤニヤしている。

「外見は悪くねえ。まあ、いい嫁にはなれるかもな。いいドライバーになれるかどうかは別として」

そう評価を下したマットに対し、私は「黙りな、クソ野郎！」と言い放った。

「やれやれ、前言撤回だ。いい嫁にもなれそうにないな」

「女だと思って甘く見てると、痛い目に遭うよ」

私がさらに畳み掛けると、デュアンは忍び笑いを漏らした。マットは何も言い返さなかったが、急速に辺りが薄闇に包まれる中でも、気分を害しているのは手に取るようにわかった。余計な口出しをしないデュアンは、マットほど間抜けではないらしい。相手を見定める私の基準は極めてシンプル。クソったれでないと証明されない限り、クソったれの烙印は押されたままだ。ということで、愚かな二人のうち、マットの方がはるかにクソ野郎だと私は判断した。

性懲りもなくこちらを舐め回すように見るマットを尻目に、私は、真っ赤なマッスルカー、ダッジ・チャージャーに腰を預け、片足をバンパーに置いて立っていた。膝が高い位置に来て、なかなかイケてるポーズだと思う。片手の指を一本だけジーンズのポケットに突っ込めば、あたかもそこに金が入っているように見える。そして、実際に金は入っていた。私は映画スターのような笑みを向け、あんたなんか虫ケラ同然だと言わんばかりに高飛車な雰囲気を醸し出そうとした。私が身を預けているチャージャーはトミーが所有者で、彼がアルバイトで買ったものだが、私の愛車でもあると言っていいだろう。車との相性は、私の方がいい。兄が運転するると、ギアチェンジをするたび、チャージャーは太い鎖でボコボコにされているかのような悲鳴を上げる。一方、私がハンドルを握れば、エンジン音は上機嫌に喉を鳴らす若虎を彷彿(ほうふつ)とさせ、全力疾走するチーター並みの走りっぷりを見せてくれるのだ。

「テキサスの女ってのは、みんなこうなのか？」

マットの疑問に、トミーが答える。

「まあ、似たり寄ったりだが、ジェイニーは少しばかり特別だ」

「ふん。どうせ女の私に赤っ恥かかされるのが怖いんでしょ」

こちらの挑発を受け流し、マットは道路の向こうに目を向けた。すでに日の入りの時間を迎えている。みるみるうちに地平線に沈んでいく太陽は、溶け出したオレンジ色のかき氷のようだ。目にしている北部の太陽は、テキサスとは違っていた。テキサスの太陽は、ひどくまぶしく、熱気もこんなものではない。ここの空気は、夏も終わりだというのに、肌を刺すように冷たかった。

「オーケー」マットは小さくうなずき、片手を振り上げた。「彼女がドライバーでもいいさ」

「あら、ご承諾に感謝いたしますわ、ミスター・マット」

私は芝居がかった調子で礼を言った。「ありがたく参加させていただきます」

「嫌味な言い方はやめてくれ」

「あんたとレースするのはね、ここじゃ他に対戦相手がいないからよ。わかった？」

「だが、俺はトミーから金を巻き上げる気でいたんだ。マニュアル車にこだわるかわい子ちゃんからじゃなくてね」

「私が何にこだわってるかなんて知らないくせに！」

私はマットの不機嫌そうな顔を睨みつけた。「本日のあんたの賞金はこれよ。万が一あんたが勝ったら、の話だけど」

そして、ジーンズのポケットに手を突っ込み、ぎゅうぎゅうに詰め込んでいた札束を取り出した。「ほら、全部で二百ドルあるわ。二百ドルのために走ったこと、あるの？」

札束を振ってみせると、マットは肩をすぼめた。

「それ以上の金を賭けて走ったことがある。もちろん勝ったけどな」

「当然、二百ドルでも走るわよね？」

「女の子から金をふんだくるのは、どうも気が進まない」

「つべこべ言わずに、あんたの持ち金を見せなさいよ！」

業を煮やし、つい大声になる。するとマットは、デュアンに顔を向けた。

「おい、手持ちが六十ドルしかないんだ。不足分貸してくれ」

「なんだよ、それ。おまえに百四十ドル貸すくらいなら、メキシコ料理をたらふく食った方がいい」

つれない対応の友に、マットが急に低姿勢になる。「頼む。助けてくれよ」

しぶしぶ尻ポケットから財布を取り出し、デュアンはさらにもったいぶって数枚の札を引き抜いた。「おまえが負けた場合は、倍返しだからな」

「倍返しだと？　ふざけんな」マットは眉間（みけん）にシワを寄せた。

「文句を言える立場じゃないだろうが」

「……わかったよ」と、マットは息を吐いた。「このレースに勝てばいい話だ。誰が魔の左急カーブを乗り切れるか、しっかりと見とけ」

「魔の左急カーブだと？」身を乗り出して訊（たず）ねたトミーに、デュアンが答える。

「二、三ヶ所、きっついヘアピンカーブが待ってるのさ」

「最初のやつは、それほどでもない」

そう切り出してコースの説明を始めたのは、マットだった。「だがそのすぐ後、道幅がものすごく狭くなり、車体で木の皮を削ることになる。そこを抜けると、再びカーブが現われる。そいつが魔のカーブ、通称〝デッドマンズ・カーブ〟だ。道は古い採石場に続いている。カーブがあまりにもきつく見えるから、急いでハンドルを切りがちだが、地形がえぐれていて複雑だから、タイミングを誤ると崖の縁（へり）から飛び出し、宙を舞うことになる。まあ、落ちても即死にはならないだろうけど、結果的に溺れ死ぬことになるかも」

何食わぬ顔で恐ろしい言葉を並べるマットの横で、デュアンはニヤリとしながら付け加えた。

「つまり、石が採り尽くされて今は使われなくなった石切り場で、地面を深く掘ってできた巨大な穴に水が溜まり、でっかい湖になってるんだよ。デッドマンズ・カーブを曲がり切れなかった車が何台も湖底に沈んでるって噂だ」

デッドマンズ・カーブ。これまで、何人の命を飲み込んできたのか。死者のカーブとは、なんとも不吉な名称だが、逆に私の血が騒いだ。だが、兄はビビっているのか、横で顔をこわばらせている。

さらにマットが言った。

「ゴールは、その先にある病院の駐車場。まあ、運良くデッドマンズ・カーブを乗り切れたら、の話だが。俺にとっては、朝飯前だがね」

「病院？」

トミーが聞き返すや、マットは片眉を上げげた。

「ああ、病院だ。その裏手には、市の死体安置所がある。不服なら、そっちをゴールにしようか？」

「……病院でいい」

　短く答えたトミーを見て、デュアンがからかうように言った。

「そうそう、死体安置所は、今、満員御礼だろうな。なんでも、どこかのイベントの出席者たちがホテルで体調を崩し、うち二十人が死亡したらしい。病院に収容された連中も、大半はかなりヤバい状態らしいから、死体安置所の空き待ちに長蛇の列ができてるかもな」

　しばらく男たちのやり取りを黙って聞いていた私は、ようやく口を開いた。

「その記事、読んだわ。空調システムのカビか何かが原因じゃないかって」

「さあね」デュアンが首をすくめた。「原因がなんであれ、そいつは人間を死に至らしめ、死体安置所送りにすることは確か――」

「というわけで」

　マットがデュアンの言葉をさえぎった。「今日のレースのコースはそんな感じだ」

「警察は？　パトカーと鉢合わせはしたくない」

　トミーの問いに、マットはしたり顔で答えた。

「そいつは大丈夫だ。サツがここまでパトロールすることは、まずないからな」

「あんたの情報、確かなの？　急カーブの先でネズミ捕りしてたりしないでしょうね」

　嫌味たっぷりに言うと、マットはウィンクをした。

「おや、怖気づいたのか？　おまわりがいたとしても、違反切符を切られるだけだ。嫌なら、別に下りてもいいんだぜ」

「ご忠告をどうも。でも、怖いものなんて何もないから」

　私は満面の笑顔で返した。


　運転席には私、助手席にはトミーが座った。金銭が絡んでいるせいか、少し強がりすぎたかもしれないと、ちらりと思った。金など、あとからでも何とかなる。しかし、例の急カーブに関して言えば、不安が皆無なわけではない。この道を一度でも走行した経験があれば、また違ってきただろう。だが、マットとデュアンと落ち合うと決めた時点では、レースコースがここだとは知らなかった。事前に訊ねるべきだったかもしれない。とはいえ、今さら悔やんでも、時すでに遅し、だ。マットはすでにエンジンをふかしている。

「本当にやれるのか？」

　こちらの心を見透かしたかのようにトミーが訊ね、一瞬ギクリとした。

「当然でしょ」

　平静を装い、さらりと嘘をつく。

「そ、そうか。大丈夫だとは思ってるけど、おまえがどれだけヘアピンカーブに自信があるか、ちょっと心配になってね。俺は助手席に座ってることだし……」

「兄貴の心配性は、おばあちゃんちでブロック遊びをしてた頃と何も変わってないわね」

「まあ、そう……なのかな」

横目で見たところ、兄の顔色は冴えない。私より三つ年上だが、彼は臆病で、度胸が座っている妹の私がいつも年上のように振舞っていた。

マットはさらにエンジンをふかし、ポンティアックをこちらの右側につけた。言うまでもなく、私たちは反対車線の左車線を走行する。今のところ、他の車は一台も見ていない。実際のところ、マットはトミーを相手と考えていたのだろう。あいつは私を恐れている。巷では、私の腕前はそれなりに評判だ。

「マットの車のエンジンは性能がいい」

エンジニア然としたトミーの言葉に、ムッとして「私の車だってそうよ」と返す。

「レースとなると、実際に走ってみないとわからないだろ」

「兄貴は、私にあいつと勝負させたいんでしょ？　私のドライバーとしての腕を買ってるからこそ、参加させたんでしょ？　これまで期待外れだったことがあった？」

「うーん、二回かな」

「タイヤがパンクしたときと、キャブレターの調子が悪かったときね。今夜は大丈夫。ボンネットの中は、生まれたての赤ん坊みたいに新品同然なの知ってるでしょ」

「ああ。だが、おまえのポケットに入れてある金の半分は、俺のだってことを忘れるな」

「兄貴、もう賽は投げられたの。グダグダ言わずに腹を決めて、助手席で歯を食いしばってなさい」

隣で運転席の窓が下がり、マットが顔を覗(のぞ)かせた。トミーも慌てて窓を下げる。

「いいか、俺がカウントする。三つ数えた後、ＧＯ！と言ったらスタートだ。急カーブには、くれぐれも気をつけろ。おまえらに何かあった場合でも、構わず俺たちは家に帰る。ホットチョコレートを飲んで、いつも通りの夜を過ごすだけだ」

「能書きは要(い)らない。さっさと始めて」

こちらの言葉を受け、マットはカウントを開始した。

「１……」

私は正面を見据えた。フロントガラスの先には直線道路が延びている。

「２……」

片手でギアを、もう一方の手でハンドルを握り直し、足の位置を再確認する。

「３……」

ツバをゴクリと呑(の)み込む。瞬(まばた)きはしない。

「ＧＯ！」

アクセルを思い切り踏み、車を急発進させた。タイヤがアスファルトをこする耳障(みみざわ)りな音とエンジンの唸(うな)りが周囲に轟(とどろ)く。

正直、走り出しからこんなに気分が高揚したのは初めてだ。ロケットスタートした車はどんどん加速し、ヘッドライトに照らされた景色が流れては消えていく。マシンが風と道路と一体化したような、いや、道路など存在しておらず、空を飛んでいるような気持ちになっていた。

右側に視線を向けると、マットとの差はほとんどなく、彼が歯を食いしばる様がハッキリと見えた。そう、向こうは運転席の窓を下げたままだったのだ。これは紛れもない戦略ミス。車内に空気を取り込んでリアウィンドウに圧をかけ、あたかも後部座席に重しを置いたかのような減速効果を引き起こす。自動車整備に長けているトミーはそのことを知っており、流線型の車体が十二分に威力を発揮できるよう窓は閉めてあった。

最初のカーブはあっという間に迫ってきた。マットと私はほぼ同時にハンドルを切り、二台の車は並んでカーブを曲がっていく。彼の事前の説明通り、直後に道幅が狭くなったが、問題はそれだけではなかった。

道が人であふれていたのだ。

少なくとも二十人はいるだろうか。男もいれば、女もいる。うちひとりの男性は半裸で、下半身が丸出しだ。残りは皆、入院患者なのか、病衣姿だった。彼らは横に広がり、道路をふさぐように歩いているが、酔っ払っているかのように、足元がおぼつかない。月明かりの下、彼らの顔は異様に青白く、黒人の女性でさえ顔面蒼白なのがわかった。出くわした一瞬で認識できたのは、そのくらいだ。

突如出現した奇妙な歩行者集団を避けるべく、私はハンドルを操作しようと、左右を見やった。しかし、彼らがこちらに道を譲る気配は皆無で、かつ道幅も狭い。左には林、右にはマットの車。どうすれば――。

　次の瞬間、左側にいた歩行者二人が右にふらふらと移動したのを見て、私は一か八か、左に勢いよくハンドルを切った。歩行者と至近距離ですれ違い、彼らの病衣が大きくはためく。タイヤがえぐった砂利が飛び跳ね、車体が樹皮を擦るのを感じた。車がコマのようにスピンし、私は必死でハンドルを操作した。見事に元の道路に戻ったものの、自分の腕前を自画自賛している場合ではなかった。バックミラーに映ったのは、後続のポンティアックが二人の歩行者を撥ねる瞬間だった。かなりのスピードでぶつかったのだろう、彼らの身体は、アニメのスーパーヒーローかと思うくらい豪快に空に飛び上がった。

　急ブレーキを踏んだマットの車は、耳をつんざく凄まじい音を立てた。タイヤが横滑りし、私の車にぶつかる寸前で止まったが、痙攣するかのように車体は揺れている。

　助手席からデュアンが飛び出し、「大丈夫か⁉」と、道に倒れている歩行者二人の方へ走り出した。

　私とトミーも車から降り、マットのところへ急いだ。運転席のドアを開けて出てきた彼は、足が少しふらついていた。

「マット！」

　私が近寄ると、彼は呆然とした表情でこうつぶやいた。

「何も……何も見えなかったんだ。気づいたときには、もう目の前にいて……」

　マットが動揺するのも無理はない。警察のネズミ捕りならまだしも、昼間でさえ、こんな森の奥の道路に集団で人が歩いていることなど滅多にないだろう。一体これは――。

　道路に倒れていた二人は虫の息かと思いきや、唐突に身体を動かし始めた。ひとりは高齢の男性で、もうひとりは中年の女性のようだ。女性の方はなんとか立ち上がり、よろよろと歩き始めたが、首がだらりと垂れ下がっており、格好がどこか妙だ。え――？　目を凝らした私は、慄然とした。彼女の首は、ほとんどもげており、細い腱だけで胴体とつながっているではないか。こんなひどい傷を負っていたら、歩くどころか即死していてもおかしくない。戸惑いながらも、次に私は男性の動きに気づいた。両手で上体を起こしたかと思うと、ずるずると地面を這い出したのだ。手の指が道路にしっかり食い込み、爪がアスファルトを削り取って溝を作っていく。しかしよく見ると、両足は完全に潰れ、使いものにならなくなっていた。

　いつの間にか、他の歩行者たちはデュアンを取り囲んでいた。そして、まるでピラニアの群れが餌でも見つけたかのように、一斉に彼に摑みかかった。動作はのろかったが、次から次へとデュアンに覆いかぶさっていく。彼らはよほど腹を立てているに違いない。当然だ。こっちは、こんな狭い道であんな乱暴な運転をしたのだから――。

　しかし、様子がおかしい。私は自分の目を疑った。連中のやり方は異常だ。這い寄った例の男性がディーンの足首をむんずと掴み、ハイトップのブーツにかぶりついている。他の者たちも彼の腕を引っ張り、身体のあちこちに噛みついているのだ。黒人の女性は耳たぶに歯を立て、勢いよく引きちぎった。

ディーンは絶叫し、血飛沫が飛んだ。彼に駆け寄ろうとしたが、トミーが腕を取って私を引き止めた。目の前のおぞましい光景に、三人とも言葉を失っていた。その一方で、あまりの残酷さに私は現実とは思えないでいた。月明かりに照らされた道路で、大勢がデュアンを貪っている。血みどろになりながら、ゆっくりと肉を裂き、骨を噛み砕いているのだ。とうとう彼の腕はもぎ取られ、豪快にかぶりついた誰かが、トマトソースのスパゲッティを食しているかのごとく、切断面から垂れた血管や腱を音を立ててすすった。

デュアンを襲っている連中の顔や身体にも、ひどい噛み傷があるのがわかった。まるで野犬の群れに襲われ、命からがら逃げてきたかのようだ。誰もが動けるのが不思議なくらいの怪我を負っている。肌は土気色だし、目は濁っていて焦点が合っていない。動きも操り人形のごとくぎこちなかった。マットが撥ねた二人も肉体の損傷が著しく、死んでいて当然なのに、ごちそうにありつけと言わんばかりにデュアンに襲いかかっていた。

私は居ても立ってもいられず、車のトランクを開けてタイヤレンチを掴み上げた。

「やめろ！」

トミーが制止する声が聞こえたが、私はすでに連中に向かっていた。こいつらは殺人鬼。非道な暴力でデュアンを殺そうとしている。いや、すでにデュアンの命はないだろう。ズタズタにされた彼の身体はまだ温かく、冷たい夜気の中、白い蒸気が上がっている。襲撃者のひとりが執拗にデュアンの頭部を拳で殴り、もはや頭蓋は割れたクルミのようになっていた。裂け目から脳味噌があふれ出すと、連中は待ってましたとばかりに手を突っ込み、中身を摑んでは、口に運ぶ。こんな地獄絵図、現実なわけがない！　目の前の光景を否定して必死で正気を保ちながら、私は手にしたレンチを振り下ろした。何度も何度も、誰彼構わず相手に叩きつけた。

無我夢中で連中の頭を殴打し続けていると、こちらの手が痺れてきた。おかしい。これだけ思い切り頭を殴られたら致命的なはずなのに、奴らは倒れても、よろよろと起き上がり、私に向かってくるのだ。訳がわからない。それでも私は怒りに任せ、レンチを振る手を休めなかった。こいつらは、肉体的にすでに死んでいる――。認めたくなかっただけで、心のどこかでは勘づいていた。ならば、私の行為は、死者をさらに死なせることになるのだろうか。

殺しても殺しても息絶えない歩行者たちの数は減るどころか、さらに増えていた。どういうこと？　何が起きてるっていうの？　パニックになりかけたそのとき、トミーに腕をぐいと摑まれ、私は車の後部に引っ張っていかれた。マットはというと、慌てふためきながらポンティアックの運転席に戻り、エンジンをかけるや否や車を急発進させた。なりふり構わぬ運転で、私たち兄妹と危うく接触するところだった。

「あれを見ろ」

トミーの言葉に、私は我に返った。もうレンチを振り回す体力はなく、顔を上げるのが精一杯だったが、彼が指差す林の奥を見てギョッとした。さらなる死者たちが、丘を降りてくるではないか。その多くが裸で、皮膚が垂れて肉が崩れ落ち、骨が剝き出しになっている。ほとんど骸骨に近い状態の者もいた。

「車に乗り込め！　奴らが襲ってくる」

兄に促され、私はダッジ・チャージャーに滑り込んだ。トミーも助手席から乗車し、ドアを閉めた。その直後、連中の腐敗した顔や手のひらが、次々に車窓に押しつけられた。皆、歯を剝き、執拗に嚙みつこうとしてくる。死者ならば、もはや理性などなく、本能的に生きている人間を食おうとしているのか。

エンジンがかかり、車は勢いよく飛び出した。行く手をさえぎる者たちは容赦なく撥ね飛ばし、地面に転がった身体も躊躇なく轢き潰し、私はひたすら前進した。このままスムーズに逃げ切れるかもしれない。ところが、前方で倒木が道をふさいでいるのがわかり、私は慌ててブレーキを踏んだ。辺りに連中がいないことを確認し、車から降りてトミーとふたりで障害物を取り除いた。幸い、それほど大きな木ではなく、道路脇に移動するのに、大した時間もかからなかった。

再び車を走らせていくと、マットの車が止まっているのが見えた。こちらのライトが道路に残るスリップ痕を浮かび上がらせた。気が動転していたせいなのか、ハンドル操作を誤り、道端の大木に衝突してしまったらしい。運転席のドアが開いたままで、車内にマットの姿はなかった。乗り捨てられたポンティアックを横目に、私たちは先を急いだ。

ついに正面にデッドマンズ・カーブが見えてきた。奇妙な人食い連中との距離が開いたので、私はスピードを落としており、魔の左急カーブも難なく曲がることができた。正直、レースをしていなくてよかったとつくづく安堵した。想像以上に危険なヘアピンカーブだったからだ。カーブを曲がりながら右手に見えたのは、ポッカリと開いた人工の穴。月のクレーターほどもありそうな巨大なもので、水をなみなみと湛えていた。かつては採石場だったが、石が採り尽くされるほど掘られた穴は、実際にどれだけ深いのかわからないが、対岸までの距離は相当なものだ。暗がりの中、広い湖面は月光を反射して輝いていた。

しばし人工湖沿いに車を走らせていると、左側に伸びる脇道を見つけ、私はそのルートを選ぶことにした。あの化け物たちがなんであれ、車に乗っていれば、遭遇するたびに奴らを跳ね飛ばし、行く手を確保できるだろう。しかし、それにも限界がある。朽ちかけた身体とはいえ、ぶつかる衝撃は小さくなく、いずれは車が壊れてしまう。車を失った場合、私とトミーは、一本のタイヤレンチとかすかな希望だけであいつらと対峙しなければならない。

　この横道に入ったことが、果たして吉と出るか凶と出るか。道の選択は反射的な行動だったし、大きな賭けに違いない。バックミラーは、化け物たちの姿を捉え始めていた。崩れた肉体でぎこちなく歩いているが、連中は皆、こちらを目指している。奴らが執拗に自分たちを追ってきている事実を思い知らされ、私は改めてゾッとした。どう考えても、生命を維持できる状態ではない。だが、死んでいるのに肉体は動き、獲物を追う本能はあるというのか。いくら考えても答えは出ず、ますます頭は混乱するばかりだ。

　そうこうしているうちに、私たちは一軒の屋敷に行き当たった。おそらくこの辺りの農場主のものだろう。近くには、大きな納屋もある。左手の白い板塀の向こう側には、牧草地が広がっていた。

　弧を描くドライブウェイを進んで家の前まで来ると、敷地に通じる扉は開いており、例の奴ら二体が歩いているのが見えた。その奥の庭も、ぶらぶらと歩く連中であふれている。病衣や裸の者だけではなく、きちんと服を着ている者もいる。若者から老人まで年齢はまちまちだ。頭がぐらつき、視線が定まらないまま徘徊している様子や、突発的に身体を引きつらせる具合から、先ほど遭遇し、こちらを追ってきている化け物と同類に違いない。ただ、ここには、肌の感じや血糊が〝新鮮〟な者もいた。

「クソッ」トミーがそう吐き捨て、私も「ホント、最悪」と同調した。

どんな罵(ののし)りの言葉でも片づけられないほど、現実は忌まわしい状態だった。背後から追っ手が迫る窮地で、選んだ横道は行き止まり。しかも、そこも人食いの化け物だらけ。嘘でも誇張でもなく、文字通り「最悪」だ。

逃げ道は他にないのかと周囲を見渡した私は、納屋に目を留めた。二つあるドアのうちひとつが開き、中から女性が手招きしていたのだ。私たちの会話を聞いたのか、こっちに来いと手で合図している。すると、突然マットが顔を出し、彼女の腕を乱暴に摑んで納屋の中へと引きずり込んだ。

私はハンドルを切り、アクセルを思い切り踏んで納屋に急行した。屋敷から納屋まではひどい砂利道だったが、弾丸のように車を加速させた。納屋の前に来ると、マットがもがく女性を殴りつけているのが見えた。顔に何度も拳を食らい、彼女は力なく倒れ込んだ。なんてひどいことを！　私は腹を立て、傍(かたわ)らに置いておいたレンチを手にして車を飛び出した。さらにマットは、開いていたドアを慌てて閉めようとしていた。第一印象通り、やっぱりクソ野郎だ。駆け出した私は身を乗り出し、ドアの隙間を目がけてレンチを振り下ろした。金属が肘に命中し、マットは悲鳴を上げて後ろに飛び退(の)いた。痛みで七転八倒する彼を尻目に、私は納屋の扉を大きく開け、助手席から運転席に移動していた兄に車を中に入れるよう指示をした。屋敷の方を見ると、こちらの音を聞きつけたのか、庭の化け物たちが重い足取りで向かってくるのがわかった。車が完全に乗り入れたのを見届けた私は扉を閉め、降車したトミーに手伝ってもらって太いかんぬきを内側からかけた。これで少しは大丈夫だろう。

呼吸を整えるうちに激しい怒りがむらむらと込み上げ、私は地面に転がるマットに何度も蹴りを入れた。しかしすぐに、この男に制裁を加えても何も事態は変わらないのだと我に返る。どっと疲れが出て座り込みそうになったが、納屋の扉がガタガタ鳴り始め、気を取り直した。外から聞こえてくる不気味なうめき声に、私の全身は凍りついた。ドアの向こうには、化け物が集まっている。それも、一体や二体どころではない。

マットから暴行を受けた女性がトミーの手を借りて立ち上がると、暗がりから誰かがひょっこり現われ、彼女に駆け寄ってすがりついた。小さな男の子だ。女性も男の子をしっかりと抱きしめた。さらに男の子がもう二人と女の子ひとりも姿を見せた。女の子は、まだ十歳くらいだろう。少年たちは女性の周りを歩いたりしていたが、少女の方は立ち尽くしたままだ。水を張った桶(おけ)に足を入れたら、そのまま凍ってしまったかのように直立不動だった。

「……おまえの馬鹿力(ばかぢから)で、危うく腕の骨が折れるところだったぞ」

倒れていたマットがこちらを睨みながら、よろよろと上体を起こした。「顔に蹴りまで入れやがって。顎にヒビが入ったかも。ひどく痛む」

「あら、お褒めの言葉をどうも」

「このビッチめ」

「それ、私のミドルネームみたいなもんよ」

どんなに罵られても、私は負けなかった。今、気力をなくしたら、すぐに命まで失ってしまうだろう。

「そいつ、私たちを外に追い出そうとしたのよ」

横から女性が口を開いた。殴られた目を手で押さえている。

「ふん、適者生存の法則に従ったまでだ」

「女に蹴り倒されてるようじゃ、おまえが適者だとは到底思えないが」

鼻で笑うトミーに対し、マットはさらに言い返した。

「は？　こいつらを見てみろ。役立たずの年増女とガキどもで、しかもうちひとりは知恵遅れときてる。足手まといもいいところだ」

「そういうお前は、さぞかし社会貢献している立派な人物なんだろうな」

トミーは呆（あき）れたように首を振った。

電球が大きな納屋の室内を照らしていた。内部の様子を確認すると、前後に観音（かんのん）開きのドアがあり、たくさんの干し草が積まれているのがわかった。後ろのドアのそばには、トレーラーがつながれたトラクターが置かれている。隅は馬小屋になっていて、馬が二頭いた。一頭は栗毛色（くりげいろ）で、もう一頭は白と茶のまだら模様だ。私は大の馬好きで、夏になるとサマーキャンプに参加し、トミーと乗馬して過ごしていた。両親が離婚する前の幸せな時期の記憶だ。

私は女性に歩み寄り、目の状態をチェックした。かなり腫れており、涙でぐしゃぐしゃになっている。年の頃は六十代。日焼けして皮膚はシワだらけだが、凛とした雰囲気で、気丈さが全身からにじみ出ている。彼女が抱きしめている男の子は、知的障害があるのは明らかだった。子供たちの中では一番身体が大きく、十三、四歳くらいに違いない。なぜ障害児だとわかったのかは、彼の表情が体格の割に非常に無垢に見えたからだ。健常者ならそのくらいの年にはとっくに失っている純真さや可愛らしさを、彼は備えたままだった。

「この子たちは私の孫よ」

そう愛おしそうに子供たちを見つめる女性に、私は思い切って訊ねた。

「一体何が起きたの?」

彼女の表情はみるみるうちに曇り、大粒の涙が頬を伝う。唇を結んでうつむく祖母に、四人の子供たちがしがみついた。やがて女性は手の甲で涙を拭い、孫たちと一緒に干し草に腰を下ろした。

「正確なことは何も言えないんだけれど――」

彼女は口を開き、語り始めた。「あいつらはたぶん死人よ。あなたもそう感じてるはず」

「ええ。だけど、なぜこんなことが起きてるの?」

私の問いに、「理由も原因も全くわからない」と、彼女は力なく首を振った。

「私は娘の子供たちとここで暮らしてる。日が暮れたから、表で遊んでいた孫たちを呼びに行ったの。そしたら、外は奴らでいっぱいで……」女性は一旦言葉を呑み、さらに続けた。「奴らが屋敷に迫ってきて、私は子供たちを連れ、納屋に逃げた。ここまでちょうど来たときに、どこかのろくでなしが現われ、納屋を独り占めしようとしたのよ。私がこいつと揉み合っているうち、子供たちは無事に中に入れたんだけど、あなたの車を見て助けを呼んだら、急に暴力を振るわれて。こいつ、連中がうじゃうじゃいる外に、私を追い出そうとしたわ。自分だけが助かればいいと考えたんでしょうね」

化け物は最悪だが、目の前の〝どこかのろくでなし〟は最低だ。マットに軽蔑の視線を向けたそのとき、納屋の両方のドアが激しく音を立てた。あいつらが叩いているのか、揺すっているのか、今にも納屋がサイコロのように転がされるのではないかと思えるほどだった。

「あいつらに囲まれてしまったのね。これが現実だなんて信じられない。何がどうなっているのか、ずっと考え続けているわ。なんで死んだ人間が生き返ったりするわけ？　奴らの中には、ターナーさんも混じっていた。昨日九十歳で亡くなって、死体安置所に置かれていたはずなのに。彼のことはよく知ってるの……」

興奮して一気にまくしたてた女性は、大きく息を吐いた。

「他にも知ってる顔が？」

　トミーに問われ、彼女は悲しそうにうなずいた。

「友だちもいるし、ご近所さんもいるわ」

「街は、ここからどのくらい離れているの？」

「ここも街といえば、街。端っこだけど。中心部は、病院と死体安置所からはそう遠くない。おそらく五キロもないわね」

　トミーが私を見て言った。

「なら、街も化け物だらけになっているかもしれない」

　私は再び女性に訊いた。

「外にいる連中は、この街の住人？」

「街の人を全員知ってるわけじゃないから、なんとも言えないわ。でも、街自体はそう大きくない。私の知り合いはみんな近所に住んでいたけど、知らない顔の中に、中心部から来た者もずいぶん含まれているでしょうね」

「死体安置所や病院から来た人間もいるだろうな」

　トミーの意見に、彼女はうなずいた。

「そういえば、病衣を着ているのもいたわ」

　マットが立ち上がろうとしているのが視界に入り、私は「動かないで！」と釘を刺した。

彼は動きを止め、こう放言した。「いいか、この婆さんとガキどもをただちに外に追い出せ。化け物がごちそうにありついている間、俺たちは車でここから逃げる。助かるにはそれしかない」

「何よ、それ。あんたと私と兄貴は同じチームってこと？」

私が呆れ顔でマットに返し、女性は「お願いだから、そんな恐ろしいことはやめて」と首を振った。

「もちろん、そんなことはしない。心配しないで」と、トミーは彼女をなだめるように言った。「なあ、もっと冷静になって現実を考えてみろよ。あちこちで似たようなことは起きてるぜ」

「うるさい！　黙れ」私はマットを怒鳴りつけた。「ホント、ムカつくわ」

「俺たちはレーサーだ。速く正確に走れば、生き延びることができる。急カーブの曲がり方だってちゃんとわかってるんだから」

減らず口が止まらないマットに、今度はトミーがキレた。

「何が『俺たちはレーサーだ』だよ。おまえは車を木に激突させ、乗り捨ててたじゃないか。絶望して自殺するつもりだったのか？　あいにく死にそびれたようだな。おまえはゴキブリ並みの最低野郎だが、生命力の強さもゴキブリ級ってわけか」

「あいつらを避けようとして、ハンドルを切り損ねただけだ。とにかく、ババアとガキを餌食にするのが、俺たちが生き残れる手段だ」

マットは女性とその孫たちをじろりと見つめ、彼らを震え上がらせた。

「いい加減、その口を閉じなさい！」

レンチで自分の手のひらを軽く叩いてみせると、相手はようやく静かになった。私は女性に向き直り、こう質問した。「あのトラクターは走れるの？」

「そんなに速くはないけど、走れるわ。つながっているトレーラーを外せば、もっとスピードが出せるはずよ」

「でも、トレーラーは必要だわ」

私の発言にトミーがすかさず反応した。

「トレーラーが必要って、どういうことだ？」

兄の問いに答える前に、私は地面に横たわるマットを見下ろした。こいつは私たちを道路に残してさっさと逃げたかと思うと、納屋に逃げ込もうとした私たちを閉め出そうとし、そのくせ、今になって私たちに一緒に逃げようと擦り寄ってきた。しかも、この女性と子供たちを置き去りにしてあいつらに食わせろと、恐ろしいことを平然と口にしているのだ。人間のクズめ。

納屋のドアがガタガタと鳴っている。

このままでは化け物がなだれ込んでくるのも時間の問題だし、マットのクソ野郎はいつ暴挙に出るかわからない危険要因だ。私は打開策を見出そうと、必死で思考をめぐらせた。

　四方の壁が叩かれ、揺さぶられている。その激しい音と恐怖と焦りで、私は頭がおかしくなりそうだった。一刻も早く手を打たないといけない。ならば――。

「おばさん、子供たちと一緒に納屋の奥に移動してくれない？　馬小屋の陰で、少しの間じっとしててほしいの。あと、耳を塞いでいて」

　急な指示に、女性たちはきょとんとしている。

「早くして！」

　大声を出すと、彼らは慌てて動き出した。馬舎の裏に場所を移した五人の姿が見えなくなったのを確認し、私はマットのもとへ歩み寄った。目が合った途端、彼は何かを悟ったのか、いきなり起き上がり、脱走を図ろうとした。しかし、私がレンチを振り下ろす方が速かった。手が痺れるほどの衝撃とともに、嫌な鈍い音がし、マットの身体は崩れ落ちた。たった一撃で息の根を止めたのかどうかは定かではなかった。念には念を入れ、二度と起き上がれないようにしなければ。私は何度も何度もレンチを叩きつけた。

　荷造り用のヒモがあったので、トミーと二人がかりでマットの身体をダッジ・チャージャーの後部バンパーに縛りつけた。ヒモを固く結びつつ、かつて読んだギリシャ神話をふと思い出した。一騎討ちで勝利した後も怒りが収まらなかったアキレウスは、ヘクトールの遺体を戦車の後ろに括（くく）りつけて引きずり回したという。当時のアキレウスも、こんなふうにはらわたが煮えくり返っていたのだろう。

女性と孫たちは、恐る恐る馬小屋の陰から顔を出し、こちらの様子をうかがっている。私の顔も身体も返り血で赤く染まり、全身の震えが止まらない。しかし、こうするしかなかったのだ。彼らが一部始終を目撃していたとしても、仕方がない。将来、セラピーを受ければいい。ただし、〝将来〟があれば、の場合だが。

「これからどうするか説明するわ」

震える己（おのれ）の上半身を両腕で抱きしめ、私はできるだけ冷静さを保ちながら話し始めた。

「トミーが扉を開けたら、私は車で外に出て、表の連中を引きつける。トミーはここに残るから、あいつらがこっちに気を取られている隙に、あなたたちはトレーラー付きのトラクターで脱出して。それで街に向かうのよ。中心部の方は安全かもしれない。タイミングを見計らって移動して。それまではここで待機しているのよ」

私の説明を、女性は固唾（かたず）を飲んで聞いていた。彼女が理解していることを確認し、さらに続ける。「一緒に行動する手もあるんだろうけど、奴らがどれだけいるかわからないでしょ。道路が占拠されていたら、たとえ車でも取り囲まれて動きが取れなくなる可能もある。だから、私が——」その恐ろしい状況を想像し、私は口をつぐんでしまった。

「ダメだ。おまえにそんな危険な真似（まね）はさせられない」

兄は心配そうにそう言ったが、私は「平気。やれるわ」と気丈に返した。「私はハーメルンの笛吹き役になって、車のエンジン音とマットの血の匂いで奴らを納屋から引き離す。だから、あとは頼むわ、兄貴」

女性がこちらに歩み寄り、怖々とマットの悲惨な姿を見下ろした。執拗な殴打のせいで、彼の頭部は変形し、郵便受けに入りそうなくらいぺしゃんこになっていた。

「私は前のドアから出る。あなたたちは後ろから出るのよ。そっちで死人に出くわした場合、戦わないといけないから、武器になるものが必要ね」

私は納屋をぐるりと見渡した。壁に農具が立て掛けられている。「熊手も鍬もあるわ。この計画は完璧とは言えないけど、ずっとここに立てこもっているわけにはいかない。食料だってないし。馬を食べる気なら、それはそれでしばらく持つでしょうけど、それでも限界がある」

「……おばあちゃん」

孫娘が馬を指差し、涙を流し始めた。「私、あの子たちを食べるなんて、できない……」

「そんなことしないから、大丈夫よ」

女性は少女を優しく抱きしめ、なだめていたが、大人の彼女は全て理解しているはずだ。もし、ここに留まるなら、いずれは馬肉で飢えをしのがないといけないこと、しかもおそらく生で食べることになるという現実を。

「馬たちは小屋から出し、逃がしてあげましょう。トミーと子供たちをトレーラーに乗せ、あなたが街までトラクターを運転して。もっと大勢と遭遇しても、トミーがあなたの助けになるわ。簡単にはいかないだろうけど、今はそれしか選択肢がないの」

彼女は私の言葉を黙って聞いていたが、その強いまなざしから、決意が伝わってきた。

トミーに手伝ってもらい、いよいよ納屋の扉のかんぬきを外した。かんぬきを地面に落とすや、私は車へと駆け出し、中に乗り込んだ。トミーは扉をほんの少しだけ開け、納屋の奥のトラクター目指して走り出した。女性はすでにトラクターのエンジンをかけており、子供たちはトレーラーに乗っていた。それぞれが何かしら農具を手にしている。とはいえ、熊に木の枝で立ち向かうがごとしで、実際にどこまで役立つかは定かではない。それでも、何も持たないよりはマシで、それが今できる最善策だった。

化け物たちのうめき声は、前方からだけではなく、後方からも聞こえてきた。自分も兄たちも茨(いばら)の道を進むことになりそうだ。

かんぬきが外された観音開きの扉が、嫌な音を立てて開き始め、外気とともに大勢の化け物が視界に飛び込んできた。私は車のヘッドライトを点(つ)けて奴らを驚かせつつ、エンジンを大きく唸らせた。豪快に飛び出した車は、一気に数人を撥ね飛ばす。納屋から少し離れたところで停車し、連中が後部バンパーに縛られたマットに気づくのを待った。こちらの思惑通り、血の匂いは奴らの食欲をそそり、次々と死人たちが集まってきた。車に群がった連中はガラス窓を叩き、車に這い上がろうとまでしてくる。まるでショーウィンドウ内に飾られたパイになった気分だ。

私は再び車を動かし、比較的ゆっくりと前進していった。連中と一定の距離を開けつつも、相手がごちそうへの興味を持続できる距離を保ち、引き離しすぎないように注意した。

納屋を中心にした環状の道を何周かしているうちに、ダッジ・チャージャーは化け物で覆われる形となった。ボンネットの上にも何体もへばりつき、前方が見にくくなっている。餌を食べ尽くされたくなかったので、ややスピードを上げ、農場外の車道に出ることにした。大きな通りに着いても、奴らはまだついてきていた。車体にまとわりついていた死人たちはしつこく拳で窓を叩き続け、とうとう後部ガラスにヒビが入ってしまった。その瞬間をバックミラーで目撃し、私はギョッとした。まだ窓ガラスに穴は開いていないが、星印のような打撃痕から、細かい裂け目が伸びている。

納屋からここまでは一本道だ。トミーたちも運良く脱出に成功したら、彼らのトラクターは私の後ろをついてきてこの分岐点で逆方向へ曲がり、街の中心部へ向かうはず。まだ彼らの姿は見えていないが、きっとうまくやってくれるだろう。

周囲はすっかり暗くなっていたが、月の光が夜道を照らしてくれていた。明るい月を見ていると、スポットライトを浴びているような気がしてくる。現在進行中の信じられない出来事は、虚構のドラマか映画なのではないか、私はただクリーチャーに追われて逃げるヒロインを演じているだけではないのかと、ふと考えてしまう。小さく息を吐き、私は現実に目を向けた。

相変わらず車には、何体もの化け物がしがみついている。そろそろ加速し、連中を引き離すべきだろう。アクセルを踏んでスピードを上げると、日焼け後の皮膚が剝けるように、奴らは車体から剝がれ落ちた。ふらふらと徘徊しているかに見える歩行者を追い抜き、チャージャーを高速で走らせても、連中はこちらを追いかけ続け、その数は確実に増えていた。〝餌〟はどれほど残っているのだろうか。車の後部バンパーに括りつけたゆえ、バックミラーでマットの状態を確認することはできない。まあ、ある意味、見えなくて正解だったかもしれない。私は平然とマットを殺した。そして、彼を奴らに食わせている。人として最低な野郎だったが、自分がやったことを考えれば、マットと同類ではないか？その問いに対する答えは考えるまでもない。その通り、私は人として最低だ。

減速と加速を繰り返し、私は餌を追いかける死人たちの気を引き続けた。ガソリンメーターの針は、残量がわずかしかないことを示している。車の背後には、連中の群れがまるで壁のようになっていた。

そのとき、バックミラーに映った何かに、私はハッとした。暗がりの中で何かがきらめいたのだ。光がスウィングするたび、化け物は倒れたり、首が飛んだりしていた。目を凝らした私には、その正体がすぐにわかった。カウボーイさながらに〝壁〟を馬で突き抜けてきたのは、トミーだった。納屋の馬舎にいた一頭にまたがり、ここまでやってきたのだろう。兄が群れから飛び出し、奴らとの距離を十分に稼いだところで、私は車を止めた。

トミーが馬を車の右隣につけたのを見計らい、私は身を乗り出して助手席のドアを開けた。彼は地面に降りるなり、鞍(くら)と手綱(たづな)を外して馬の尻を叩いた。身軽になった馬は勢いよく駆け出し、森の奥へと姿を消した。私は兄が車に乗り込む間もバックミラーで死人たちを確認していたが、餌の効力が薄れたせいなのか、連中の歩く速度が遅くなっている気がした。かといってこちらを追ってくるのをやめたわけでもなかった。着実に距離は縮まっている。

助手席に座ったトミーが大きくため息をつき、膝の上に芝刈り用の鎌を置いた。さっき暗闇で光っていたのは、その鋭い刃だったらしい。

「無事に逃げ切ってくれればいいが——」

馬が消えた森の方を見つめ、兄はつぶやいた。臆病者だった彼の横顔が、初めて頼もしく思えた。

背後を見やると、連中がすぐそこまで迫ってきていた。私はクラッチを踏み、ギアチェンジをし、再びダッジ・チャージャーを発進させた。

「で、そっちはどうなったの？」

「彼女は子供たちとトラクターで街に向かったよ。俺は馬に乗り、途中まで伴走した。死人たちの姿がなくなったところで、俺は方向転換し、おまえの後を追った。遅かれ早かれ、おまえと合流する気だったけど、意外と早く来られて良かったよ」

「いい兄を持って幸せだわ。そんなふうに思ったこと、今までなかったけど」

私の言葉を聞き、トミーは噴き出した。私も声を立てて笑った。こんな状態でも人間は笑えるのだ。いや、こんな状態だから、笑えたのかもしれない。

鬱蒼（うっそう）とした林道を曲がると、行く手は奴らであふれていた。私はアクセルを踏み、二体を撥ね飛ばし、一体を轢いた。目の前の大群を突破するため、さらに車を加速させる。燃料メーターはゼロに近い。ほどなく車を乗り捨てることになるだろうが、大勢の死人たちの中を歩いて進めばどうなるか、結果は見えている。すると、急に前方が暗くなった気がした。どうやら衝突の連続で、右側のヘッドライトが壊れてしまったらしい。ひとつのライトだけで夜道を走行するのは、思った以上に大変で、月明かりがあることに感謝した。

私はさらにスピードを上げた。

「私のシートベルトを締めてくれない？　それから兄貴も締めて。もうすぐ例の魔のカーブよ」

トミーは腕を伸ばして運転席側のシートベルトを引き出し、バックルをはめた。それから助手席に座り直し、自身もシートベルトを装着した。

私の覚悟は決まっていた。直線上にデッドマンズ・カーブが待っている。だが、減速はしない。左のヘッドライトのかすかな光が、死人たちを浮かび上がらせた。樹木が生い茂った丘の上から、次から次へと降りてくる。ずいぶんマシな格好をしているところを見ると、近隣の農家の人々で、奴らに食い尽くされずに済んだ、ある意味〝サバイバー〟だろう。これまでの目撃例から判断するに、化け物に噛まれた人間が奴らに同化するのは、明らかだった。容赦なく噛まれ、肉を引きちぎられても生き返る。しかも、猛烈に腹を空かせて。

「カーブに行き当たっても直進し、採石場の湖に飛び込むわ」

無謀な提案だったが、トミーは驚かなかった。しばし、口をつぐんで考え込んでいたが、こう返事をしてきた。

「かなりの高さから落ちることになる。湖も深そうだ。それでも、やるのか？」

「兄貴、泳げるわよね？」

「水面でも墜落の衝撃は相当なものだろうな。それでも生きていたら、泳ぐよ。でも、どこに向かって泳ぐんだ？」

「湖の向こう岸」

「おいおい、岸壁は切り立ってる。ツルツルしてそうだ。泳ぎ切ったとしても、あれに登れるのか？」

　石切場では、岩盤を四角く切り取っていく。その結果できた人工湖の壁面が非常に滑らかなのは当然のことだった。

「どこかに登り口があるかも」

「〝かも〟？」

「連中がわんさかいる中で車がガス欠になるよりマシでしょ！　他に選択肢はないわ。窓を開けておいて。湖に落ちたら水圧で開かなくなるから」

　私に怒鳴られ、トミーは慌ててドアのハンドルを回し始めた。年代物のダッジ・チャージャーには、ボタンひとつで開閉できるパワーウィンドウなど搭載されていない。各ドアに設置されたハンドルを各自で回さないといけないのだ。運転中の私も左手でハンドルを回転させ、窓を全開にしていく。

　カーブは目前に迫っていた。大きく窓が開き、外気が流れ込む。もちろん、車道を陣取る化け物たちはここぞとばかり手を突っ込んできた。しかし、車は猛スピードで走行中だ。腕がもげて宙を舞い、車体にぶつかった肉体は衝撃で弾け飛んでいく。高速を維持しているので、フロントガラスに数体がへばりついたままカーブに差し掛かった。車は猛烈な勢いで木の枝や低木の茂みを掻き分けていく。自慢の愛車が傷だらけになっていく音を聞きながら、この期に及んで車の心配をするのかと苦笑しそうになった矢先、突然視界が開けた。崖から飛び出す瞬間、私は足を踏ん張った。

月明かりの中、ダッジ・チャージャーは少しばかり滑空した。私の目は、咄嗟（とっさ）に反対側の絶壁を捉えた。見事なくらい垂直に切り立ち、艶（つや）やかで美しい。すぐに車は急降下をはじめ、バックミラーには、ひらひらとはためくヒモにつながれた肉片が映った。あれがマットの残骸（ざんがい）か。わずかばかりの肉片は、溶けて小さくなった赤い綿アメのようだった。墜落しつつ、湖面に浮かんだ月をめがけて飛び込もうとしている感覚に襲われる。暗い水面はあまりにも静かで、一枚の巨大な金属板に見えてきた。

窓を開けていたので、風が轟々（ごうごう）と音を立てて車内に吹き込んでいた。風圧に負けたのだろう、ひびが入っていたリアウィンドウがついに破損した。粉々に砕けたガラス片が、月光を浴びてキラキラと輝きながら飛散した。

そして、激しい着水の衝撃が私たちを襲った。

その刹那（せつな）、何がどうなったのか正確にはわからないが、私の頭はハンドルに叩きつけられ、大量の水が流れ込んできた。たちまち水浸しになり、パニックに陥りそうになる。自分の居場所の見当がつかない。しかし、水の勢いは容赦なく、口も鼻も覆われていく。ああ、溺れ死ぬんだ――私は漠然とそう思った。トミーの方に手を伸ばしたが、そこに彼はいなかった。シートベルトを外そうとして自分の身体を探ったが、どこにもベルトがない。どうやら、私はすでに車外にいて、水草のように湖中を漂っているらしい。どうやって脱出できたのかは、全く記憶になかった。なんとも言えぬ解放感と浮遊感を覚えながら、意識が遠退きそうになっていく。

そのときだった。何かに摑まれ、強く引っ張られたかと思うと、水上に顔が出ていた。激しく咳き込み、水を大量に吐き出した。ふと見ると、隣にトミーがいた。彼が引き上げてくれたらしい。

「大丈夫か？」

「兄貴は……命の恩人ね」

肩で呼吸をし、沈まない程度に足を掻きながら、私は精一杯微笑んでみせた。

「まあな。最初は置いていこうかと思ったんだが、これまで全てのレースに勝った功労者を見捨てるわけにはいかないと思い直した。新たな車代を支払うためにも、この先も稼いでもらわないと困るし」

そうだ。私の車！　トミーの言葉に、私は暗い湖底に沈んだダッジ・チャージャーに思いを馳せ、胸を痛めた。過去にデッドマンズ・カーブを曲がり切れなかった何台もの車と同じように、冷たい水の中で瓦礫と化していくのだ。相当走り込んだ分、愛着もあった。もう二度と相棒に乗れないとなると、身体の一部を失った気がする。兄が自分を励まそうとユーモアを交えて話してくれているのがわかったが、私の顔からは笑みが消えた。

「あいつらは？」

気を取り直し、話題を変える。悲しむのは後回しだ。

「五、六体は車にしがみついたままだったし、何体かは一緒に崖から落ちたようだ。とはいえ、近くの湖面に連中の姿は見えない。まともに泳いでいる様子もないから、おそらく今頃水の底だろう」

呼吸も気持ちも徐々に落ち着き、私は普段の自分に戻っていたが、黙ってトミーの言葉を聞いていた。

「で、妹よ。これからどうする？　おまえのプランに乗り気じゃなかったが、ありがたいことに、俺たちはなんとか生き延びてる」

「この状況じゃ泳ぐしかないわね」

辺りを見回しても、水しかない。足を掻いているので、自分たちの周囲だけ、暗い湖面がゆらゆらと揺れている。「まずは二人とも泳いで、疲れたら、ひとりがもうひとりを抱えて交代に泳ぎましょう。体力がある程度回復したら、また別々に泳げばいい。時間をかけてもいいから、確実に湖を渡り切らないと」

「向こう岸まで相当あるぞ」

トミーはため息をついた。「すでに狼に食われた挙げ句、クソになって湖に落とされた気分なのに、ここからこの距離を泳ぐのかよ」

私もはるか彼方の湖岸に視線を向けた。上から眺めたときよりもずっと遠くに思えた。

「それにあの壁面、やけに高いし、ガラスみたいにツルツルしてるぞ。あそこに泳ぎ着いたとして、一体どうする？　地上まで空中浮遊するのか？」

「その必要があるならね」

私たちは腹を決め、真剣に泳ぎ始めた。最初は並んでともに泳ぎ、しばらくして、私が泳ぐトミーの首に腕を回し、引っ張ってもらった。その後、今度は私が兄を抱えて泳いだ。これまでのところ、泳ぎでは、私の方が持久力があるようだ。

どのくらい泳いだのだろう。ふと周囲を見回したが、湖はあまりにも広く、相変わらず私たち兄妹は、膨大な水に取り囲まれたままだ。目指す方の岸壁に、一瞬、地上に登る道が見えた気がしたものの、月が雲に隠れてしまい、対岸の壁面は黒いカーテンが引かれたように真っ暗になってしまった。あの道が目の錯覚だったのかどうか、今は確認できない。

月が再び雲間から顔を出せば、再び地上へ続く道を見られるかもしれない。皮肉にも、危険なレースに挑み、死のカーブで度胸とテクニックを試そうとした命知らずの私が、今、死に物狂いで生に執着している。もしも岸壁に道があったなら、私と兄は一縷（いちる）の望みをつなぐことができるはずだ。心からそう願い、私は黒い湖面に視線を戻した。

スーという名の
デッドガール

クレイグ・E・イングラー

DEAD
GIRL
NAMED
SUE

クレイグ・E・イングラー
Craig E. Engler

PROFILE

テレビドラマシリーズ『Zネーション』の企画、脚本、同作コミック版の原作に携わる。『ミッション：インポッシブル』シリーズで知られる俳優ヴィング・レイムス主演の『ゾンビ・クロニクル2』の脚本も担当。『ニューヨーク・タイムズ』『WIRED』などの媒体にも執筆するジャーナリストの顔も持つ。また、H・P・ラヴクラフトを題材にしたコミック『Lovecraft』や、減量したいオタク向けのハウツー本『Weight Hacking』も手がけた。
HP：craigengler.com/
Twitter：@craigengler

「死んだ人間を殺したから俺を逮捕するっていうのか？」

　後部座席から、クライヴン・リッジウェイがわめいた。手錠を外そうとしているのか、両手を激しく揺さぶっている。

「保安官、連中への攻撃は解禁されたってよ。ニュースではそう言ってる」

　エヴァン・フォースターは振り向かなかった。バックミラーに視線をやることもなく、こう返した。

「最後にエッタと会ったとき、彼女はまだ生きてた。俺やおまえみたいにな。人殺しじゃないと完全に否定できるまで、こいつは殺人事件として扱うし、おまえは鉄格子の中にぶち込まれる」

　エヴァンは、さり気なく「人殺し」の「人」を強調した。しかし、クライヴンは全く納得がいかないようだ。憮然たる面持ちで車の床にツバを吐き、声を荒らげた。

「おいおい、頼むよ！　確かな証拠もないのに、あんたは無実の俺をパトカーで連行し、投獄するっていうのか。しかも、俺の家族は署に呼び出されるわけだ。俺の顔に泥を塗るのはやめてくれ」

　容疑者の訴えを無視し、エヴァンはハンドルを切ってハリソン通りの角を曲がった。信号という信号は作動しておらず、どの家も真っ暗だ。停電になってすでに八時間。いつ電気が復旧するのか、見当もつかない。電力会社が出したコメントには、「無期限」という言葉が入っていた。電話が使える今のうちなら、誰かに連絡をつけることはできる。

「パトカーは初めてじゃないだろう？」

　エヴァンは肩越しに訊ねた。「テープカットのセレモニーでは、あんたの家族に世話になったな。とはいえ、殺人罪が軽減されるわけじゃないが」

「俺を逮捕したのは、エッタ・ウィナーソン殺しだけが理由じゃないな？」

　クライヴンの問いに対し、彼は何も答えなかった。

　パトカーはシェイファー通りへと入り、環状交差点で方向転換をした。交差点中央の花壇では、たくさんのペチュニアが可憐な花を咲かせている。その花から名前を取った、地元の〈ペチュニア婦人クラブ〉が植えたものらしい。確か、木曜日に図書館で行われたレクチャーでそう言っていた。花は、ワイルドホワイト種が他の色より圧倒的に多く、花壇は白い色に占領されている。奇妙なことに。〝ワイルドホワイト〟は、天然痘に似た「サル痘」のウイルスのことも指す。白花とウイルスに関係性はないのだろうが、どちらも繁殖力は強い。そんなことを考えていると、見事に咲き誇る白い花が不気味なものに見えてくる。

花壇沿いに車を走らせていたそのとき、エヴァンは花の中に埋もれた死体を見つけた。思わず顔をしかめたが、車を止めるまでもないと判断した。後部座席の男をブタ箱に放り込んでから、戻ってきて死体が誰なのか確認すればいい。蘇って動き出すタイプの死体ではなさそうだし、顔見知りの可能性も高かった。

わずか三時間前、彼は友人三人を仕留めなければならなかった。うちひとりは、保安官補のジャクソン・ヘイズだった。彼らの死因をどう説明すればいいのか、確かなことは言えない。他のふたりは交通事故に遭い、ヘイズはその片方に心臓マッサージを施そうとしていた。アウトブレイク初期の犠牲者は、そのパターンがほとんどだ。生きた人間だと思い込み、助けようとして殺られてしまう。

クライヴンは、性懲りもなく後部座席で手錠を鳴らしていた。あたかも手応えがあったかのようなカチャリという音の後に、悪態が続く。やれやれ、そんなことをしても、ますます手錠がきつくなるだけだというのに。

「いいか、よく聞け！　この件の結末は次のふた通りしかない」

クライヴンが声を上げた。「明日、裁判所で、裁判官が俺の無罪放免を言い渡す。それか、明日、法廷が開かれることはなく、裁判所の再開が二度と見込めないため、あんたは俺を釈放するしかなくなる。そのふたつのどちらかだ」

そして、男は少し身を乗り出し、不敵な笑みを浮かべた。「なあ、この異常事態をなんとかする手助けをしてやってもいいぜ。そんじょそこらの保安官補より、銃の腕前はいい」

「まあ、先のことはわからん。とにかく、どっちに転ぶか、じきにわかるだろう。だが、ヘンダーソン裁判官がおまえを再び釈放するとは思えないが」

「奴が俺を釈放しなければ、妹が黙っちゃいない。ヘンダーソンは彼女に殺されるか、離婚されるかだ」

クライヴンはニヤリと白い歯を見せた。「一体、あれやこれやと濡れ衣を着せて、何度俺を刑務所送りにしようとすれば気が済む？　いい加減、気づけよ。裁判官は俺の味方。俺が牢屋に入ることはないっつーの。それにあんた、親父の口利きがあったから保安官になれたんだろ？　次は俺が保安官に立候補しようかな。そしたら、罪をでっち上げて、おまえを逮捕できる。こいつは面白れえ」

クライヴンは手錠を外すのは諦めたらしいが、今度は、前後の座席を仕切る強化パネルを執拗に蹴り始めた。しかも、ひと言発しては、一発蹴りを入れるのを繰り返すという幼稚なやり方だった。

「俺は」

キック。

「絶対に」

キック
「ムショ送りに」

キック。

「されない」

キック。

「わかった」

キック。

「か！」

最後の一発は、ダメ出しでもするかのように強かった。

呆(あき)れつつも、エヴァンは落ち着き払って相手に話しかけた。

「クレイヴン、おまえがやってもいない罪で、私が逮捕したことは一度もなかった。有罪判決を受けなかったからといって、それが罪を犯していないことにはならない。どうも、まだその重要性をわかっていないようだな」

「くそっ！　たれ！」

そう言いながら、クレイヴンは背後からさらにキックを二発入れた。

「エッタばあさんのケースを考えてみようか」

エヴァンは前を見据えたまま話し出した。「彼女の死因は、事故や犯罪という確証はない。たまたまおまえが彼女に出くわし、襲われたという可能性もある」

「言っただろう、向こうが俺を追っかけてきたって。酔っ払ってたようだが、彼女、ガウンの前をはだけ、しかも全裸。パンツすら穿いてなかった。気色悪いババアのたるんだ裸を見て、こっちは吐き気を催したぜ。さらに俺に近寄り、顔を嚙みちぎろうとしやがった」

「おまえは嘘をついていないかもしれないが、こういった状況下では、誰を殺してもどうせお咎めなしだろうと思い込んでいるんじゃないか？　自分の名前も思い出せないような老婆なら、なおさらのこと」

　そう指摘されたクレイヴンは、再びキレた。

「ファック！」

　キック。

　キック。

「ユー！」

「の二乗！」

　最後のひと言で、男は二回蹴りつけてきた。それがいかにもカッコイイと思っているように。しかし、全くもって逆効果だ。

「路上でばあさんを殺すのは、楽しそうだと思ったからやったのか？　そういうのは、〝快楽殺人〟って呼ばれてるんだ。知ってたか？」

クライヴンは横を向き、虚ろなまなざしで表を見ている。

「俺は快楽殺人者なんかじゃない。あれは正当防衛だった。たとえそうじゃなかったとしても、どうやって違いがわかるっていうんだ！」

エヴァンの目は、こちらに近づく前方のヘッドライトを捉えた。対向車が迫り、彼はスピードを落とした。それは郡の土木課のバンで、運転しているのは、クリス・ミラーだった。エヴァンがパトカーを止めると、クリスのバンも横づけして停車した。

「君たちは大丈夫なのか？」

エヴァンは窓越しに声をかけた。バンの助手席には、ビリー・オコネルの姿がある。窓からクリスが顔を出し、「多少遅れちまったが、今のところ問題ない」と、答えた。その視線はパトカーの後部座席に移動し、中のクライヴンを認めたのか、ピタリと止まる。

「なるほど……ね。じゃあ、万事順調だと考えていいのかな？」

含みのあるクリスの言葉に、エヴァンはうなずいた。

「万事順調だとも。私はこの容疑者を留置所まで連行する途中だ」

「了解」と、クリスはハンドルを握り直した。「こっちもそんなに時間はかからないはずだ。まあ、初めての事例だがな」

「やりたくないのなら、無理にやる必要はないんだぞ。他のボランティアを探すことだってできる」

　クリスはそれを聞き、短く笑った。

「保安官、こんなふうに言うのは間違ってるかもしれないが、人生で、こんなに何かをやりたいと思ったことはなかった。俺とそいつは――」

　彼はクライヴンを顎で指した。「古い付き合いだ。町の人間のほとんどが同じことを言うだろう」

「ほとんど、だろ。例外もあるわけだ」

「じゃ、保安官。刑務所で会おう」

「ああ、あとでな。二人とも怪我しないように気をつけろよ」

　クリスは手を振り、バンを発車させた。

　彼が去るなり、会話に聞き耳に立てていたクライヴンが口を開いた。

「保安官、一体全体、何が起きてるんだ？　クリスの目を見たか？　なんであいつはあんなふうに俺を見た？」

「おまえのことが嫌いなんだろ」

「それに、どうしてあいつは車で走り回れるんだ？　町には戒厳令が敷かれてるんだとばかり思ってた」

　バンのテールランプが道路の果てに消えるのを確認し、エヴァンも再び車を走らせた。

「私がクリスとビリーに手助けを頼んで、権限を与えたんだ。今はこういう状況だからな。いろいろと使い走りをやってもらってる」

「待ってくれ。それじゃ、あいつらが保安官補の立場にいるってことかよ」

クライヴンは呆れたように両腕を広げた。「あいつら二人分より、俺ひとりの方が保安官補としてよっぽど役に立つのに。あんたが懐中電灯を持たせたとしても、あの二人じゃ暗い部屋で化け物たちを見つけ出すことなんかできやしない」

「クリスたちはこの仕事に十分適任だし、私は彼らの助けが必要なんだ。おまえじゃなくてな」

後部座席の容疑者は返す言葉が見つからないのか、黙り込んだ。

エヴァンは、保安官事務所がある自治体の建物を目指した。この事務所には、保安官一名、補佐役二名、計三名が所属していたが、ひとり減ったので、現在は二名だ。同じ建物には、留置所、裁判所、市長執務室、書記官のオフィスも入っている。かなり幅広の正面玄関の扉は開けっ放しになっており、内部の非常灯の光が、夜の帳が落ちてすっかり暗くなった外に漏れ出していた。

クライヴンを連れて極力歩かないで済むよう、エヴァンは玄関の真ん前に車を停めた。降車直後、辺りに誰もいないか確認する。すでに深夜ゆえ、景色はほとんど暗闇に溶け込んでいたが、薬局、金物店、カフェだけは、非常灯が点いていた。

誰かが薬局の防犯ゲートを開けようとした形跡があった。しかし、窓を完全に破壊しない限り、侵入するのは無理だろう。薬局に押し入ろうとした輩について、あとで調べなければならない。エヴァンは頭の中で、それを〝やるべき仕事〟のリストに加えた。とはいえ、薬局側が被害届を出すとは思えないが。

クライヴンを車から降ろそうとしたとき、遠くの方で人影が見えた。あるいは、見えた気がしただけだったのかもしれない。すかさず銃に手を伸ばしたが、すぐに引っ込めた。歩く屍の一体であったなら、ぎくしゃくした動きでわかるはずだ。つまり人影は、本当の人間か何かで、距離を考えても、自分の仕事が妨げられることはないだろう。

車の後部座席からクライヴンを引っ張り出したエヴァンは、暗い建物内に入り、相手を背後から促して階段を上らせていく。男は始終抵抗していた。

「停電なのに牢屋に入れるっていうのか？　俺にだって権利はある、これじゃ何も見えないじゃないか！」

「非常灯は点いている。四十八時間は大丈夫だ」

「今はよくても、四十八時間経った後は？」

「おまえの言い分だと、裁判官が翌朝にはおまえを釈放するんだろ？　だったら何も問題ないじゃないか」

「あんたの言う通りになったらどうするんだ？」

エヴァンは即答しなかった。しばし考え、こう返事をした。

「クライヴン、私は、今やるべきことをひとつずつこなしているだけだ。四十八時間後のことはわからないが、夜は驚きのお楽しみだらけだ、とでも言っておこうか。そして、状況はずっと同じように続いていくだろう」

廊下を進んで保安官執務室を過ぎたとき、突然、暗がりから影が飛び出してきた。驚愕したクライヴンが身体を翻して引き返そうとしたので、エヴァンは反射的に手錠を強く掴んで引き止めた。飛び出した影が、非常灯の光を背に二人の前に立ちはだかる。彼も一瞬身を強張らせたものの、すぐにそれがジョー・ドノヴァンだと判明した。ジョーは、庭木や芝生の手入れを行う〈ドノヴァンズ・ツリー&ローン・サービス〉のオーナーで、最近殺害されたスー・ドノヴァンの父親だ。

クライヴンは、ジョーの顔を見ると、歩く死体に出くわしたどころではない猛烈な勢いで逃げ出そうとした。

「おい、保安官！　あの親父がなんでここにいるんだ⁉」

半ば取り乱しながら、容疑者はエヴァンに問うた。

ジョーの目は赤く血走って肌は脂ぎっており、全身から熱波でも発しているのではないかと思うほど、異様な雰囲気を漂わせていた。地獄からやってきた悪魔のごとく、凄まじい形相でクライヴンを睨みつけている。だが、視線をエヴァンに向けるなり、ジョーの表情が変わった。

「保安官、無理だ。俺にはできない」

それに反応し、「できないって何をだ?」と戸惑うクライヴンを無視し、エヴァンはジョーに向かって話しかけた。

「ジョー、無理しなくてもいいんだ。私たちでなんとかする。君は、クリスとビリーが戻ってくる前に立ち去った方がいいだろう。あれを君が見る必要はないんだから」

「自分ではできると思っていたんだが……どうしても無理そうだ」

「おい、だから一体なんのことだよ!」

クライヴンは苛立ちを募らせているのが、口調からわかる。それでもエヴァンは彼を相手にせず、ジョーの肩に手を載せて言った。

「家に戻った方が安全だ。奥さんとゆっくり過ごせ」

「女房とまともに顔を合わせられるかどうかも不安だ。こんなことの後に……」

視線を落とすジョーに、エヴァンは力強く声をかけた。

「心配するな。ちゃんと目を見て話せるさ。君は何もしていない。君はされた方じゃないか。しっかり心の傷を癒す必要がある」

すると、無視され続けているクライヴンが横から口を挟んだ。

「あんたら、さっきから何を話してるんだ!? おい、聞いてんのか?」

いくらわめかれてもジョーは男に取り合わず、「他の奴らは階下にいる」と、エヴァンに告げた。そして、ようやく再びクライヴンと顔を合わせるや否や、強烈な平手打ちをかました。唐突に頬をぶたれた容疑者の頭は、振り子のように大きく揺れた。そしてジョーは指を立て、クライヴンの顔面に突きつけた。怒りの言葉をぶちまけるのかと思いきや、しばらく睨んだ後、無言で腕を下げただけだった。こちらを押しのけて歩き出したジョーは、数歩進んだところで足を止め、肩越しにエヴァンを見た。

「言われた通り、女房の顔を見に家に帰ることにするよ」

ジョーが足早に立ち去ると、クライヴンは「なんなんだよ、あのおっさん！」と悪態をついた。「いきなり平手で叩きやがって。あいつの暴力行為はお咎めなしか？」

「間が悪かったな。私はたまたまよそ見していて、おまえが叩かれる瞬間を見逃した」

肩をすくめる私にイラつき、クライヴンは壁を思い切り蹴った。

「保安官、こんなの不公平だろうが！　俺のことは正当な理由もなく逮捕したくせに、頭のイカれたドノヴァンが俺をサンドバッグ代わりにしてもいいってか？　納得いかねえ！」

「もしも彼がおまえを叩いたというなら、幸運だったと思え。彼と同じ立場の他の父親だったら、手錠をかけられたおまえを目の前にして、平手打ちどころで済むわけがない」

「だからさ、俺はドノヴァンの娘とはなんの関わりもないんだって。何もな！　アリバイを証明する証人だっている。あんたら、何かひとつでも物的証拠をあげたのかよ！」

エヴァンは即答しなかった。しばらく口を結び、クライヴンの焦燥感を助長した末に「事もあろうに――」と切り出した。「我々が連絡を取れる唯一の法医学者がヨーロッパ旅行に行くと決めてね。飛行機はファーストクラス、宿泊先はフォーシーズンズホテルと来たもんだ。今頃、さぞかし素晴らしい旅を楽しんでいるだろうな。しかし、法医学者が都合よくいなくなって、おまえは本当に運のいい奴だ」

「それとこれとは、無関係だ！」

クライヴンは大声を上げた。「旅行を決めたのはそいつの勝手で、俺がコントロールできるもんじゃない」

「私はおまえがそれに関係してるとは、ひと言も言ってない。おまえの父親の仕業だろう」

エヴァンはクライヴンを促し、階段へ向かった。そこを降りれば、独房のちょうど裏手に着く。


階下には小さな独房が二つあり、少し離れて狭いキッチンもあった。保安官補たちが、そこでよくコーヒーや軽食を作っていた。役場の職員のフィオナ・ハプスブルグは、香ばしい匂いにつられてしょっちゅう降りてきたのだが、彼女はここに集いに来ても、血圧に悪いからとコーヒーは飲もうとはしなかった。

今日、そこにフィオナの姿はなく、代わりにジェレミー・ポッターとシンディ・ケールがコールマンの電気ランタンを囲んでテーブルに座り、シリアルバーを食べていた。二人とも武装している。ジェレミーは、戦時中に父親が使っていた45口径自動拳銃コルトM1911を、シンディは十五歳の誕生日に贈られたという猟銃を携えていた。

「あら、保安官」

彼女がこちらに気づき、声をかけてきたので、エヴァンも彼らに会釈した。

「ここで、何が起きてるんだ？」

二人の銃器に違和感を覚えたのか、クライヴンは怪訝な表情になった。「こいつらも新顔の保安官補なのか？」と、エヴァンに耳打ちするように訊いてきた。

ジェイミーは容疑者に氷のようなまなざしを向け、シンディは〝かわいそうに。あんただけが蚊帳の外ね〟と言わんばかりの冷笑を浮かべている。

「保安官補というよりは、事件関係者に近い」

そう答え、エヴァンは容疑者を独房に連行しようとしたが、男は本気で抵抗を始めた。

「ははあ、読めたぞ！」

クライヴンは目を見開いた。「保安官、あんたは俺に恨みを持つ奴らを集めてんだろ？」

エヴァンは相手にせず、房へ行けと急き立てた。しかし、クライヴンは頑として受け入れなかった。

「ここで死刑にするつもりだな？　檻に入れて、こいつらが見ている前で頭に弾丸をぶち込む気か？」

「なんのためにわざわざそんなことを？」

エヴァンが呆れて訊くと、クライヴンは早口でまくし立てた。

「俺がいかにクソ野郎か、こいつらが話したのを、保安官は鵜呑みにしてるんだろ？　俺がジェレミーの兄貴に何をしたかとか、シンディの高校の卒業ダンスパーティの夜に何があったとか、ドノヴァンの娘に何が起こったとか。ジェレミーやシンディやドノヴァンの言葉を真に受けやがって。今夜俺を襲ったエッタばあさんについても、なんか隠してるな？」

「余罪があるのなら話は別だが、とにかくエッタばあさんに関するおまえの話が真実だという裏が取れれば、おまえは釈放される」

「あのババアのことなんかどうでもいい！」

「ん？　何か他にやましいことがあるのか？」

エヴァンはクライヴンを立ち止まらせ、その夜初めて彼とまともに向き合った。こちらのまなざしの奥に何かを見たのか、相手はギョッとして固まっている。エヴァンはつとめて無表情であったが、目に浮かんだ憎悪の炎までは隠せない。

「白状したいことがあるんだろう？」

クライヴンは助けを求めるように周囲を見回したが、ジェレミーは相変わらず冷やかな視線を向けており、シンディはクスクスと笑っている。

「正直に話すチャンスは一度だけだ」

エヴァンはきっぱりと言った。「最後にもう一度訊く。白状したいことがあるのか？」

クライヴンは顔を背け、「――ない」と弱々しく答えた。今や抗う様子はなく、エヴァンに促されるまま独房に入った。


奥行きが三メートル、幅四メートル半の広さの独房には、お決まりの金属製のトイレと洗面台、ベンチが片側の壁に据えられている。ベンチはベッドの役割も果たす。容疑者がここに拘留されるのは、通常、郡刑務所に移送されるまでのせいぜいひと晩かふた晩なので、造りは実に簡素。収容者の快適さは全く考慮されていない。

独房の扉には、腰ほどの高さに長方形の開口部が設けられており、必要に応じて手錠をかけたり外したりする際に用いる。中に押し込まれるとすぐに、クライヴンはその開口部から手錠をかけられた両手を差し出してきた。こういった境遇に慣れており、手錠を外してもらえるのは当然だと思っているのだろうか、反射的に出た行動に思えた。もちろんエヴァンは無視をした。

「おい、保安官！　手錠は外さないのかよ⁉」

ドア越しに怒鳴る容疑者に、エヴァンは即答した。

「今夜は手錠と仲良くねんねするんだな」

投獄から一時間が過ぎた。クライヴンはできるだけくつろごうと虚しい努力を続けているのか、独房の中で忙しなく動き回っている。落ち着きのない容疑者を尻目に、エヴァンはジェイミー、シンディとともにテーブルを囲み、抑えた声で会話を続けていた。

「彼らを捜しに行った方がいいんじゃないか？」

しばらくして、ジェレミーがそう切り出した。

「あの二人ならきっと大丈夫だ」と、エヴァンは答えた。開いたノートにぼんやりと視線を落とし、その晩の出来事についてを思いをめぐらせる。仕事用の帳面に加え、彼は私用のノートも作り、起きたことや考え、閃きを書き留めておく習慣があった。わずかな箇条書きだが、頭の中で物事を常に整理しておくのに大いに役立つ。この日に書き込んだメモは、過去に綴った全ページよりも多い。中でも、ひと際大きな文字で書かれた一文が目に飛び込んできた。

〝ヘイズの頭を撃った〟

保安官に選ばれて四年、昨日までにエヴァンが銃を使ったのはたった一度。車に轢かれ、無残な状態で息も絶え絶えだった鹿を安楽死させたときだけだ。

今夜だけで、彼はすでに十七発の銃弾を放ち、少なくとも十一人を殺した。殺したという表現が適切なのかどうかはわからないが、相手は、かつて人間だったものの、死んだのにどういうわけか蘇った例の奴らである。パトカーのトランクを開け、弾の補充をしなければならかったのも、今宵が初めてだった。

何か悪いことが起きると、人々は「悪夢が現実になった」と口々に言ったりするが、彼自身その表現がそのまま当てはまる経験をしたことは今までなかった。さらに、ひとり、二人と撃ち殺していくうちに、銃撃することに何も感じなくなった。その事実にも、エヴァンは衝撃を受けた。それでも、頭を撃ち抜けば、あの生ける屍は二度と起き上がらないとわかってからは、少し作業が楽になった。死んだ人間があのような化け物と化す原因はわからないが、蘇った死体たちは動きが鈍く、ぎこちなくなるようだ。接近しすぎたり、パニックに陥ったり、弾切れにならない限り、こちらが殺られる可能性は低い。

住民のほとんどが銃を所有し、撃ち方を知っているこの小さな町では、屍たちは発見されたそばから片づけられ、最終的に町の安全は確保できた。今のところ、最悪の事態は収束したと言えるのかもしれない。彼らは郡の公用車のバンを出し、死体の回収を開始した。そして、世の中が一体どのようになっているのかを把握しようとした。大都会の方が状況はひどいに違いないと、エヴァンは確信していた。

突然、上の階で大きな音がし、彼は我に返った。誰かが暴れ、壁やドアを叩いている。ジェレミーとシンディはすかさず銃を構えたものの、エヴァンは拳銃をホルスターに入れたままだった。上にいるのは、クリスとビリーだと考えたからだ。〝手土産〟とともに無事に戻ってきたのだろう。


「現状はこうだ」

彼は鉄格子越しにクライヴンに説明した。「法医学者がヨーロッパに行って不在だから、司法解剖のために、スー・ドノヴァンの遺体をサマートン郡に運ばねばならなかった。少なくとも、我々が速やかに移送すべきだったんだが、向こうも多忙で手が空かなくてね。スーはずっと死体安置所で置かれたままだった」

上階の騒音は激しさを増していた。壁にぶつかる衝撃音とともに、廊下に並べられていた写真のパネルが叩き落とされるのがわかった。それから重たい何かがドサリと倒れる音に続き、クリスの大声が響いた。

「彼女を落ち着かせろ！　クソッ」

エヴァンは気にも留めなかったが、容疑者の視線は階段の方に釘づけになっている。

「クライヴン、私が何を言おうとしているのか、察したか？」

階段の上からは、さらに激しい物音が聞こえた。厚手のプラスチックが擦れる音がしたかと思うと、何かがどこかにぶつかり、床に落ちた鈍い音が続く。階下にいても、クリスとビリーが息を切らす様子まで手に取るようにわかった。

「手を貸してくるよ」

上があまりにもドタンバタンと騒がしいことに痺（しび）れを切らしたのか、ジェレミーが立ち上がり、階段を駆け上がっていった。

「なんで保安官が死んだ娘の解剖の話にこだわってんのか、俺にはさっぱりわからん」

クライヴンは騒音を気にしつつ、エヴァンに返事をした。

「通常の解剖なら、脳を取り出して重さを測ったりするんだが――」と、エヴァンは説明した。「今回のケースでは、ごく基本的な計測だけして、死体置き場の棚に寝かせておいたんだ」

容疑者は鉄格子に顔を押しつけ、目を大きく見開いている。クリスたちが何を運んでくるのか、気が気でないらしい。

「つまり、彼女……スー・ドノヴァンは、上にいるっていうのか？」

クライヴンの問いかけに、エヴァンは首を縦に振った。次の瞬間、ドン、ドン、ドンと荒々しい打撃音が三回続き、独房の中の男は縮み上がった。

「あの音はなんなんだ？　頼むから教えてくれ！」

声を震わせて訴えるクライヴンをじっと見つめ、エヴァンは思わせぶりに言った。

「――あれが何か、おまえはすでに気づいているはずだ」

クライヴンは言葉にならない言葉を発した。おそらく「ノー」と言うつもりだったのだろうが、まるで肺を患っていた人間が臨終直前に吐いた最後のひと息のような音だった。男は咳払いをし、「ノー」と言い直した。「俺はただ――」

そのとき、クリスが階段を降りてきた。後ろ向きに一段一段足を運んでいる。その両手は黒い袋の端を摑んでいた。ねじれたり、波打ったりしているが、それは死体袋だった。反対の端を持つビリーも姿を現わした。最後にジェレミーも降りてきた。おそらく駆けつけても、彼はなんの役にも立たなかったに違いない。

突然、死体袋が激しく揺れて金属の手すりにぶつかり、ゴングを鳴らしたような鋭い音を響かせた。その反動でバランスを崩したクリスは、危うく階段から転げ落ちるところだった。

とうとうクライヴンは全てを悟ったらしく、叫び出した。

「やめろ！　そんなもの運んでくるな！」

エヴァンは目を細め、容疑者を見た。

「私はてっきり、おまえは彼女のそばにいたいんだとばかり思っていたが。彼女の親友のジェニー・ジェイコブスによれば、あの晩、おまえは彼女から離れようとしなかったそうだな。発情期の犬みたいにスーにつきまとっていたと言っていたぞ」

「そんなのデタラメだ！」

鉄格子を乱暴に揺さぶり、クライヴンは怒鳴り散らした。「何ひとつ真実じゃない！

これは誤認逮捕だ！」

身悶(みもだ)えする袋と格闘しつつも、クリスとビリーは階段を降り切り、独房の前にやってきた。床に置かれた死体袋がくねくねと動き続ける様(さま)は実に奇妙で、胸糞(むなくそ)が悪くなる。クリスは袋から手を離すや否や、一定の距離を保ちながら反対側に移動した。二人とも激しい肉体労働で汗びっしょりだ。大したことはしていないはずだが、ジェレミーも汗をかいている。

「スーはまだ十三歳だった」

エヴァンは死体袋を見つめて言った。「十三歳の少女を追いかけ回す男など、とんでもない人でなしだ。そう思わないか？」

死体袋とできるだけ離れようとしてか、男は牢屋の奥の片隅にへばりつき、「クソッ！　クソッ！　クソッ！　くたばりやがれ！」と、罵(ののし)りの言葉を連発した。

その様子を見たシンディは嘲笑(あざわら)った。

「今夜、くたばるのはどっちかしらね」

ジェレミーは今にも吐きそうな面持ちで、「ちょっと……新鮮な空気を吸いに上に行ってくる」と歩き出したが、地下から立ち去る前にクライヴンに目を向けた。「できるだけ時間がかかればいい。この下衆(げす)野郎め、聞こえたか？　できるだけ長く。じわじわとな」

クリスは四苦八苦しながら、死体袋を所定の位置に留めていた。しかし、それも限界のようだった。

「保安官、もういいかな?」

エヴァンはうなずくと、銃を抜き、独房の鍵を取り出した。片手で檻の鍵を開ける間、もう一方の手で握った銃は容疑者に向けられていた。

「クライヴン、これからドアを開ける。逃げ出すそぶりを見せたら、脱獄を企てたと見なし、容赦なく引き金を引かせてもらう」

そう忠告したものの、さっきまでの強気な態度はなりを潜め、男は房の隅ですっかり怖気づいている。

「こんなの……間違ってる」

クライヴンは独り言のようにつぶやいた。「こんなのおかしいよ……」

「まるで、これまで間違ったことを一度もしたことがないような口ぶりね」

シンディは冷笑を浮かべたまま言い放った。「私は楽しませてもらうわよ。一秒たりとも見逃さないわ」

エヴァンはクリスとビリーに顎で合図をした。「入れろ」

彼らは死体袋を独房内へ引きずり始めた。途中でドア枠に引っかかったものの、なんとか向きを変え、中に引き込むことができた。死体袋は始終激しく動いており、あたかも袋に詰められたハチの大群が外に出ようと必死にもがいている様を想像させた。やっとのことで運び込んだ袋をまたぎ、クリスは「で、どうします？」と、エヴァンに訊いてきた。

「ファスナーを少し開き、外に出ろ。その前に、ビリー、君は先に房から出ておけ」

そう指示するエヴァンは、いつでも発砲できる態勢でいた。クライヴンか死体袋、どちらが標的になってもいいように神経を尖らせていた。

鉄板の上に載った熱々の食べ物を摑むかのごとく、クリスは恐る恐るファスナーをつまみ、三センチほど開けた。一旦指を止めた後、再びファスナーを引く。今度は十センチ。

すると、開口部からいきなり腕が突き出て、彼を摑もうとした。

驚愕の悲鳴を上げたクリスは、反射的に跳ねて袋から離れ、ドアへ駆け寄った。表に出るや否や、彼はへなへなと座り込んだ。腕はまだ、彼を求めて激しく動き続けている。どす黒く変色し、ところどころが醜くただれた肌とは対照的に、指に塗られた赤いマニキュアは美しい艶を保ったままだ。

肩で息をするクリスに、エヴァンは「大丈夫か？」と声をかけた。こくりとうなずく彼が完全に檻の外に出たことを確認し、エヴァンはドアの鍵をかけた。

「私が何を見つけたのか、わかったか？」

今度は、クライヴンに訊いた。しかし、向こうは返事をする余裕はないらしい。

死体袋からゆっくりと這い出す少女の姿は、さなぎから孵化する蝶のようでもあった。

ビリーとクリスはすでに上階に去っていた。ビリーは、とてもじゃないがこれから起きる一部始終を目撃できるほど胃が丈夫ではないと退席の理由を述べ、すっかり憔悴したクリスは、何も言わずに相棒についていった。ところが、シンディは全て見届ける気満々でその場に留まっていた。しかも、平気でシリアルバーを頬張っている。

「彼らは生きているものならなんでも食べる。人間も、馬も、犬も。獲物と一緒に放っておいたら、骨まで食べ尽くす」

平然とした顔でそう言い、彼女はまたシリアルバーにかぶりついた。

袋に入れられていた死体の少女スーは、やっとのことで立ち上がった。すでに肉を嚙み下しているかのように、顎を動かしている。

クライヴンはぴったりと独房の壁に張りつき、周囲を見回している。何か盾になりそうなものはないか、どこかに脱出口がないかと探しているのかもしれないが、言うまでもなく、それは徒労に終わるはずだ。

「ダメだ。やめろ。こんなのおかしい。絶対におかしい。頼む。やめてくれ」

まるで怯えた子供のように、彼はずっとつぶやき続けている。

スーはゆっくりと顔を上げ、慎重に辺りを探るかのごとく首をひねった。そして、クライヴンを見つけるや、奇妙な唸り声を上げ、その方向に歩き始めた。歯間から漏れ出る息が、なんとも嫌な音を立てる。一歩、また一歩と近づくスーに、クライヴンはパニックに陥った。

「来るな！　こっちに来るなって言ってんだろうが！」

スーが間近に迫ると、男は半狂乱になってめちゃくちゃに蹴りを繰り出した。乱暴に足を振るたび、後ろ手にかけられた手錠がカチャカチャと鳴る。しかし、支離滅裂なキックは全くといっていいほど当たらず、彼女を後退させることはできなかった。とうとうスーは彼の片足にすがりついた。だが、彼女の手が触れた途端、クライヴンは火でも点いたかのように転げ回り、足を振りほどくことに成功した。同時に頭に蹴りを食らわせ、続けざまに顎へパンチも命中させた。かなり強烈な攻撃に見えたものの、スーは痛みを感じないのか、動きが一瞬鈍っただけで、ダメージを受けた感じは全くない。執拗に手を伸ばし、再びクライヴンの足を摑んだかと思うと、ジーンズの上からふくらはぎに歯を立てようとした。

男のつぶやきは、いつの間にか恐怖に満ちた絶叫とわめき声に変わっていた。彼はもう一度足を引き抜き、スーの頭めがけてキックした。ところが、スーに足を取られ、バランスを崩してしまった。二人とも一緒に床に倒れ込み、彼女がクライヴンの上に乗る形となった。彼はスーを押しのけようと必死で抵抗している。

深く息を吐き、エヴァンは牢屋に背を向けて歩き始めた。途中で足を止め、「一緒に来るか？」と、シンディに訊ねる。クライヴンの悲鳴が轟き、彼は大声を出さねばならなかった。

シンディは首を横に振った。その視線は独房に向けられたままだ。

エヴァンはうなずき、その場を去った。オフィスに入り、デスクについたが、階下でクライヴンが喘ぎ苦しむ物音はどうしても耳に入ってくる。彼はノートを取り出し、スー・ドノヴァンの事件が書かれたページを開いた。「容疑者」の欄にあったクライヴン・リッジウェイという名に線を引いて消す。同じページのずっと下には「共犯者」の欄があり、アベル・リッジウェイの名が記入されていた。クライヴンの父親だ。

夜明けはまだ先だ。アベルに対処する時間は十分にあるだろう。エヴァンはそっとページを閉じた。

ファスト・エントリー

ジェイ・ボナンジンガ

FAST ENTRY

ジェイ・ボナンジンガ
Jay Bonansinga

PROFILE

24作の小説を上梓したニューヨーク・タイムズベストセラー作家。ブラム・ストーカー賞最終候補となった『ブラック・マライア』（ベネッセコーポレーション 刊）、国際スリラー作家協会賞最終候補作『Shattered』、世界的な認知度の『ウォーキング・デッド』の小説版『ウォーキング・デッド　ガバナーの誕生』（角川書店 刊）で知られる。ボナンジンガの作品は16ヶ国語に翻訳され、シカゴ・トリビューン紙は彼を〝極めて想像力に富むスリラー作家〟だと称えている。映画界では、巨匠ジョージ・A・ロメロ、『24 ─ TWENTY FOUR ─』シリーズの俳優デニス・ヘイスバート、ウィル・スミス主演作を手がけるオーバーブルック・プロダクションとの仕事を手がけた。ボナンジンガは、妻で写真家のジル・ノートンと2人のティーンエイジャーの息子とシカゴで暮らし、目下、『ウォーキング・デッド』小説版の次回作に取組んでいる。邦訳は他に『シック』（学習研究社 刊）がある。

HP：jaybonansinga.com/
magnetikink.com/
Twitter：@JayBonansinga

1　無の境地

彼女はその日、フォート・デニングに到着した。「死」や「騒乱」は、今、彼女の意識からは遠く離れた場所にある。手順通り、愛車シボレーS10を入り口から一ブロック離れた場所に停め、雑念を払った。大西洋沿岸部は天気が良く、メリーランド東部の潮溜まりや河口の上には、澄んだ青空がどこまでも広がっていた。ホワイトオークの格子状の塀越しに太陽が降り注ぎ、ところどころに錆がある彼女のピックアップトラックの屋根には、まだら模様の陰ができている。息を吸い込むと、マグノリアとクローバーの匂いが鼻腔をくすぐった。エンジンを切り、彼女はバックミラーで自分の顔をしげしげと見た。

禅の〝無の境地〟に達するべく、静かに長く息を吐き、頭の中から〝ホワイトノイズ〟を押し出していく。絶え間なく飛行するドローンは、超能力者の職業上の邪魔もので、連日彼女を悩ませている。しかし今日、自分が〝歩く悪夢〟に遭遇することになろうとは、全く信じていなかった。明け方に安全な回線で送られてきたメッセージを読み、神経質になる理由は何もないと彼女は悟った。

〈こちら、コマンドコントロール〉

　これといった特徴がなく、形式ばっていたが、柔らかく耳障り（みみざわ）のいい女性の声が、東部標準時の午前六時から数分過ぎた頃、彼女に告げた。〈本人確認をお願いします〉

「何？　一体……何時なの？　ちょっと待って」

　寝ぼけまなこの彼女は、二日酔いであることをごまかそうとしつつ、口ごもった。昨晩も酒に溺れてしまった。クラブでビリヤードのエイトボールを二回プレイし、正体を失うまで浴びるほど飲んだ。当然のことながら、人目もはばからずに嘔吐（おうと）し、酒浸りの浮浪者のような千鳥足でなんとか家まで帰った。そして今、国防情報局の誇りあるスリーパーらしく話せるよう、悪戦苦闘している最中だった。スリーパーとは、作戦実行まで、派遣された土地で一般市民として普通に暮らす工作員を指す。作戦実行の合図を受け取るや否や〝覚醒（かくせい）する〟ため、スリーパー（睡眠者）と呼ばれるものの、今日は文字通り、まだ目が覚めていない状態だった。

「あ……ごめんなさい。うーんと……こちらはフォー・スリー・ツー・ウィスキー・ゼブラ。コマンド、先を続けて」

〈フォー・スリー・ツー、グリニッジ標準時三：〇〇に発生した、レッドレベルの出来事が進行中です〉

「了解」

　彼女は自分が送り込まれる時間と場所が指定されるのを待った。不安は全く感じない。前回のレッドレベルの一件は、いかがわしい外交官の記憶をスキャンする仕事で、ものの見事に時間の無駄だった。該当者はイラン側のスパイではないかと疑われていたが、彼の頭の中を探って見つかったのは、大使の娘をオカズにした自慰行為用の妄想ばかりだったのだ。どうせ今回も政府関係の退屈な骨折り仕事だろう。詳細が届くのを待ちながら、彼女は大きなあくびをした。

〈本日一二：三〇、ブラック・キャンドルスティックで迅速（ファスト）にエントリーする必要があります。最優先事項。セキュリティのコードブルーは実行中〉

　その時点で通話は切れた。

　コマンドコントロールから指令を受けたのはつい今朝のことなのに、今では何週間も前のように思える。彼女はバックミラーに映る自分の顔を見た。丸い輪郭。キャラメル色の肌。決して高くない鼻には、ゴールドのピアスリングが光っている。瞳の色はチョコレート色で、目は充血していた。赤い毛細血管が、まるで複雑に絡み合うハイウェイの極小版ロードマップみたいだ。最後に深呼吸をひとつつき、気持ちを引きしめる。そして、ダッシュボードを開けた。

　ティトス・ウォッカの小さめのボトルが、自動車登録証のホルダーと45口径ＡＣＰ弾を装塡したダブルタップピストルの下に置かれていた。ウォッカは迎え酒だ。匂いもなく、色もないし、彼女の二十四時間底なしの欲求を一瞬で満たしてくれる。政府の操り人形として耐えなければならない苦痛の緩和剤として、なくてはならない。国家のために任務を遂行するマインドリーダーといえば聞こえはいいが、他人の思考の最深部で澱む汚れた空間でもがくことが、どれほど辛いか――。

ウォッカの瓶を取り出してキャップを回し開け、一気に三分の一を飲んだ。

「また今日も金のために働くわ」

ジャスミン・メイウェルはそうつぶやき、ボトルをダッシュボードに戻した。そして、ピストルを摑み取った。

2　遠隔透視

彼女が首から下げた訪問者用の許可証を展示すると、守衛小屋の偏屈そうな男は顔を歪めた。

「それ、古いやつだ」

そう言って口をへの字に曲げた警備員は、許可証を観察するふりをして彼女を頭から足の先まで舐めるように眺めている。たるんだ皮膚に白髪頭の高齢の彼は、かなり昔、常備軍の兵士だった退役軍人だろう。視線は最後に胸元で止まり、少ししてようやく目を離した。この男の頭に入る必要はない。彼の意識の流れに漏出しているものなど、知りたくもなかった。

彼女ほどの容姿の持ち主なら、男性の視線には慣れっこになっているのだが、だからといって気持ちのいいものではない。またこいつもか、とゲンナリしてしまう。とはいえ、相手によっては、色目を使われるのが快感だったりもするものの、今回はその例ではなかった。

警備員は好色な目つきでこちらを見つめ、声を低めて言った。

「北部の騒ぎのせいでここに来たのか？」

「北部の騒ぎって？」

彼女は首を傾げた。

「ピッツバーグやエヴァンス・シティ郊外の墓地で起きた騒動だ」

控えめな笑みを浮かべ、彼女は首を振った。

「何も知らない」

「この中でも何かが起きてる」

彼は親指で背後を示した。石レンガ造りの建物が複数並んでいる。

「正式な通告と見なすわ」

彼女のジョークを鼻で笑い、警備員は許可証に目を向けてうなずいた。

「それは近いうちに更新した方がいいな。中の誰かに止められたら、通行は認められたけど、警備員に厳重注意されたって言えばいい」

「覚えておく」

あとでこの男に酒でも奢(おご)らせようかという衝動と戦いつつ、彼女は少し気があるような笑顔を見せた。「CO(司令官)に会ったら、すぐに更新するわ。約束する」

ウィンクをして歩き出し、基地に入った彼女だったが、死角に入るまで男の視線が尻に向けられているのを感じていた。あのオヤジには、十分すぎるほど目の保養を与えてやった。身体にフィットした素材の服で強調した、豊満なヒップとバスト。様々な民族の血が入ったエキゾチックな顔立ち。ファッションモデル気取りの軽快な足取り。全てが計算づくだった。ジャスミン・メイウェル曹長は、膝丈のブーツのかかとを鳴らし、まるで頭の上に本でも載せているかのようにバランスの取れた美しい姿勢で歩を進めた。イラクの軍務でも普段とは全く違う歩き方をでっち上げ、仲間の兵士たちから歩兵そのものだと言われていた。

目指すは、敷地の南端にある中央処理センターだ。

メリーランド州フレデリック郊外の中流階級が多く住む緑豊かなエリアに、フォート・

デニングは位置している。敷地面積一二〇〇エーカーのL字型の土地は大学のキャンパスを彷彿とさせ、表向きは米陸軍医療指令センターということになっていると聞いた。一見、どこにでもありそうなグレーの石板と赤レンガの無味乾燥な建物で、存在すらしていないのではないかと思えるくらい印象に残らない。あるいは、なんの変哲もない小規模ショッピングセンターやワシントンDCの政府ビルの廊下に、カメレオンのごとく見事に溶け込みそうだ、と言うべきだろうか。

事実、造園整備をして美化された平凡なモーテル風のデザインは、この場所の歴史を考えると、何百倍も悪意がある。冷戦時代、フォート・デニングは軍の生物化学兵器研究プログラムの中核であった。マスタードガスから兵器化された海洋潮汐まであらゆる生物化学兵器が扱われ、実行に移された。一九五〇年代、デニングでは、病気の媒介生物として昆虫を使う可能性も研究された。ダニ、ノミ、アリ、シラミも対象だったものの、国境線を越えて黄熱病ウイルスを運ぶ蚊がメインだった。人間の被験者は、生物化学兵器の開発に使われた。デニングは、米政府がＨＩＶを発明した場所だと長年噂されている。

またここは、ジャスミン・メイウェルの暴力的な父親をも作り出した。バートランド・メイウェル大尉は、極秘プロジェクト〈サン・ストリーク〉の最も有能な被験者だった。遠隔透視能力者として、大尉はデニングの隔離された監房の中に座り、敵のパイロットや兵士の目や耳に彼自身を投入させるのが任務だったのだ。膨大な量の情報を収集すると同時に、進行性の腫瘍（しゅよう）を相手に植えつける。ただし進行具合は非常に遅く、手遅れになるまで気づかれることはない。

父親と最後に過ごした数年間は、ジャスミンにとっては生き地獄だった。大尉の唯一の世話人だった彼女は、最低の扱いをされた。ツバを吐かれ、平手打ちをされ、怒鳴られ、口汚なく罵（ののし）られるのは日常茶飯事（さはんじ）で、挙（あ）げ句（く）の果てに重度の依存症になった。だが、おそらくメイウェル大尉が娘に負わせた最悪のものは、彼が母親から劣性遺伝として受け継いだ特殊能力だろう。父の母、すなわちジャスミンの祖母は、キューバで信仰されているサンテリア教信者で、一九五五年にミシシッピーで絞首刑にされている。そして、大尉の特別な能力は優性遺伝子として、扁平足（へんぺいそく）や季節性アレルギーと同様に、いとも簡単に娘に継承されたのだった。

行きずりの関係ばかりの孤独な日々。自暴自棄になってクスリに頼る毎日。ジャスミンの人生をそんなものにしたのは、この呪わしい能力に他ならない。

もちろん、この不吉なフォート・デニングの秘められた歴史の数々は、建前上、ジャスミンとは無関係、ということになっている。念には念を入れた二度目のセキュリティポイントで、神経を尖（とが）らせた一連の憲兵にＩＤと小型拳銃を見せるまでは——。地下に潜るエレベーターが並ぶホールにたどり着くと、ようやく「厳戒態勢」や「緊急発進」といった用語が耳に入ってきた。

「申し訳ありませんが、本日、ここから先へは進めません」

緊張の面持ちの憲兵が、機械的な物言いで告げてきた。糊の利いたユニフォームのボタンを、喉仏までかっちり留めている。彼はカービン銃M4を胸の高さで構え、エレベーターの前に立ちはだかっていた。童顔ではあるものの、表情は相当険しい。

ジャスミンはまっすぐに彼を見た。

「命令を受けて来たのよ」

「ここは閉鎖されました。下では異常事態が発生中で、完全な隔離状態。警報が鳴りやみません。あなたが降りたとしても、連れ戻すことはできませんよ」

任務を遂行しなかった場合、どれだけの書類を書かねばならないかを想像し、彼女はため息をついた。

「私がなんとかできるかも」

ジャスミンはバッグを探り、命令書を取り出した。「最初のチェックポイントでこれをもらったの」と、彼女は文章がタイプされた一枚の紙を護衛に手渡した。「私は下に行く必要があるみたいね」

実際のところ、彼女はその極秘文書に軽く目を通しただけで、きちんと読んだわけではなかったが、次のような内容だった。

――ペンシルベニア州西部で約四十八時間前に発見されたアウトブレイクの発端と拡大

に関する情報を突き止めるため、最初の患者の記憶を読み取ること――

しかし、ジャスミンは知っていた。搬送患者数がER(救急救命室)の許容量を超える緊急事態を指す〝コード・ブラック〟のアウトブレイクが発生し、しかも原因が不明の場合、CDC(Centers for Disease Control and Prevention/疾病対策予防センター)は謎めいた事態をDIA(Defense Intelligence Agency/国防情報局)に引き渡すことがほとんどだ。そして、通常DIAは、考えられ得るあらゆる原因の調査――たとえ病気の発生源が台所の流しにあろうとも――を海軍特殊部隊ネイビーシールズやNSA(National Security Agency/国家安全保障局)、インターポールに丸投げする。挙げ句の果てには、生まれつき超能力を持つ者たちを集めた団体や政府お抱えの霊能者たちといった秘密工作員にまでそのお役目が回ってくることもある。ゆえに今回、輝かしい功績を有する将校であり、見た目にはいたって完璧な〝隠れ酔っ払い〟のジャスミン・メレディス・メイウェル曹長のようなファスト・エントリーのスペシャリストが必要とされたのは、至極(しごく)当然の流れだった。

彼女は童顔の憲兵が命令書を読み終えるのをじっと待っていたが、脳を含め、全身がアルコールを欲していた。

「では、お好きなように」

憲兵は書類をこちらに突き返し、エレベーターの前から脇に移動した。

「感謝するわ」

彼女は社交辞令を述べ、ボタンを押した。エレベーターの扉がガタガタと開き、中に乗り込むと、扉が再び音を立てて閉まった。

エレベーターはどんどん地下へ潜っていく。乗っている間の時間は、永遠のようにも感じられた。

3　深層意識

エレベーターを降りても、そこに死体などなかった。空っぽの廊下では、警報が耳に痛いほど轟いている。拳銃を引き抜いたジャスミンは、血飛沫で染まったデスクの横を通り過ぎた。普段なら警備員がいるはずだが、どこにも姿はない。大気は静電気を帯びており、鉄臭い血の匂いが充満していた。医療棟に続くセキュリティドアが開放されたままになっており、ドアの向こうの美しい寄木張りの床には大きな赤い染みが広がっている。目を凝らすと、その血溜まりの中に、胎児のような格好をした死体が転がっていた。犠牲者か。坊主頭の年配の男性で、白衣をまとい、セキュリティタグを付けている。見たところ、死亡して間もないようだ。彼女は用心深く近寄り、彼のそばにひざまずいた。永遠の眠りについた男性は、固く目を閉じていた。しつこく鳴り響く警報は、もはや電動ノコギリの騒音のごとく耳障りだ。まぶしい蛍光灯の明かりの下、彼女は顔を近づけて傷口を観察した。その凄まじい怪我の具合に、顔をしかめる。死者に凍った息でも吐きかけられたように、彼女の腕からものすごい寒気が駆け上ってきた。男性の首と上半身の半分は欠損しており、廊下のあちこちに内臓が散らばっていた。獰猛な野生動物に襲われた事故現場かと勘違いしてしまいそうだ。ジャスミンは深いため息をついた。さっさとエントリーし、片を付けるべきだろう。

　自分にこの特殊能力があるとわかったのは、十六歳のときだった。高校の体育館の観覧席の下で、彼女はある男子生徒といい雰囲気になった。しかし、相手は歯止めが効かなくなり、レイプと言われる事態になるのは時間の問題だった。抵抗したジャスミンが男子生徒を押しのけようと彼の顔を手で摑み、指がこめかみを圧迫する形なった。その途端、相手の心の奥底に隠された思考が、彼女の頭脳にどっと流れ込んできたのだ。しかも、鮮やかなテクノカラーの高解像度映像のように。相手の意識の流入は、自分が意図したわけではなく、途中で止めることもできなかった。いつの間にか、ジャスミンは男子生徒の視点で物事を見ていた。だが、その場にいた自分を見たのではない。少年自身の目が捉えていたのは、〝過去〟だった。目前には年上の男がいた。そして、そいつは彼に性的な虐待を加えている最中だったのだ。ジャスミンはほぼ無意識に叫んでいた。

「あの男にされたことを帳消しにしようとして、こんなことしてるの？　起こってしまった事実は消すことなんてできないのよ！」

その後どうなったのか、ほとんど覚えていない。男子生徒がジャスミンの奇妙な発言に衝撃を受けたのは一目瞭然で、こそこそと逃げ出していった。少年と会うことはなくなったが、あの記憶はずっと彼女の中に残っている。これからもずっとそうだろう。政府のためにこの能力を使うようになって何年も経つが、今でもはっきりと覚えている。

彼女は死んだ科学者の前で膝をつき、身を低くした。レギンスに血が染み込んでくるのを感じる。彼の記憶にアクセスするのに、最適なポジションだ。手でそっと額に触れ、相手の頭蓋をぐっと摑む。指先が心電図装置の電極になったかのごとく、ドクドクと脈打った。

次の瞬間、相手の意識が一気に押し寄せ、ジャスミンはギクリとした。それは映像となって、瞬く間に彼女の脳内を占領した。

（……六月七日、東部標準時午前三時二十分……エヴァンス・シティからの搬送で、現地病院到着時にはすでに死亡。遺体は防腐処理済み。病理学者のメモ……故人は白人女性で、三十代半ば。拘束具を装着、死体袋に入れられてフォート・デニングに移送……死因は不明……左手指が痙攣……最初の所見では、残留電気、食道壁内のガスのための死後痙攣と思われたが……特異な例で説明できない……両眼瞼が自発的に反応……角膜に青緑色の光沢……白内障の痕跡……乳白色の濁り、玉虫色……両拳を何度も握りしめる動作を確認……死後硬直？……待て。待て！）

ジャスミンは顔をしかめた。アドレナリンが勢いよく彼女の内側を流れていく。この感覚はまるで麻薬と同じで、最初は怖がっていたが、やがて繰り返し味わいたくてしょうがなくなった。舌に馴染んだ本当に美味いウィスキーに慣れてしまうと、味の薄いビールでは到底物足りないのと似ている。恐怖に怯えた他人の記憶が急激に流入する際は、ヘロインのごとき激しい反応が体内で起こるのだが、のちに、生きている自分の魂を癒してくれる何かに変化する。スモーキーフレーバーのウィスキーが喉を落ちていき、濃厚な旨味の余韻に酔いしれる、あの穏やかな感覚だ。

（……死体は拘束具に抗うように荒々しく身悶えている……鼻、口、歯の周辺部は変色……前歯が口腔内のゴム製の保護具を噛みつけている……舌を噛み切って飲み込んだのか？）

死者が感じていた恐怖をジャスミンが取り込むにつれ、科学者の下顎を摑む手に力がこもり、拳が白くなっていった。

（……今にも拘束具が壊れそうだ……死体が台から滑り落ちていく……今、私は麻酔薬ケタミンを一〇〇ミリグラム投与するためにひざまずいている……くそっ、痛い！　……胸部に焼けつくような激痛が……なんだ、これは⁉　死体が私にしがみついたぞ……しかも、嚙みついている……いや、嚙みちぎろうとしているんだ……ボロボロの歯なのに、針のように鋭い！）

突然、ジャスミンの脳内スクリーンの映像は縮んで真っ暗になり、真ん中に白い点がぽつんと残るだけとなった。まるでその日の放送が終了した瞬間のテレビ画面のようだ。彼女は相手の顔を摑んでいた手を緩め、大きくため息をついた。他人の記憶をスキャンするのは、肉体にかなりの負担をかける。深層意識の暗い底なし沼から飛び出した何かが、小刻みに震えながらまばゆい表層意識の中心に入っていくとき、彼女の脊椎（せきつい）上部と関節に、実に不快な悪寒が走るのだった。骨の中で、スズメバチがブンブンと暴れ飛んでいるみたいなものだ。

血糊のついた科学者のこめかみから指を離そうとしたものの、手が言うことを聞いてくれない。頭の中で、その奇妙な白い点は膨れ上がって拡大し、まぶしさを増していた。ハチの羽音のようなホワイトノイズが脳内で増幅し、死んだ科学者の心から押し寄せる

〝波〟は、もはや津波と化し、凄まじい勢いで一気にジャスミンに向かってきた。

何よ、これ⁉　脳内に襲いかかる意識のうねりに圧倒されつつ、彼女は視線を落とした。すると――。

死体のまぶたが開いたのだ。そして、白濁した眼球が露わになった。

4　死体解剖

フォート・デニングの最深階の廊下の迷宮は、螢光灯の光で輝いていた。どこもかしこも同じ白い色で照らされ、手術室も、壁も、タイルの床も、全てが無機質な無菌室のようだった。入ってくる者も出ていく者もおらず、あらゆるものが密閉され、制御され、洗い流されたようにきれいだ。突如として、ジャスミンの周辺視野に真っ赤な染みが出現した。壁やガラスドアには、ブラシで撫でつけられたようなおびただしい血痕ができている。

ハッとしたジャスミンは立ち上がり、後ずさりを始めた。それは本能的な行動だった。無意識のうちに、動き出した死体と距離を取ろうとしたのだ。

もはや説明のつかないクリーチャーと化した彼は、かつて政府の科学者で、名札から名前はハンラハンだとわかった。上体を起こした彼は、グニャリと弛緩したかと思うと、急に全身を引きつらせ、その動きはぬいぐるみのようでも、操り人形のようでもあった。彼は床の上を這いつくばり、じりじりとこちらに向かってくる。その様子を凝視しながら、ジャスミンは後ろに下がり続けた。茶褐色の唇の間から剝き出した歯は、凶暴な野犬を思わせた。そいつは、壁面に爪を立て、ゆっくりと立ち上がった。大きくえぐれた首から骨が露出し、錆びたちょうつがいを彷彿とさせる耳障りな音が鳴る。

あとから思い出そうとしても、このとき腰からダブルタップ拳銃を引き抜いたことも、銃口を上げ、足を引きずりながら近づいて死体を狙ったことも、彼女は覚えていないだろう。死体は、初めて自分の足で歩き出した赤子のごとく、バランスを崩しそうになりながら、ぎこちなく歩を進めてくる。爪は宙を掻き、口からは黒く泡立った胆汁を垂らしていた。翌日に報告書を書けと言われても、ジャスミンの脳裏には、このぎくしゃく動く恐ろしい死体に銃弾一発を放った記憶など微塵も残っていないはずだ。

発砲した弾は、生前は科学者だった男の胸部、ちょうど両乳首の間を貫通した。それと同時に、大量の血飛沫とピンク色の内容物が白衣の後ろから飛び出した。

もし今ここで報告書が作成できるのなら、彼女はこの瞬間を「時が静止したようだった」と表現しただろう。少し前に彼女の中に流入してきた曖昧な情報は皆、脳内でチャイムのような音を立て、映画館の看板で使われるようなフォントとなってチカチカと点滅している。「死体解剖」「異常」「原因不明」といった言葉が、彼女の中脳で赤く輝いていた。

しかし、間違いなく致命傷を与えたはずの銃弾を受けても平然としている男の姿を見たとき、戦慄(せんりつ)した彼女は悲鳴を上げた。

クリーチャーは歩みを止めることもなければ、被弾の衝撃で跳ね返ることもなかった。濁った白目は、ただまっすぐにジャスミンを捉えていたのだ。

彼女は踵(きびす)を返し、逃げ出した。

5　ガソリン臭(しゅう)

フォート・デニングの地下での記憶は、漠然とし、曖昧だった。実は以前に一度だけ、彼女はここに来たことがある。行方不明になった人物――外交官の妻――を捜すためだった。その女性のものだという片方だけ残された白い手袋から読み取れたのは、遺棄された死体、レイプされた女性、防水シートに包まれ、ポトマック川の底に沈められている被害者、というイメージだった。ジャスミンが携わった機密扱いの行方不明者のケースは、無残な結果で終わることがほとんどだった。今回、もし出口を見つけられなかったら、彼女自身の身にも似たような悲劇が降りかかるだろう。

袋小路だらけのその場所を、彼女ははっきりと覚えている。どの角を曲がっても、密閉されたセキュリティドアにぶち当たった。ガラス窓がはめ込んであったものの、三重構造の防弾強化ガラスだった。また別の角を曲がったが、やはり同様の行き止まりだった。

通り抜けられない扉の窓を覗き込み、扉の向こうの廊下を見た。さらに奥も行き止まりになっている。そのとき、背後で不気味な音が聞こえた。あの死んだ科学者だ。死体のくせに、酔っ払いのような歩調で向かってくる。なぜ男は追いかけてくるのだろう？　解剖用の死体にされたように、彼もジャスミンの肉体に歯を立てるのか？

めまいで頭がグラグラし、腕には鳥肌が立ち、アドレナリンが放出されて全身を駆けめぐる。ジャスミンは回れ右をし、他の廊下を目指した。

今度の廊下は病理学実験室に通じていた。タイルが貼られた壁には、金属のドアが並んでおり、それぞれに不可解な番号が振ってあるのをジャスミンは覚えていた。突然ガソリン臭がした。いや、それとも消毒剤だろうか。すると、切れていた蛍光灯のひとつが再び明滅を始めた。足元から低く唸る機械音が響いてくる。非常用発電機が発動したのかもしれない。

次に行き着いたのも袋小路だった。壁一面の白タイルの目地には、黒カビが生えている。彼女は心臓がどくどくと脈打つのを感じた。信じられない。一連の複雑な任務が、これほど簡単に単純なサバイバル――闘争か逃走か――になってしまうなんて。そのとき背後から、例の不気味な音が聞こえてきた。身体を重そうに引きずる、あの嫌な音だ。一歩また一歩、音は確実にこちらに近づいてくる。音が反響しているのか、足音の数が増幅していく。まさか——。

彼女は恐る恐る肩越しに、今来た方を見やった。狭い廊下の外れに、三つ、いや四つの影が現れた。骸骨（がいこつ）のような人間の影だ。

次の数分間の出来事を報告書に書けと言われたら、彼女はこの日の午前中で初めて、何が起きたのかを記すことができるだろう。どういうわけか、その数分間は詳細まで鮮やかに記憶している。右側にあった最後の扉——病理学実験室の第一検査室のドアだとあとでわかった——を開けようと即座に判断したことも、右足のブーツのかかとで強烈な蹴りをドアに見舞ったことも、ボルトが折れる音がしたと同時に、蹴った衝撃で足に強い痛みが走ったことも、なんの問題なく説明が可能だ。

暗い部屋に飛び込んだ瞬間に待ち受けていたあの臭（にお）い。それすら、今でも正確に描写できる。病理学実験室第一検査室は、いわゆる死体を解剖する部屋で、ステンレスでできた墓場のようだった。高い天井からハロゲンライトが下がっていたが、全て電源は切れている。壁には、死体を安置する引き出しがずらりと並んでいた。室内にこもった臭いは、階下からのガソリン臭に加え、腐敗が進んだタンパク質の臭いも混じっている。それは、ちょうど電源が切れた冷蔵庫に入れっ放しになっていた生肉か何かを思わせた。

決して存在することはないだろうが、もしも報告書が書けたなら、彼女が乱暴に扉を閉め、ドアノブの下に椅子を押し込み、電灯のスイッチを必死に探したが無駄だったという過程も明確に描写しただろう。

　ここに飛び込んだ時点で、もはや彼女の選択肢はほとんどないに等しかった。暗がりに目が慣れつつあったので、室内をぐるりと眺めてみた。右手でダブルタップ拳銃を握っていたが、弾は一発しか残っていない。左の方で何かが蠢き、ジャスミンは反射的により暗い隅へと飛び跳ねた。どこもかしこも暗かったのだが、彼女には移動した先の方がもっと暗く思えたのだ。

　遺伝した能力をもってすれば、今の彼女は、成仏できない幽霊がさまよう幽霊屋敷や断末魔の叫び声の余韻が残る歴史的な大虐殺が起きた場所に入った霊媒師も同然だ。一度に脳内に雪崩込んできた声やイメージで、ジャスミンの感覚はパンクしそうになる。血、伝染病、貧困、憎悪の断片が、感情の高波とともに彼女を覆い尽くした。

　すると、左側にいた何かが、凄まじい死臭を振りまきながら襲いかかってきた。

　暗闇の中で、体当たりをされたジャスミンは、反射的に銃の引き金を引き、最後の一発を発射した。銃口は相手の柔らかい身体に押し当てられていた。銃弾は、彼女に迫ってきたそいつの頸部のど真ん中を突き抜け、首の後ろから外に飛び出した。もはや決して書くことがない報告書に、ジャスミンはおそらくこの瞬間のことを「あまりにすばやく、反射的に対処したので、全ての行動や反応を正確に説明することはできない」と記しただろう。

だが、ひとつだけは確かだった。銃弾が腐った肉体を貫通した衝撃は、化け物にダメージを全く与えず、相手の動きを封じる効果は皆無だったのだ。ジャスミンはすぐにその事実を悟った。そいつはほんの一瞬ぐらついたものの、ひっくり返るどころか、再びよたよたと彼女の喉めがけて襲ってきた。激しくぶつかられ、よろめいた彼女は、自分の足につまずき、銃を落として床に倒れてしまった。

そいつはジャスミンに馬乗りになり、大きく口を開いた。血の気の失せた灰色の唇の間から覗いた歯は、黒く変色しており、前歯はカッターの刃のように尖っている。その鋭い歯がもう少しで腕に食い込む直前、彼女は反射的に手を出し、相手の首を摑んだ。首の真ん中には、銃弾で貫かれて穴ができていた。肉に嚙みつけなかった歯が、カスタネットのようにガチガチと音を立てている。生肉を求めて歯を鳴らす化け物は、首を振り子のように揺らし、ジャスミンの手首の内側を狙ってきた。彼女は両手で首を締めつけ、渾身の力を込め、化け物を窒息させようとした。とはいえ、銃でさえ無力だったのだ。ましてや素手での攻撃にはなんの効力もなかった。

この膠着状態がどれだけ続いているのか定かではなかったが、ジャスミンは相手をじっと見据えていた。虹彩も瞳孔も全てが白濁した化け物の目を凝視しても、猛烈な飢餓状態であること以外は何も見えてこない。そこには空腹感だけが存在し、生命力の兆しが何も感じられない。血管を流れる血液もなく、活力を示す肉体の赤みもなかった——あるのは、青白い死んだ皮膚と飢えだけ。そのとき、彼女はハッとした。流入してきたおぼろげなイメージから、目の前の化け物が何者かわかったのだ。高い頬骨。くしゃくしゃでボリュームのないロングヘア。ガリガリに痩せた身体。それは、生前田舎で暮らしていた農場の中年女性だった。農夫のもとに嫁ぎ、やがて農場をほとんど自分で切り盛りするまでになった強い女性だったはず。――だったはず？　生前のイメージでふと現実を忘れそうになったが、被弾しても、首を絞められても自分を襲うのをやめない眼前の〝生き物〟が死者だと改めて実感し、ジャスミンは猛烈な吐き気に襲われた。

次の瞬間、彼女は何がガソリンの臭いに似ているのかを思い出した。そうだ！　防腐処理に使う液体だ。次いで、〝遺体は防腐処理済み〟という死んだ科学者の記憶の断片も蘇ってきた。

〝……エヴァンス・シティからの搬送で、現地病院到着時にはすでに死亡。遺体は防腐処理済み。病理学者のメモ……故人は白人女性で、三十代半ば。拘束具を装着、死体袋に入れられてフォート・デニングに移送……死因は不明……〟

ああ、こいつがエヴァンス・シティから搬送された死体だったのか。拘束されたまま死体袋に入れられ、フォート・デニングに運ばれてきた、三十代半ばの白人女性。〝死因は不明〟。これが患者第一号。一連の凶事の発端であり、今回の任務の対象者、ファスト・エントリーすべき相手だ。

それがわかった途端、ジャスミンの内側で感情共有の回路がオンになった。ささやかな気づきが〝正触媒〟のごとく効を奏し、目では見えないほど極小だった突破口を大きく切り開いたのだ。相手に触れている指先を通じて、女性の深層意識の波がどっと押し寄せてきた。

6 摂食障害

酒だけではない。セックス、大麻、食べ物、ポルノ、コカイン、性的興奮剤ラッシュ、カフェイン、ヘロイン、自傷行為、強力覚醒剤クリスタル・メス、過食後の嘔吐、睡眠薬、幻覚剤、鎮痛剤オキシコドン、延々とプレイするビデオゲームに溺れ、依存した。

ジャスミン・メイウェルは成長過程で、衝動のままにありとあらゆる物質を摂取し、欲望にまかせた行為にふけってきた。とにかく神経質で、落ち着きのない子供だった。手指の爪の噛み癖があり、摂食障害に陥り、思春期になる頃には肥満体となり、初期の注意欠陥障害だと診断された。彼女の特殊能力は、生まれたときから完璧な形として仕上がっていたが、それがゆえに、十代の半ばになるまで不安症と夜驚症（やきょうしょう）に悩まされる結果となった。恋い焦がれた少年とのキスがようやく叶（かな）ったものの、彼の方はただ単にジャスミンの乳房に触りたかっただけだと唇を重ねている最中に判明したのは、一九八〇年代の繊細な有色人種のティーンエイジャーの少女には、あまりにも酷な事実だった。
今、ジャスミンは悪臭漂う暗い解剖室に仰向けに横たわり、床の上で激しく身悶えている。しかし、どんなに抗っても、全ての元凶である最初の患者の細胞ひとつひとつに染み込んだ記憶の支配下にあった。てんかんの発作を併発し、背中は反り、顎を嚙みしめ、頭は破裂しそうだ。それでも、相手を摑む手を離すことはなかった。指先が女性の細い首の腐肉に食い込むにつれ、相手の不快極まる記憶が流入してきた。

（……ダニエル！　ダニエルはどこ？　……納屋から聞こえる叫び声……馬のいななき……裏庭を走り抜け、異臭を放つ馬小屋に飛び込んでいく……ダニエルは納屋の床にしゃがみ込んでいた。顔中を血だらけにして……それにしてもひどい臭いだ……馬は死んでいた。その身体は引き裂かれ、はらわたが散らばっている……ダニエルが……食べているのは……まさか、馬の臓物？）

ジャスミンは身震いした。彼女の手は、かつて農夫の妻だった化け物の気管にまで食い込んでいた。強力接着剤で貼りつけたかのごとく、指先に腐敗の進む肉がまとわりつく。これほどの腐乱死体なのに、顎は開閉し、歯はガチガチと鳴り続けていた。

（……どのくらい時間が経ったのだろう。ダニエルは私の血、私の内臓を堪能している……神様、どうして？　……暗黒が私を覆い尽くそうとしている……神よ、あなたは私たちを見捨てたのですか？　なぜ……？）

ジャスミンは暗闇の中にいた。地下の実験室内の音も臭いも消えている。相手の記憶は徐々に衰え、ジャスミンの意識の裏側で弱々しく点滅するほどになった。

（……さまよっている……目的もなく……ひどく空腹だ……温かい肉に飢えていた……どんなに食べても満腹にならず、満足もしない……いつも、いつも腹を空かしている……）

ジャスミンの意識内のスクリーンに投影される映像が、どんどん縮小し、とうとう小さな白い点となった。

ほんの一瞬、その白い点は宙に留まっていたが、猛烈な勢いで黒い虚空に占領されつつあった。自分の魂のどこか遠くの方で、彼女は己の人間性が吸い取られ、空になっていくのを感じていた。愛する、笑う、泣く、論理的に考える、コミュニケーションを取る、感謝する、共感する、記憶する、生存する――人間であるという、あらゆる能力が根こそぎ奪われていく。彼女は、自分の内側で劇的な変化が起こっているのを感じていた。冷たい白い点の中心で、ガラス瓶の中のスズメバチが羽音を立てて暴れているかのように――。

ジャスミンは手に力を入れ、ひき肉をこねるように女の首を握り潰した。釣り針に刺さった魚のように、化け物は彼女の手の中で身をよじり、のたうち回っている。ジャスミンの傷ついた魂の内側で、空洞を埋め、飢餓感を和らげ、虚しさを払拭し、自己治癒力に任せ、忘れることが必要だという思いが湧き上がった。彼女は雄叫びを上げて相手の身体を横に押し倒し、体勢を入れ替えた。すると、心の中のあの白い点が膨張して拡大し、明るさを増し始めたではないか。満たされない心を満たしたいという欲求、渇望、中毒が、ジャスミンの脳を氾濫させた化け物の病んだアルファ波と調和する、壮大な和音のように反響し合っていた。

ついに自分自身の内部で起きた〝ビッグバン〟が、ジャスミンの何かに火を点けた。目を大きく見開いた彼女は、己の手の中で身悶えするものに焦点を合わせた。そして、正確に認識した。これは――食べ物だ。

7　唯一の出口

ドアが勢いよく押し開けられ、椅子が床を横滑りしていく。自動拳銃ベレッタM9の銃身が検査室内に突き出され、ダウジング・ロッドの先端のように暗がりで輝いていた。しかし、ジャスミンは何も物音も聞かなかったし、なんの動きも察知しなかった。彼女は無我夢中だった。食べることに忙しすぎて、他の何にも気づかなかったのだ。

元農夫の妻の顔の下半分が最も柔らかだった。凄まじい食欲と狂気に取り憑かれたジャスミンは、化け物の唇を噛みちぎると、腹ペコの大食漢が新鮮なイカの足をがっつくように音を立てて貪った。彼女の手に摑まれたまま、化け物は痙攣していた。次は、軟口蓋と副鼻腔だ。彼女は、果物の種か何かのように腐った歯を吐き出した。相手の口の中に歯を突き立て、顔や舌の動脈や鼻の柔組織を何度も噛みしめるのは、大好物の貝を食べている気分だ。女の循環機能はほとんど働いていないので、あちこちから体液が染み出しており、ジャスミンの全身は粘り気のある分泌物にまみれていた。もはや、化け物の顔はどろどろの塊と化し、顔らしい原型は留めていなかったが、ジャスミンは死肉に食らいつくのをやめなかった。伊勢エビの頭を執拗に吸って海老味噌を味わうがごとく、今度は眼球をしゃぶるのに必死で、背後に二人の憲兵が迫っていることなど、全く気づかなかった。彼らは室内に足を踏み込んだときから、銃を目の高さに構え、いつでも射撃できる体勢でいた。もちろん銃の安全装置は外されている。目の前のごちそうしか頭にないジャスミンは、そのことを知る由もなかった。彼女を支配している凄まじい食欲は、掻かずにいられない猛烈な痒みと似ていた。

黒くベトベトした臭い粘液だらけとなった彼女は、化け物の喉笛にかぶりつき、気管の動脈を咀嚼した。ほとんど息継ぎもせずに、歯を動かし続けた。生前は農夫の嫁として活力に満ちていた女性は、得体の知れない怪物となって、今、ジャスミンの下で身体を震わせている。その姿は、分解されてもなお、振動し続けるエンジンを思わせた。当のジャスミンだが、銃口が向けられているとは考えてもいなかった。

九ミリ拳銃が火を噴いた。

発砲された一発の弾丸は、ジャスミン・メイウェル曹長の左耳から五センチ上の側頭部に命中した。こうして彼女の世界は永遠の静寂に包まれ、決して満たされなかった渇望感に悩まされる心配もなくなった。

8 闇の中

二発目の銃弾は、すでにほとんど原型を留めていなかった農夫の妻の頭部を貫通し、背後に脳漿と頭蓋骨の破片を撒き散らした。生ける屍だった女性はようやく最期を迎え、ジャスミンの隣に崩れ落ちた。

二人の憲兵は、硝煙が立ち上る中、床の惨状に目を落とし、しばし呆然と立ち尽くしていた。若い憲兵が銃器をホルスターにしまい、年長の憲兵の方を見た。

「一体全体これは――」

それは正確に、問いかけというよりも、この四十八時間で彼らが目撃してきた一連の混乱に対するつぶやきだった。

大柄で白髪が混じる頭髪の年長の憲兵が、頭を横に振った。

「全くもって、ひどいとしか言いようがない。私は家に帰る」

真っ赤に染まった彼のユニフォームは、ここに来るまでの任務の凄惨さを物語っていた。

「どうぞご無事で。幸運を祈ります」

若い憲兵がそう返した。「報告書、見ました？　目下のところ、誰もフレデリックに出入りできないみたいです。ひどい嵐が襲来しているとかで」

年長の憲兵はその場を立ち去り、若者だけが部屋に残された。彼は顎を掻きながら、寄木張りの床に目を落とした。大きく広がる血溜まりに横たわる二人の女性は、どんな関係にあったのだろうか。

いくら考えても答えは出そうもないので、彼は出口に向かい、後ろ手にドアを閉めた。人間の残骸を闇の中に置き去りにして——。果たして、この世界には今、まともな場所はどれほど残されているのだろうか。重い心のまま、若者は狭い廊下を歩き出した。

この静かなる大地の下に

マイク・ケアリー

IN THAT QUIET EARTH

マイク・ケアリー
Mike Carey

PROFILE

英国人作家、詩人、コミック原作者、脚本家。ヘビーメタル界の伝説的歌手オジー・オズボーンの伝記コミック、『X-メン』などマーベル、DC の人気アメコミ作品を手掛ける。『Felix Castor』シリーズは多くのファンに支持され、ベストセラーとなったゾンビ小説『パンドラの少女』（東京創元社 刊）は、2016 年に映画化され、日本でも翌年に『ディストピア　パンドラの少女』というタイトルで劇場公開された。
HP：mikeandpeter.com/

その場を去りがたかった私は、穏やかな空の下で、墓石の周りをぶらぶらと歩いていた。ヒースやイトシャジンといったハーブの間で、ひらひらと蛾たちが舞っている。芝生を優しく撫でる風の音に耳を傾け、私はしみじみと思った。この静かなる大地の下に横たわる者たちに平穏なる眠りがないなどと、誰が想像できるだろうかと。

——エミリー・ブロンテ『嵐が丘』より

蘇りし屍の出現が最高潮に達した今、もはや世界には、平和だった頃の片鱗すら残っていなかった。振り返ってみれば、妻のロレインの死がドミノ倒しの最初の一枚だったのだろうと、リチャード・キャドベリーは思った。それを発端に、他の全てがここまでの壊滅状態に陥ったのだから。論理的な説明はできないものの、感情的には、非常に納得がいった。

ロレインが死亡し、世界は傾いたのだ。

リチャードは、どうにでもなれと思っていた。自分は辛うじて存在しているに過ぎない。妻との死別から数ヶ月で、彼はどんどん殻に閉じこもり、友人、家族、同僚、隣人など、自分が知る全ての人々を次々に人生から排除していった。彼らに対する愛情が失せたわけではない。むしろその逆で、彼らを社会的規範が欠如した完全なるアノミー状態から遠ざけようとしたのだ。現状では、人生を定義することにも、将来を語ることにもなんの意味もない。皆を拒絶したのも、愛すべき者たちを自分と同じような目に遭わせたくないとの強い思いからだった。

リチャードの内側では、このような重大な変化が起きていたものの、外見からはなかなか判断できなかったはずだ。彼は毎日、研究所に車で通い続け、一日中仕事に明け暮れた。葬式のために、一日だけ休暇を取ったものの、すぐに職場に復帰した。忌引き休暇の申し出を丁重に断り、善意から言ってくれたのだろうが、全く見当違いのカウンセリングの勧めも遠慮した。彼が何を感じているかを口に出すことは不可能だった。彼自身の中でさえ、その感情は言葉で表現し切れないままだった。ごく簡単に言葉にするとしたら、「心にぽっかりと穴が空いた状態」だろうか。その穴に転落し、スローモーションでずっと落下し続けているかのようだ。そしてそれは、彼が死ぬまで終わることはない。

ある意味、死が、リチャードの〝ベクトル〟となった。おそらく、それゆえに――深い孤独の中にいたにもかかわらず――彼は蘇りし屍の存在にいち早く気づいたのだ。ごく初めの兆しを、いつどこで捉えたのかを思い出すことはできない。ラジオを通じてだった可能性が高いが、その後ほどなくテレビを点け、ニュース番組がこの危機的状況にどんどん時間を割くようになったのを目の当たりにした。

こうして、疑念が確信へと変わるのにはなんの苦労も時間もかからなかった。

最初のうちは、無視するのも簡単だった。大衆が受け取る情報といったら、テレビで流される目撃者の曖昧な説明と、彼らの説明を微塵も信じていないキャスターが述べるお決まりのコメントくらいだったのだから。すぐに視聴者提供の証拠映像とやらも複数紹介され始めたが、誰かが叫んでいるというバカげたものばかりで、素人撮影ゆえのブレ具合とあまりにも現実離れした内容も相まって、本気で捉える方がどうかと思えてしまうのだった。路上や公園でよろめきながら歩く男女たちの姿は、どう見ても「夜に盛り上がり過ぎた結果、二日酔いで朝を迎えました」と訴えているとしか言えないようなものだったが、今思えば、そんなふうに捉えられたこと自体が最悪だった。これは、〝存在する〟とはどういうことかを研究する存在論の新説を誰かが打ち立てる前に起こった、地球の生命史におけるターニング・ポイントだというのに。

しかしながら、翌朝、リチャードが仕事場に向かうべく玄関を開けると、外の道路には例のそぞろ歩きの連中がいた。向こうも彼を見るや、関心を向ける対象だと認識したようだった。リチャードが車に乗り込み、走り出してもなお、複数いた彼らは一様に彼を目指して歩き続けていた。イタズラとは思えないほど非常に手が込んでいる。ニュースの証拠映像と同じ奴(やつ)らなら、尋常ではない距離を歩いているはずだし、中には負傷している者もいたが、メーキャップにしては怪我(けが)の具合があまりにも生々しかった。

研究所に着いたものの、リチャードは中には入れなかった。受付嬢のシーラが、両開きのドアの向こう側にいたのだが、飛散防止ガラスのドアに何度も体当たりしていたのだ。愛らしかった顔は、血みどろの悲惨な状態になっており、あたかもガラスを噛(か)み切ってこちらに到達しようとしているかのように、真っ赤に染まった歯を絶え間なく鳴らしていた。

どうすればいいのか躊躇(ちゅうちょ)したリチャードは、一分半ほど彼女を見つめていた。そうこうしているうちに、十体以上の奴らが建物の角や物置小屋の裏手から現われ、やはりよろめき、身体を引きずるようにして彼に迫ってきた。そよ風に乗って、連中の方から漂ってきたのは腐敗臭だ。かすかな匂いだが、間違いない。

それゆえ、彼にはわかっていた。他の誰にもすでに周知のことだろうが、とにかく彼は気づいていた。そう、死んでも、人間は〝復元〟するようになったのだ。とはいえ、死者から生者への折り返し時点で、何かが失われる。明らかに重大な何かが。蘇生した者たちは、感覚や感情の恩恵を受けることも、それに翻弄(ほんろう)されることも全くないように見えた。彼らはもっと原始的な存在で、たったひとつの衝動に支配されているらしい。

その衝動が何かは、リチャードが帰宅途中にその目で確認した。複数の彷徨者(ほうこうしゃ)たちが犬を取り囲み、その身体を押さえつけていたのだ。犬は彼らから逃れようと、必死でもがいている。数秒もしないうちにひとりの中年女が犬の喉を嚙み切ったかと思うと、あれよあれよという間に全てが引き裂かれた。そして連中は、寄ってたかって犬をガツガツと貪り始めた。リチャードは胸が悪くなった。犬の悲痛な鳴き声が耳に残っており、何かできたのではないかと悔やんだものの、やはり何も手立てはなかったはずだと思い直した。食事に夢中の中年女の左肩にはブランドもののショルダーバッグが下がったままで、それが異様さを一層引き立てていた。

リチャードの車は自宅前に到着した。道路際から玄関までの距離は短いものだったが、走らなければならないだろう。前庭の芝生にはすでに、彷徨者の姿がちらほら見えていた。連中がこちらに追いつく前に家の中に入れるだろうか。優柔不断な彼は一瞬ためらったものの、まごまごしていても状況は好転しない。彼は心を決めた。キーチェーンについた複数の鍵の中から玄関の鍵を手に握り、車から降りてまっしぐらに玄関を目指した。ドアの前で開錠しようとしたが、つい握っていた鍵を滑らせてしまった。クソッ。玄関の鍵が他の鍵に紛れたので、慌てて探し当てる。鍵穴に鍵を挿し込もうとしても、手が震えてうまくいかない。背後に奴らが迫ってくる気配を感じた。道路は乾いているはずなのに、濡れた路上を歩くような湿った足音。なんとも形容しがたいうめき声。早く、早く、早く！　なんとか鍵を開け、中に滑り込み、すばやくドアを閉めた。次の瞬間、玄関ドアの外側が引っ掻かれる音がし、リチャードはゾッとした。ドアに爪を立てる指の音から判断すると、一体だけではないようだ。彼は肩で呼吸しながら、間一髪、室内に入れたことに感謝した。

すると、家の電話が鳴り出し、リチャードをギクリとさせた。部屋を横切り、受話器を取る。

「もしもし?」

〈キャドベリー博士? リチャード? 君なのか?〉

かけてきたのは、研究所の主任グラハム・シーカーだった。だが、あまりにも声が上ずっており、話す内容も支離滅裂だったので、それがグラハムだとわかるまで少し時間がかかった。

「やあ、グラハム。前代未聞の事態が起きてる。君も気づいているとは思うが」

〈気づいてるも何も……リチャード、ああ、神よ、これは世界の終わりだ! この世はもうおしまいなんだよ! 死人……そうとも、死人たちが蘇り、生きた人間を食らってる!〉

「ああ、知ってるよ。ニュースでもずっとその話題ばかりだ。三十分前に研究所に行ってみたら、シーラが連中のようになっていた」

〈シーラが……〉

グラハムの声は涙まじりになった。〈彼女には三人の子供がいる。もし彼女がその子た

ちに感染させたら……ああ……〉

「あれは感染するのか？」

リチャードは訊ねた。「まだ蘇った死人たちに関する説明は、何も容認されてないぞ」

ところが、相手には彼の言葉が耳に入らなかったようで、次のように返してきた。

〈シーラだけじゃない。みんなだ。ほとんど全員がそうなった。ヘロード博士も、ローサーも、アランも……〉

「アラン？」

〈インターンの青年だ。ヘロード博士のオフィスに郵便物を届けに行って、博士に首を嚙まれたらしい。アランはオフィスから逃げ出し、彼女を部屋に閉じ込めることはできたんだが、その直後に出血多量で死亡した。いや、死亡したかに見えた、と言うべきか。救急車を呼ぼうと電話をかけたんだが、誰も出なかった。それから一時間かそこらが過ぎたとき、アランは突然目覚め、起き上がったんだ！〉

興奮して話すグラハムは、どんどん早口になっていった。〈何をしてもアランの動きは止まらず、結局、ハリソンが消防斧で彼の頭を刎ねなければならなかった。なんてこった！　あんな恐ろしい光景はいまだかつて見たことがない。最悪だ！〉

「ああ、全く。最悪以外の何ものでもない」

リチャードは相手をなだめるように同意したものの、その関心はすでに他のところに向いていた。この奇妙な出来事の意味は何なのか。自分自身や亡き妻にとってどんな意味があるのか。頭の中は、それを追究することでいっぱいだった。彼はグラハムに落ち着くように言ったものの、本当は電話を切りたかっただけだ。早く電話を切って、この出来事がどこへ行き着こうとしているのか、熟考したかった。

「グラハム、テレビを点けてみたらどうだ」と、彼は提案した。「それか、ラジオでもいい。政府はこの事態に対処するため、各所で特別救援部隊を編成しつつある。彼らが状況を把握するのに数日はかかるかもしれないが、部隊は必ず来てくれる。彼らの到着まで、完全に隔離された場所でじっとしているのが、生き延びる最善策だと思う」

〈隔離された場所？〉

グラハムが聞き返した。

「その通り。研究所が最適だろう。防犯性を考えると自宅よりも安全だ。一度外に出て水と食料を確保したら、あとはひたすら息を潜め、事態が収束するのを待つんだ」

リチャードは主任が聞き入っているのを確信し、さらに続けた。「防犯シャッターを使え。破られない限り、危険に晒されないで済む」

〈そうするよ！〉

相手の言葉には活力が戻りつつあった。リチャードの提案は、グラハムに希望を与えることができたらしい。〈もちろん、君も来てくれるんだろうな？　入り口のドアの前まで

車で乗りつけてくれたら――〉

「私は家で仕事を続けるとするよ。じゃあな、グラハム。健闘を祈る」

リチャードは主任の反応を待たずに電話を切った。再び電話が鳴ったとき、最初は無視していたのだが、とうとう壁から電話線を引き抜いた。自分にはやらねばならない仕事があるのだ。

まずはサンプルを手に入れる必要がある。サンプルの入手はそれほど難しくことではない。彷徨者たちは生きた人間になんのためらいもなく近づき、両者の遭遇に犠牲者はつきものだ。その犠牲者が命を奪った連中と同じ彷徨者に変化するのに数時間ほどかかるので、目覚める前の死体を集めればいい。

用心深く周囲を確認して表に出たリチャードは、すばやく車に乗り込んで近所を走ってみた。案の定、道端に転がっている男性の死体が簡単に見つかった。料理に使うタコ糸で男性の手を縛り、ホームセンターから失敬してきた金網で口の周りを覆った。金網の端と端をペンチで捻(ひね)ってつなぎ合わせ、不恰好ではあるが、なんとか口輪らしきものになった。

リチャードは男性を車のトランクに押し込み、自宅まで運転した。車庫に車を入れ、シャッターを完全に閉め、鍵をかけ、彼はようやくトランクを開けた。すでに男性は死体ではなくなっていた。激しく身をよじり、悶(もだ)え、拘束から逃れようとしている。男性をトランクから移動させ、作業台に固定させるべきかと思ったものの、あまりにもリスクが大きい。そこで、代わりに電動丸ノコを取り出し、トランクに入れたままでその頭部を切断した。その作業は思ったよりもひどいものではなかった。死後変化による血液濃縮で、辺り一面が血の海になる事態が避けられたからだろう。男性の血は凝固とまでは言えないものの、糖蜜と同等の粘度でかなりドロリとしていた。

リチャードは首を地下室に持っていった。ずいぶん前に、そこを自身が長年温めてきた計画と、私的な時間外勤務のための実験室に改造していたのだ。彼は頭蓋から脳を取り出すと、顕微鏡まで使って、その構造を観察した。新たに誕生した新種の生き物。彼は胸を躍らせながら、詳細を調べていった。

どうやら、蘇った死者の脳の大部分は機能していないようだ。死亡したことで、脳組織は腐敗が始まっていたが、早い時期に蘇生したのが起因してか、壊死の進行は停止している。頭部は胴体から切り離されているというのに、脳は、生命活動を維持するために必要な栄養分をどこかから吸収し続けている。栄養分の出どころは、粘度の高い血液か、周辺の空気か、もしくは体内のどこかにある未確認の貯蔵組織か。とにもかくにも説明ができない不可思議な現象だ。つまり、機能するしないは別として、脳は生きている。

あくまでもリチャード自身の意見だが、「生きている」という言い方だと偏った感じに聞こえる。その反対語「死んでいる」という言葉と併せて考えると、この二つの対義語は、通常はコンピュータ世界の二進法と同様だ。そう、電源がオフのときは「０」で、オンのときは「1」と考え、それ以外は存在しない。この世の生物の状態は「生きている」か「死んでいる」かどちらかのはず。ところが、巷を騒がせている蘇生者は特異な例だった。彼らは死者であるが、わずかながらに「生命」と呼べそうな何かを有している。もちろん、意志、感情、自我、感性が複雑に絡み合った人間の心は持ち合わせていない。あの世から舞い戻ってきた連中の心は完全にシャットダウン状態にあり、ごくわずかに心の扉が開いている感じではないかと推測する。幼い頃、夜中に目覚め、寝室のドアがほんの少しだけ開いているのに気づいた子供は、その奥の暗がりに何かがありそうで、でも何があるのかわからず怖がるものだが、蘇生者たちの心はそんなふうに隙間が開いていて、我々人間にとって、その奥の暗闇は未知の領域。恐怖と脅威の対象でしかない。

二体目のサンプルでは、首を切断しなかった。彼は小柄で取り扱いやすい死体を求め、二時間のドライブの末にようやく理想的なサンプルを見つけることができた。非常に華奢な女性だったが、リチャードが縛り終えないうちに蘇生が始まった。両手を縛った後に背後から金網で口を覆うとした際、こちらが細心の注意を払っていたにもかかわらず、手を噛まれるという失態を犯してしまった。それでも、園芸用の厚手の手袋をはめていたおかげで、噛み傷が皮膚を破ることはなかった。取り返しのつかないダメージを受けずに済み、彼は心から安堵した。

女性を地下室の椅子に縛りつけたリチャードは、自作の機器——脳計測器——で彼女の脳の電気流量を計測した。やはり、脳機能の大部分は作用していないのがわかった。脳を構成する神経細胞同士が複雑につながる巨大ネットワークも、そのネットワーク〝神経回路〟に活発な電気信号が駆けめぐる状況も見られない。そこにあるのは、単一回路のパルスだけで、強力な刺激が延々と繰り返されている。あたかも、周期的に電波を発生させる天体〝パルサー〟から送られてくる電波信号のようだ。

リチャードは、「キツネは多くのことを知っているが、ハリネズミは大事なことをひとつだけ知っている」という古代ギリシャの詩人アルキロコスの詩の一節を思い出した。蘇った死者たちは狡猾（こうかつ）でも多才でもない。人間的な反応はほぼ全て削ぎ落とされ、たったひとつの衝動、ひとつの習性だけが残された。死者たちは、実用本位の最低限の欲求と行動だけを持って復活したわけだ。

しかしながら、それは選択されたものだろうか？　自分の意志であの状態に陥り、しかもそれに没頭する己（おのれ）をコントロールできるのか？

彼はロレインに思いを馳（は）せた。冷たい土の中で、ひとり目覚めている妻を。誰の束縛も抑制も受けない空間にいるが、埋葬されたままだなんて、とてもそのままにはしておけない。妻のもとに行かなければ。とはいえ、墓を掘り起こして抱きしめようにも、彼女にとって、自分はもはや夫ではなく、単なる餌（えさ）に過ぎないかもしれないのだ。ならば、そうする意味などどこにある？

五体目の死体を調べた後、リチャードは普遍的な特徴から個人的な特性まで分析を重ねた。それから、ある装置を製作した。プラスチックのバケツを使用したヘルメットのようなもので、開口部の縁（ふち）を何層ものラテックスで覆った。バケツに頭を突っ込むと、ラテックスのひだが首回りに密着する。調節可能な金属の首輪を締めて隙間をなくせば、外気が遮断される仕組みだ。さらに、フィルターと電気ポンプでバケツ内の空気から酸素を取り出す機能も付けた。

一番難しい部分だったのはタイマーだ。かなり細かくメモリを付ける必要があったが、使用時にはダイヤルの番号を見なくても調整できるようにしなければならなかった（なぜなら、頭をバケツの中に入れたままでタイマーを使うからだ）。

続く二日間で、リチャードは百八十二回もの臨死体験を己に課した。どれも決して同じ経験ではなかった。いずれのケースも、空気中から減少する酸素のパーセンテージや窒息状態になるまでの期間はわずかに異なっていた。

自分の身体を酷使した人体実験を何度も繰り返した代償として、彼はひどい頭痛に悩まされ始める。それでも、彼はくじけなかった。実験のたびにメモを取り、最初はきちんとした筆跡で書いていたが、次第に書き文字は崩れ、ぞんざいな走り書きになっていく。綴（つづ）りを間違えないようにするのが精一杯だった。眼球の血管が切れて充血が悪化するにつれ、何を書いているのか読むのもどんどん困難になった。

卵を割らなければ、オムレツはつくれないんだぞ。リチャードは自分に言い聞かせた。このシナリオでは、彼が卵だ。何度も身を挺し、正確にグラフにしていく。脳計測器は彼を導く地図となり、聖書となった。リチャードは頭をほぼ水平に傾け、顔をしかめてプリンターを見た。永遠に印刷が続くかのように、プリントアウトされた紙がひっきりなしに吐き出されてくる。今の彼の視力では、その角度でなければまともに見えないのだ。

かくして百八十二回の実験が終わり、彼はとうとう結論を下した。生死を分ける境界線は、大気酸素濃度八パーセントで時間は三分と十五秒だろう。二分と四十秒から、ニューロン活動簡素化の兆候が現われることが、脳計測器のデータから読み取れる。リチャードは危険を冒して三分五秒まで挑み、生還した。しかし、本当に危ないところだった。

その時点で、彼は実際の変化を感じた。現在、過去、未来、事実と反事実、感覚や信念というものを細かく分類する脳の複雑な働きが、異常なほどの空腹感ただひとつに取って代わろうとしているのだ。飢えが細胞のひとつひとつから湧き上がってくるような、脳が食欲だけに支配されているような感じ、とでも言おうか。「腹が減った」という細胞からの咆哮はけたたましく、見える物全てが真っ赤に染まっているが、リチャードは今でも彼自身であることに変わりはない。彼は考え、彼として存在している。

そこからさらに十秒耐えると、彼は限界点まで達する。しかし、超えてはいない。

実験結果が出たところで、彼にはどうしても必要な道具があった。発電機だ。確か研究所には、携帯用発電機を備えたバンがあったはずだ。リチャードは危険を承知で外出し、バンを取りに行くことにした。施設に到着した彼は、建物上階の窓からグラハムがこちらを見ていることに気づいた。主任の顔色は良くない。リチャードに向かって必死に手を振り、何かを訴えている。ついには窓を開けようとし始めたのを見、リチャードはさっさとバンに乗り込み、グラハムが実際に窓を開けてしまう前にその場を立ち去った。自分から向こうに言うことは何もなく、向こうが自分に何を言わんとしていたのかにも興味は全くなかったのだ。

発電機はフル充電されていなかったものの、目的を叶える(かな)には十分だろう。リチャードは手製の窒息装置とスコップ、ネジ回し、バール、二連式ショットガンをバンに積んだ。できれば、最後の二つは出番がないことを祈るが、念には念を入れることにした。

彼は墓地へとバンを走らせた。開放されていた門を入るとすぐに駐車場があったが、止まることなくコンクリートの路肩を越え、墓が並ぶエリアまで乗り入れた。道が非常に狭く、ここまで運転してくるのは容易ではなかったものの、どうしても発電機を手に届く場所に置く必要があったのだ。

さらなる危険は、彷徨者たちの存在だった。墓地をうろつく奴らの数は相当なもので、スピードを出すバンが至近距離に近づいても逃げ出そうとすらしない。バンが連中を轢く(ひ)たびに車体が大きく上下し、タイヤがその肉体を踏み潰す感触が座席越しに伝わってきた。

見覚えのある墓石の真横で、リチャードはようやく車を止めた。

ロレイン・マーガレット・キャドベリー
墓石には妻の名前が刻まれてあった。逝去日に加え、ありきたりな言葉も添えられている。

愛する妻、ここに眠る
その眠りが、決して覚めることのない永遠のものであってほしい、と彼は心から願った。ロレインが目覚め、夫を待っているなど、どうか思い過ごしであるようにと。

運転席のドアを開け、外に降り立つや、近くにいた奴らが向きを変え、こちらを目指して近寄ってきた。彼はできる限り排除した。連中を仕留めるには、頭を撃ち抜く必要があったが、たとえ頭部に弾丸が命中しても百パーセント動きを封じられるわけではなかった。彷徨者たちが危険なほど近寄る前に、リチャードはバンに戻り、百メートルほど移動した。

連中は車の後をついてきたが、降車した彼は五体ほどを倒した。そして再び、複数の相手に接近され過ぎて手遅れになる前に車に乗り、場所を変える。この行動をさらに根気よく七回繰り返し、ようやく周囲に歩く屍の姿はなくなった。

ロレインの墓に帰ってきた彼は、地面の掘り起こしにかかった。

この肉体労働が、計画全体で最もハードな部分だと言っていいだろう。科学者の彼は日頃からピペットより重いものを持つような生活をしていなかったし、一連の実験や移動で身体を酷使している。墓掘りが肉体的に堪えるのは十分に考えられた。息切れや発汗が著しくなるよりも先に、慣れない動作で、手が痺れ、肩に痛みが走った。

スコップで土をすくい出しながら、リチャードはふと思った。連中は匂いで獲物を追うのだろうか？　まさか、と首を振ってみたものの、その考えは彼を動揺させた。どんどん深くなる穴での作業に夢中になっているうちに、いつの間にか奴らに取り囲まれ、車に逃げ込むことができなくなっていたら――？

しかし、幸運の女神はまだ彼を見放していなかったらしい。午後五時になる前に、何事もなく、棺に被っていた土を取り除くことができた。さらに、棺のネジがほとんど劣化していない事実に、彼は大きく安堵した。もしネジが錆びついていた場合、バールを使って蓋をこじ開けなければならず、そうなると体力の消耗も棺のダメージも大きくなる。

とにかくネジは大丈夫だったので、六ヶ所全てを取り外すのに、数分とかからなかった。ネジを回し始めた頃から、棺の蓋の裏を引っ搔くような小さな音が聞こえ始めた。リチャードは科学者で、現実主義者だ。自然界で起きるプロセスも理解しているし、多少グロテスクな光景を目の当たりにしても吐き気を催したりはしない。「これはどういう現象なのか？」「なぜこのような変化を遂げたのか？」という科学的な好奇心が勝るタイプだ。ゆえに、妻の現在の姿を見る心の準備もできている。彼は棺の蓋を開けた。

ショックも狼狽もなかった。その瞬間の感情表現を言葉にするとしたら、〝ロレインが今でもすぐに彼女だとわかる状態だったことに驚いた〟くらいだろう。もちろん、それなりに腐敗は進んでいた。顔は縮み、毛髪はごっそり抜け落ち、頭蓋に残っているのはわずかだった。顎の左側が灰色のカビにびっしり覆われ、死後にヒゲでも生えたのかと一瞬思ってしまった。

彼女は起き上がろうとしているのか、上半身をよじっている。だが、亡くなってから九ヶ月が経過した今、筋肉はすっかり萎縮してしまい、彼女の身体を支え、動かすほどの力は残っていない。全身は痩せ衰え、ところどころ大きくくぼんでいた。両方のまぶたはわずかに動いているものの、眼窩が縮小し、乾燥しているため、完全に閉じられないようだ。

「ロレイン」

彼は妻に呼びかけた。「私だ。リチャードだよ」

彼女がこちらを認識しているのかどうかはわからない。おそらくそれはないだろう。しかし、自分が誰かを名乗らずに、彼女のプライバシーを侵害することはしたくなかった。

彼はダイヤルをセットした。八パーセント。三分十五秒。バケツを被り、スイッチを押す。バンに積んである発電機が稼働し、電気ポンプが低い音を立て始めた。自作の装置が、彼の口の周りを循環する酸素をせっせと取り除いていく。

今回は、これまでの実験よりも時間が長く思えた。おそらく、これが〝実験〟ではなく〝本番〟だからかもしれない。二分台後半になると、頭がズキズキしてきた。肺は、入ってくるはずのない酸素を求め、必死に空気を吸い込もうとしている。激しいめまいが高波のように襲い、彼はヘナヘナと座り込んだ。そして、とうとう地面に倒れた。

三分台に突入した途端、時間の経過が止まったかに感じた。最後の十五秒は、永遠にゴールに到達しないのではと思えるほど長かった。彼の最後の呼吸は、ひと呼吸とはいえないくらい、ひどく長いものだった。胸は張り出し、全身が痙攣（けいれん）した。残り時間が尽きることを知らせる脳内の鐘が、くぐもった音で鳴り響く。

リチャードは、ヘルメットから逃れるべく懸命にもがいた。そう簡単にはいかず、長い時間がかかった。首の締め具の場所も、どうやって外すのかもなかなか思い出せず、澱（よど）んだ潮流で浮き沈みする漂流物のごとく、彼の意識は脳内をふわふわと漂った。

しかし彼は、時間と酸素濃度を正確に測定していた。まるでペニシリンを投与するかのように、自分自身に死を与えたのだ。彼の死に至るまでの過程は、長い長い一連の洗礼儀式に似ており、全てがコントロールされていた。彼の蘇生も同じだった。

段階的に細胞も神経も
バラバラになって
再構築されていく――。

全てを凌駕する激しい飢えが目覚めるのを、リチャードは感じた。これが、蘇生者を定義する特徴だ。しかし、彼はその食欲に呑まれはしなかった。猛烈な空腹感を抱えても考えることができた。とは言え、思考には、とてつもない労力と時間がかかった。自分のことも、自分の目的も覚えていた。

ゆっくりと立ち上がった彼は、墓穴の縁まで進み、下に降りた。空間が限られているゆえ、ロレインを踏まないように気をつけた。

妻の横の隙間に、自分の身体を押し込んでいく。できるだけ緩やかに、できるだけ静かに。願っていた通り、ロレインは彼に反応しなかった。食べ物だと思わなかったのだ。彼は生ける屍で、彼女と同類だ。少なくとも、これだけ近くにいても妻の食欲を刺激しないという点では。

リチャードは彼女に話しかけようとした。怖がらなくていいんだよ、と。しかし、もはや話すことはできない。頭の中で文章を作ることはできるものの、呼吸をしていないので、口から言葉を発せられなくなっていたのだ。単語たちは舌の上に留まり、この世に吐き出されることのない音の塊として震えていた。

彼は棺の蓋を内側から閉めた。狭い内部で快適な体勢を模索しつつ、身を縮めた。ロレインに窮屈な思いをさせたくない。すると、彼は横からそっと身体を押されるのを感じた。おそらく妻は起き上がろうと無駄な努力を続けているのかもしれないが、そんな意志などないはずだ。その動きに緊急性は全くなく、むしろ彼と同じように快適でいようとしているだけにも思える。

おやすみ、愛するロレイン。彼は声なき声でささやいた。喉を収縮させ、舌を口蓋に当てて上下に動かすのがやっとだった。

ふと、妻の手に触れ、リチャードはそれを優しく握った。そして、まぶたを閉じた。

永遠が彼の全てを覆い尽くしていく。それは、とても心地よかった。

ジミー・ジェイ・バクスターの最後で最高の日

ジョン・スキップ

JIMMY'S LAST DAYS

ジョン・スキップ
John Skipp

PROFILE

『ハロウィン 2016』でロンド・ハットン・クラシック・ホラー賞候補になった映画監督であり、『Mondo Zombie』でブラム・ストーカー賞アンソロジー部門賞を受賞した、ニューヨーク・タイムズベストセラー作家。『闇の果ての光』（文藝春秋社 刊）は十数ヶ国語に翻訳され、数百万部を売り上げた。彼の最初のアンソロジー小説『Book of The Dead』は、現代ゾンビ文学の基盤を築いた。〝スプラッターパンクの父〟として、スキップは世界中のホラーやカウンターカルチャーのアーティストに影響を与え続けている。邦訳は他に映画『フライトナイト（1985）』のノヴェライズ（講談社 刊）、クレイグ・スペクターとの共著『けだもの』（文藝春秋社 刊）があり、最新作は、小説『The Art of Horrible People』。

HP：www.johnskipp.com/
　　www.facebook.com/john.skipp.7
Twitter：@YerPalSkipp

これだけは言っておく。

この世の終わりなんて、自分が「この世は終わりだ」と思ってるだけ。全ては自分の態度と見方次第。俺？「こりゃなんだ？」って疑問に思うことの答えがわかれば、万事ＯＫさ。

少なくとも、最後の最後の直前までは。

＊　＊　＊

最初のひとりはしんどかった。そういうことにしておこう。俺は愛車のトラックを洗っていた。ピカピカにするのに夢中だった。ふと、ウェンデルが通りをぶらついているのが見えた。上はＴシャツ、下はよれよれのパジャマのズボンというラフな格好で、ボサボサの髪、おぼつかない酔っ払っているふうの足取りはいつもと同じだった。驚いたことに、その朝、ウェンデルはラスカルを連れていなかった。いつもは、リードをぐいぐい引っ張って愛犬を散歩させてるんだが。

「犬はどうした？」

俺は深く考えず、軽い気持ちで問いかけた。

ウェンデルは何も答えなかった。彼の耳が遠いのを知っていたので、俺は敢(あ)えて訊(き)き返すこともなく、フロントガラスの鳥のフンを洗い落とす作業に戻った。片手で使い込んだ大きなスポンジ、もう片方の手でホースの先のプラスチック製ノズルを握っていた。

彼がまっすぐこちらに近づいてきたので、俺は「は？　一体なんなんだよ？」という感じで顔をしかめた。向こうが腕を伸ばしてぐいぐい押してきて、俺は運転席のドアに背中をぶつけてしまった。さらに顔を突きつけ、噛(か)みつかんばかりの勢いでガンをつけてきたため、こっちも我慢の限界だった。

「は？　一体なんなんだよ？」

そう実際に言い放ち、反射的に左手でスポンジを相手の口にねじ込み、思い切り押し返してやった。俺の手首もウェンデルの首も、泡だらけだ。多少手荒い真似(まね)だったが、洗剤でむせれば、ウェンデルの酔いも少しは醒(さ)め、正気に戻るだろう。ところがどっこい、奴(やつ)はまともになるどころか、またもや俺を押してきたのだ。しかも、スポンジが入った口をくちゃくちゃ言わせている。マジか？　こいつ、スポンジ食ってんのかよ！

「ウェンデル！　バカか、てめえ！」

俺は大声で怒鳴りつけたが、相手はひるみもしない。ただひたすら俺を押し続け、スポンジをむしゃむしゃと噛み続けている。

うぜえ。俺はホースのノズルで奴の頭のてっぺんをひっぱたいた。一回、二回……。相手がよろよろと少し後ずさりするまで繰り返し叩いた。いい加減にしてくれよと、うらめしく思ったものの、彼は動きを止めなかった。なので、俺は再びホースを振り下ろした。奴が膝から崩れ、口からボロボロになったスポンジが落ち、ノズルが砕けて粉々のプラスチック片となって地面に散らばるまでやめなかった。

信じられないことに、ウェンデルの野郎、今度は俺の膝に噛みつこうとしやがった。俺は力任せに蹴りつけ、奴はひっくり返って尻餅をついた。腹の虫が収まらない俺は、おまけにもう一発キックを見舞った。

すると相手は、蹴られたダメージを微塵も感じさせず、こちらの足首を握るや、急に引っ張ったのだ。俺は正直者だ。一瞬パニックになったのは認めよう。しかし、もう手加減してはいられない。根元部分だけとなったノズルが付いたホースを離し、俺は彼の頭を摑んで首を乱暴に後ろに傾けた。

互いに目と目が合う形となり、ようやく相手の顔をまともに見た俺は瞬時に悟った。こいつはもはや、ウェンデルじゃねえ。

ちょっとはっきりさせてくれ。ウェンデルとはそれほど親しかったわけではない。道端で会うとたわいのない会話をするくらいの仲っていうか。彼はゲイだったが、フレンドリーな奴だった。見るからにオネエっぽい感じはなく、外見的にはノーマルで通用していたと思う。俺は彼の犬が気に入っていた。ウェンデルは別に俺にちょっかいをだそうとか、そういうことは一度もなく、お互い邪魔せずやっていた。わかるかな、誰かに訊かれたら、「ああ、そういや、ウェンデルっていたな。ユニークな男だ。この世はいろんな奴がいるからなあ」って答える感じ。そんな関係だ。

で、今、会えば挨拶する程度のその知り合いの顔を見ているわけだが、彼の目には光が宿っていない。まさか。恐ろしい真実が俺の頭の中を駆けめぐった。

いや、素晴らしい真実ってことにしておこう。

ここまでされて、「おい、あんたの顔、変だぜ。大丈夫か？」なんて気にかけてやる必要もないし。

ウェンデルはまだ俺の足を掴んでいた。だから、トラックの後ろのドアまで奴を引きずり、空いていた方の手でドアを開けた。どこにバットを置いていたか、手探りでもわかっていた。子供の頃、じいちゃんにもらった年代物のルイスビルスラッガーの野球バットで、メジャーリーガーの強打者ミッキー・マントルのサイン入りモデルだ。何かのときに役立つかと思い、車に常備していた。しかも、運転席の背面にヒモでぶら下げ、いざというときに使用できるようにしてあった。この準備の良さは、自画自賛ものだぜ。

　ところが、バットのグリップを握ろうとした矢先、ウェンデルがいきなり背伸びをして太ももに歯を立てた。血が出るほど噛まれたわけではないが、俺はビビって「うわっ！」と声を出し、車のバックシートに背中から倒れ込んだ。その拍子に、頭髪を摑んでいた手を離すと同時に、蹴り上がった足が相手の顔を強打した。奴の方も後方に倒れ、その歯が俺のジーンズをぐいと引っ張った。この野郎！　怒りが込み上げ、もう一度ウェンデルを蹴る。スニーカーの靴底が思い切り肩を押し、彼はようやく歯を離して後ろに倒れた。

　俺はどっこいしょとバックシートで起き上がった。目の前にあるバットをすかさず摑み取り、性懲りもなく再び迫ってきたウェンデルの額に叩きつけた。もう一度起き上がって向かってきたのを見て、これで最後にしてやると心の中で誓った。

　俺は奴の頭を殴った。頭蓋骨が嫌な音を立てて凹み、脳味噌が噴き出て地面に散らばっても、バットを振り下ろし続けた。彼の身体はしばらく痙攣していたが、そのうちピクリとも動かなくなった。

「なんだよ！　もうおしまいか⁉」

　肩で息をしながら、俺は大声で訊いた。どうやら、そのようだ。

　ちょうどそのとき、目の前で車がブレーキ音を立てて停車し、俺は我に帰った。急にこっぱずかしくなり、同時に不安も一瞬覚えた。ちょうど、女とセックスしてるときに、うっかり母ちゃんが部屋に入ってきたときのような感じだ。

しかし、そこに現われたのは母ちゃんではなかったし、俺は罪の意識も感じていなかったので、慌てて言い訳したり、謝ったりする代わりに、フロントガラスの奥を睨みつけ、ハンドルを握っていた黒人に怒声を浴びせた。

「あんたもこうなりたいのか？」

運転席の女は、血相を変えてギアを入れ、そのまま車をバックさせて走り去った。その様子を見て、俺は笑いが止まらなくなった。血みどろの惨状を目の当たりにし、彼女は俺がたった今心に誓ったことを理解したんだろうな。俺の前に立ちはだかる奴には、手加減はしないってことをな。

俺はウェンデルをその場に放置した。道路の真ん中でだらんと横たわる奴の姿は、さながら血で濡れた減速帯だ。後片づけは他の誰かに任せよう。そこまで俺がやる必要はない。ここでやれることは十分やった。他でやることもたくさんある。俺は白人として生まれた。神様が与えてくれたこの特権を使わないとな。

そして、結果的に正しいことをするってわけだ。

自分の武器庫の最上級品を積み込むのに、十分とかからなかった。トラックはそのためにある。自宅の地下室だけでも、ベネズエラとバーモント州を合わせた以上の兵器と弾薬を所持していた。おそらく個人で使い切れる数量じゃない。そうかどうかは、そのうちわかるだろう。

招集をかけるメッセージを二、三通仲間に送った。武器が不足した場合に役立てばと、さらに二十丁のセミオートマチック銃を追加した。

送ったメッセージはこうだ。

ダウンタウンのモスクで落ち合おう。実行の時は来た。

さあ、人生最高の一日の始まりだ。俺は景気づけに、寝っ転がっているウェンデルにキックを二発見舞い、その場をあとにした。

エルドラド通りに向かってクレストン通りを半分ほど下った辺りで、瘦せ細ったメキシコ野郎がふらふらと歩き、俺の行く手を邪魔していた。その道路にはもう一台別の車が走っており、大きく蛇行して男を避けて走っていったが、当の本人は自分の迷惑行為に全く気づいていないようだ。ウェンデルと同様、夢遊病者みたいな歩き方をしているところを見ると、その目を確認しなくても、例のアレの疑いが強い。あいつらが何であれ、ついに始まったこの世の地獄の一部だ。

このトラックで誰かを撥ねてやりたいと常々考えていた。乗るたびに、その衝動に駆られていた。で、都合良く、車道の真ん中でクソッタレが彷徨している。車道は車が通行する道だよな？　走行の妨げでしかない車道を歩く歩行者でも、車はそいつを轢かないように止まるのが当然か？　歩行者優先が車道のど真ん中で通用すると思うなよ。スピードを上げてやろうか？

だが、俺は加速しなかった。とはいえ、減速もしなかった。時速六十キロでも、たちまち男は目前に迫ってきた。

その直前、クソ野郎はこちらを見た。

やっぱり、目に光のない奴だった。

俺はためらうことなくアクセルを踏んだ。バン！　次の瞬間、男の姿は正面から消えていた。ぶつかった衝撃で、俺は危うく額をダッシュボードにぶつけるところだった（交通ルールなど気にしないたちだが、今回は礼を言わせてもらうぜ。サンキュー、シートベルト！）。

愛車のタイヤが男を踏む感触は伝わってこなかった。両側のタイヤともだ。倒れた位置と痩せた身体のおかげで、トラックはあいつの上を通過しただけだったのか？　悪運の強い奴だ。しかし、バックミラー越しに見ても、俺が撥ねた男は立ち上がる気配を見せなかった。車を急停車した俺は、「ひゃっほー！」と、バカでかい声で叫んだ。〝死ぬまでにやっておきたいこと〟リストのひとつをクリアしたぜ。俺は歓喜した。

運転席から飛び降り、腰のホルスターから銃を引き抜く。取り出したるは、第二次世界大戦時のドイツ製ルガー拳銃。正真正銘のヴィンテージものだ。俺は、クレストン通りのメキシコ野郎に大股で歩み寄り、自分が正しいこと――相手がアレだという証拠――を確かめることにした。

背骨が折れてくの字に曲がっていてもなお、男は身体を引きつらせ、動こうとしている。これが、証拠のひとつ目。本来なら相当の激痛に襲われているはずなのに、男は泣きもわめきもしない。これが、ふたつ目だ。ショックを受けているふうでも、悲しげでもなく、怯（おび）えている感じでもなかった。それどころか、人間にすら見えなかった。

メキシコ野郎の頭と身体はそれぞれ反対方向にねじれていたのだが、たまたま顔がこちらを向いていた。案の定、その目はウェンデルと同じだった。命の輝きはなく、あるのは、剝（む）き出しの空腹感だけ。ひどいもんだ。とっくに死んでいる。だが、まだ死んでいない。

こんな状態になっても、男の欲求は俺を食うこと。ただ、それだけ。

「食うことしか頭にないのかよ、このクソッタレめが！」

俺は怒鳴った。「図星か？　悔しかったら、食ってみろ。白人至上主義が憎いか？　なら、俺を食えよ！」

三メートルは離れているのに、男は俺に嚙みつこうと躍起だ。

「おまえら、俺たち白人をどん底に陥れたいんだろ？　アメリカが俺たちのものでなくなるまで。この国が人種の泥沼と化して、俺たちがおまえらの奴隷になるまで。そうなんだろ⁉」

男の両足は折れていたが、片足を銃で撃ち抜いた。相手は足が骨折したことはもとより、被弾したことにも気づいていないようだった。

「この事態は俺たちへの報復か？　俺たちがおまえらに借りがあるとでも？　おまえらクソに借りなんてねえよ！　現に、おまえら移民は、俺たちがおまえらから奪った以上に、俺たちから奪い取ろうとしてるじゃねえか。この盗人（ぬすっと）め」

もちろん、男はこちらの言葉は何ひとつ理解していないだろうし、そんなことはどうでもいい。肩にひとつ、胸にひとつ、風穴を開けたとて、相手は全く気にしていなかった。俺が全く気にしていないように。

「いいか？」

俺は銃口を男の頭に向けた。虚（うつ）ろな両目のちょうど真上だ。「おまえの望みは俺を食うこと。だが、俺の望みが何かわかるか？　おまえの死だ。完全に死んでくれ」

俺は引き金を引いた。そして、メキシコ野郎は完全なる死を迎えた。

次に、俺は車のフロントバンパーをチェックした。少し凹んでいたが、血を拭い落としたら、凹みはほとんど目立たなくなった。深刻なダメージを受ける前に、こうして二、三回はやり過ごせるかもしれない。ダウンタウンに行く間に、対策を考えよう。

エルドラド通りの角を曲がると、俺の地元の酒屋がある。この事態がエスカレートしているとひと目でわかる光景が、すぐに視界に飛び込んできた。

歩道の縁石沿いに車を止めるや、すぐ近くでメキシコ人の幼い少女がボロ切れみたいなホームレスに食われているのを目の当たりした。実に嘆かわしい。いたいけな少女に手をかけるなんて、白人も地に堕（お）ちたものだ。歩道でその様子を目撃していたのは三人。二人は叫ぶだけだったが、ひとりの黒人青年――俺は心から彼を褒めてやりたい――が、ホームレスを少女から引き離そうとしていた。後ろからホームレスを羽交（はが）い締めにして引っ張った勢いで、いたいけな少女の柔らかなほっぺたの肉が引きちぎられた。

　俺は銃に弾を込め、肉を頬張る薄汚い男に狙いを定めた。至近距離ゆえ、外すことはない。こんな奴は、頭ん中にクソが詰まってるんだろうなと思ったら、本当に大間抜けだった。こっちが発砲した瞬間、ホームレスはわざわざ顔を突き出し、弾に当たりに来てくれたのだ。もしも向こうが顔を横にずらしたら、後ろのレンガの壁に貼（は）られた〝二十ドルぽっきりタイ式マッサージ店〟のポスターに穴を開けるだけだったろう。銃弾はおっさんの頭に吸い込まれ、その動きを永遠に封じた。

　すると、どっかの胸のでかい母ちゃんに背後から抱きつかれた。彼女は、「ありがとう（グラシアス）！　ありがとう（グラシアス）！」と泣きわめいている。白人のクズ浮浪者は路上にぶっ倒れたままだ。勇敢な黒人青年は振り返ってこちらを見た。

　俺はその兄ちゃんと目を合わせた。

　黒人だろうがなかろうが、肌の色に関係なく、彼は百パーセント生きていた。「動いている＝生きている」って公式は、もう当てはまらない。勇気、憤怒、恐怖が入り混じった表情で、青年は俺を見つめ、まだクズのおっさんの頭部に狙いを定めたままの俺の銃を見つめていた。

その目には疑問が浮かんでいる。僕のことも殺す気か？――と。

その勇敢な行動に敬意を表すべく、俺は兄ちゃんにうなずいた。あんた、すげえ、カッコよかったよ。ホルスターに銃をしまうと、彼は安堵のため息をついていた。

次に、暴れ馬をなだめるみたいにポンポンと背中を叩き、母ちゃんの抱擁を解いた。母ちゃんは名残惜しそうに、顎にキスをしてきた。去り際に、俺は道路に横たわる幼い少女に視線を落とした。嬢ちゃんはなんも悪くないのにな。たまたま間違った時間、間違った場所に、間違った肌の色で生まれてきただけだ。

それから、俺は酒屋へ入った。何事もなかったように、平然と。店内でジャックダニエルの一リットル瓶とマルボロ赤のタバコ一カートン箱を掴んだ。一応、非常用だ。カウンターの奥にいたフィリピン人のチビに笑顔を見せると、向こうも同じように（多少顔を引きつらせてはいたが）白い歯を見せた。

店から外に出た俺は、世界征服を果たした王の気分だった。

時速百キロ近くでエルドラド通りを下っていく。信号機よ、悔しかったら、俺を止めてみやがれ。スタンダード通りまでノンストップで爆走する気分は最高だった。そんな俺を唐突に減速させたのは、神聖レヴェナント全能神教会の前を通りかかったとき目にした光景だった。

神聖レヴェナントは、キリストは今すぐにも復活すると信じるどうしようもない連中の一派だ。奴ら、神様が復活なされる〝その時〟とやらを繰り返し延長し続けているんだぜ。なんだ、それ。〝その時〟など来やしないのに、ご苦労なこった。どうせ後日、また改めて〝その時〟を設定するんだろ。「キリストは、この四十年のうちに復活されます！（としておきますが随時延長します）」といった具合に。

俺？　俺はそんな戯言に傾倒するほど暇じゃない。マジでどえらい事態にならない限り、キリストさんは戻ってなんかこねえよ。仮に神様がめちゃくちゃ贔屓のチームがあったとしても、「我が応援に来た。安心せよ」ってサッカーの試合に姿を現わすか？　ないよな。新しい法王が負け犬とかアバズレとかオカマに目がないからって、「こらこら、いい加減にしなさい」と説教しに神様は姿を見せるか？　見せませんって。敬虔な信者が心からの信仰を素晴らしい祈りの言葉で表現したとしても、感激のあまり神様が個人的に礼を言いに来るか？　そんなのイエス様の仕事じゃねえって。

神様の仕事とは、俺たちを奮起させ、本来なら彼がやるべき作業を俺たちにやらせること。俺たちが神のお告げを実行して基盤を完璧に敷いたとき、初めて本物が降りてくるんだろうな。単に戦線が張られるだけじゃなく、戦いが正確に決行されることになる。そのとき初めて――本当に初めて――キリストは舞い戻り、不信心な奴らを打ち負かすんだ。

できれば、十字架の上の悲しげなヒッピーみたいな奴より、北欧神話の雷神トールや最高神オーディンみたいな姿で再来してくれと切に願う。この究極の地獄絵図を生き延びても、生き延びなくても、俺たちは天国で永遠に誇り高くいられるはずだ。あるいは、戦死した勇敢な兵士が招かれるオーディンの宮殿ヴァルハラで。ああ、もう、どこだってでもいい。こんなクソみたいな事態、早く収拾してえ。

神聖レヴェナント教会の駐車場には、一張羅の服を着た人々が五十人ほどはいただろうか。あちこちから悲鳴が上がっていて、奥の方から手前にかけて、人々が後ずさりする動きが、波のように伝播してくる。スピードは落としたものの、運転したままでは事の詳細はよくわからない。彼らが何から後退しようとしているのか、ここからは見えなかった。好奇心が勝った俺は、あるアイデアを思いついた。

一番端の車線を走っていたので、そのままハンドルを切って駐車場へと突っ込んでいくことにしたのだ。人波の十メートルほど後ろまで近づいて車から飛び降り、ドアをバタンと閉めた。エンジンはかけたままだ。今回は、お気に入りのカラシニコフ自動小銃にお伴してもらう。ロシア人が設計した銃なので、この可愛い子ちゃんはウルスラと名づけた。

俺が群衆の間に割り込むと、帽子から靴まで黒づくめの格好した女性たちはキャッと声を上げる程度だった。男どもも割り込みに抵抗するふうでもなく、二十秒かそこらで、俺は人だかりの一番端まで行けた。

人だかりの原因は、そこにいた。

ルーク牧師だとすぐにわかった。一瞬、「あれ？　ルーク牧師ってこんなんだったたっけ？」と首を捻ったが。牧師は厚めの死化粧を施されていた上、口の周りは血だらけで、肉片までこびりついている。ちょうどチョコレートケーキを貪った二歳児みたいなもんだ。おまけにぎくしゃくと動く姿は、昔のホラー映画に出てきた世にも恐ろしい動くマネキン人形にもそっくりだった。子供の頃に見たら、夜な夜な夢に出てきてうなされ、トラウマになるレベルだ。しかも、やっぱり彼の目には光がなかった。

そうだった。牧師は先週死んだのをほとんど忘れていた。訃報を聞いたとき、俺は冗談を言ったんだった。

「あーあ、神様の復活が待ちきれなくて、自分から神様の方に出向いちまったのかよ！」

しかし、牧師はここにいて、それは神様云々とは何も関係ないように思えた。彼の両手は、口周りと同じくらい血にまみれている。彼の葬式で、死んでいたのは、彼だけじゃなさそうだ。

牧師の後ろには、怯えたふうの男が二、三人いて、生き返った牧師を止めようかどうか大いに迷っている感じだった。俺がウルスラを持ち上げると、男たちの目が丸くなった。次に銃口をスライドさせて牧師の顔に向けた瞬間、彼らは賢明にも身を屈めた。

ルーク牧師は全く気にも留めていなかった。彼の目が捉えるのは歩く生肉だけで、瞳が動いて最後に俺に止まった。

「耳をかっぽじって、よく聞け！」

群衆全員に聞こえるように俺は声を張り上げ、牧師の頭に二発の弾をぶち込んだ。すかさず回れ右をし、背後に忍び寄ってくる輩（やから）がいないことを確かめ——おっと、ひとりいた。俺が睨むとギクリとして立ち止まったものの、相手はこう言い放った。

「ひと言言っておくが、牧師だけじゃない。この四十分の間で、私は三体倒した。こいつらが何であろうと、町中こんなのだらけだ。いや、おそらく世界中に蔓延（まんえん）してるだろう」

男の発言を聞いている最中、背後で何かが動く気配を感じた。ああ、しまった。ルーク牧師の息の根を止めたかどうかを確認しなかったし、牧師は俺のすぐ真後ろにいる——。興奮とスリルが同時に身体を駆けめぐる中、振り向くと同時にウルスラを構え、牧師の胸めがけて引き金を引いた。群衆から悲鳴が上がったものの、すぐに水を打ったように静まり返り、そのうちすすり泣く声が聞こえてきた。なんてこった。頭に二発、心臓に一発弾丸を埋め込まれても、牧師は倒れない。被弾した衝撃でよろめいただけだ。そして、こちらに迫ってくる。

「こいつは神様じゃねえ！」

俺は叫んだ。「こいつは悪魔だ！　俺が間違ってるなら、誰か反論してみろ！」

さらに三回発砲し、弾はいずれも胸部を貫通した。その衝撃で、牧師はジルバを踊っているかのように回転したが、決して動きを止めることはなかった。それどころか、こちらを見る目に焦点が合ってきた気がする。いろんな意味でヤバい。固唾を呑んで一部始終を見守っている群衆は、敬虔な信者の皆さんだ。撃たれても撃たれても生き返る――というか死なない――牧師に、まもなく復活する予定だと教え込まれてきた神の姿を重ね合わせないとも限らない。

「おまえら、目を覚ませ！」

そう怒鳴りつつ肩越しに信者たちを見ると、涙を流したり、ショックで呆然とする顔が目に入った。

しかしながら、俺とルーク牧師との距離は一メートルもない。ちょっとよそ見した隙に、相手が接近するのを肌で感じた。俺は牧師の方に顔を戻し、ウルスラをフルオートに切り替え、頭に銃弾の雨を浴びせた。頭蓋の中身は赤いミストになって噴き出し、牧師の肉体が悪霊を解放するのに三秒とかからなかった。

その身体が地面にくずおれるのを、群衆は沈黙したまま注視していた。

「これが、俺たちが向き合わなければならない現実だ！」

俺は人々をぐるりと見回して声を上げた。「これから世の中がどうなるか、これを見たらわかるだろ？　悪魔は俺たちが善人か悪人かどうかなんて気にしちゃいない。善人ぶって何もしないと、悪魔は俺たちをどんどん仲間にしていく。どういう意味かわかるか？

俺たちは真剣に戦っていかなきゃならないってことだ。勝つためにはな」

「じゃあ、私はダウンタウンのイスラム教徒であふれるモスクに行き、聖戦を仕掛けてくる。反キリスト教者がジハードを起こす元凶。反キリストは、悪魔の権化（ごんげ）、キリストの敵だから！」

それが、ショックの果てに開眼した最初の信者だった。

「あんたら、キリストに復活してもらいたいんだろう？　なら、復活の動機を与えてやらないと。俺たちがマジだってことを神様に示そうぜ！」

俺のその言葉が琴線（きんせん）に触れたのか、人々から歓声とも取れる声が上がった。ずいぶんノリのいい連中なんだな。たちどころにスイッチ入っちまったぜ。恐るべし信仰の力。皆の目がキラキラと輝いている。

「この中で、武器を持ってる奴はいるか？」

その問いの答えは、すぐに返ってきた。

「私の車に狩猟用のライフルが一丁置いてある」

六十代だろうか、ごつい身体のおっさんが大声で言った。

「こっちは三丁！」

後ろの方から若者が叫び、あちこちから指で銃器の数を示す腕が上がった。

「よーし！」と、俺も大声で応（こた）えた。「みんなで俺たちの力を見せつけてやろう！」

鼓舞された群衆は雄叫びを上げ、拳を振りかざした。それは、俺が軍隊を率いる王になった瞬間だった。

英雄さながらに人々の憧れのまなざしを受けつつ、大勢に見送られてトラックに戻る間、俺の後をずっと追っかけてくる誰かがいた。肩越しに見ると、そいつはおそらく未成年なんだろうが、大人っぽい色気のある姉ちゃんで、赤毛と喪服が真っ白な肌を際立たせていた。俺の推測からすると、ハイヒールで走るのはなかなか大変だと思うんだが、彼女はかなりの速度で俺に迫ってきていた。

「あたし、あんたと一緒に乗ってく」

彼女の言葉は提案というよりも、挑戦だった。

「まあ、いいけど」

俺は肩をすくめた。「足手まといになんなきゃな」

彼女はケラケラと笑った。

「心配ご無用よ、おじさん」

「なら、好きにしな」

紳士気取りで彼女のために助手席のドアを開けると、乗り込む間際にいきなりこう訊かれた。

「ジャック、あたしが使う銃はある?」

「俺の名前はジミーだ。ジミー・ジェイ」

適当な名前で呼ばれたので、一応訂正しておいた。「銃の撃ち方はわかるのか？」

「そんなことあたしに訊くわけ？　あとで驚くわよ、ジミー・ジェイおじさん」

「へえ、肝っ玉座ってんな。で、姉ちゃん、あんたの名前は？」

「知ってどうすんのよ」

俺は噴き出した。彼女もケラケラと笑った。こうして、彼女の挑戦はスタートを切った。

俺は彼女が座ったのを確認し、助手席のドアを閉めた。凹んだフロントバンパーの前を通って、運転席へ向かう、その間、フロントガラス越しに俺の姿を追う彼女の視線を感じていた。

最後に女とヤってから数ヶ月が経っていた。そう、母ちゃんにウェイトレスとの行為を見られたあの日から全くご無沙汰だった。思えば、あのときは、あとちょっとでイったのに寸止めで強制終了となったわけで、以来、心身ともにどこか宙ぶらりんのままだ。イエス・キリストと幸運をもたらす妖精が、あの日を〝ジミー・ジェイ・バクスターの日〟として国民の休日にすると決めたみたいに、俺の中では人生で最も忌まわしき一日として頭に刻まれている。

運転席につくなり、彼女はジャックダニエルの瓶を持ち上げ、「飲んでいい？」と訊いてきた。俺がうなずくと、彼女は酒瓶の蓋を回し始めた。それを横目に、俺はシートベルトを締めた。ギアをバックに入れて百八十度方向転換し、スタンフォード通りに車を滑り込ませ、教会に立ち寄る前のドライブに戻るという一連の動作を、彼女が酒瓶の蓋を外し終える前に、迅速かつ滑らかにやってのけた。

「じゃあ、いただきまーす！」

なんとも明るい声で彼女は言い、グイとウィスキーを呷った。それから、こちらに瓶を差し出してきたので、俺は片手を振って、いらないと意思表示をした。

思い切り信号無視をして車を飛ばしていく。速度計の針は九十五キロを超え、百キロ手前で細かく揺れている。ありがたいことに交通量は少なく、このままなら、せいぜい五分で目的地に着くはずだ。

隣の姉ちゃんは、もう一回酒を口に含み、カーステレオのボタンを押した。流れてきたのは、ノルディック・サンダーことジャスティン・ハワードの「ボーン・トゥ・ヘイト」。腐りきった世の中や国に怒りを向ける労働階級の白人の男たちに、銃を片手に街に繰り出し、行動を起こせ、敵を憎んで自分たちの人種を愛せとハッパをかける、ハードロックならぬヘイトロック音楽だった。なんだよ、運転中にボリューム上げて流すのに、最高の音楽じゃないか。これまで、それに気づかなかったなんて。俺の頭の中で、「憎むために生まれた」というフレーズがこだまする。

サントラをバッチリ決めて気分は上々。数キロ走っても、車はノンストップ。わけもなく停車することはない。最高だった。状況は最悪で、疲労もマックス、服もボロボロだが、心の中で燃える正義感に陰りはなかった。白人至上主義（ホワイトパワー）音楽のパンクロックは、音に乗せた白人勝利宣言で、まさしく今の自分の気持ちにピッタリだ。俺の言いたいこと全てを、歌詞が代弁してくれている。

助手席の彼女は、音楽に合わせて頭を激しく揺らしていた。いいねえ。俺も興奮してきたぜ。

もう一度酒を勧（すす）められ、俺はがぶ飲みした。ちょうど赤信号の交差点に突っ込んだときで、横から来たスポーツカーに危うくぶつかりそうになったが、相手の華麗な運転テクも手伝って衝突事故は回避できた。誰か知らんが、反射神経のいい運ちゃんで助かったわ。

目的地まであと二ブロック。そこまでは快適なドライブだった。一ブロック先で渋滞しているのが見え、俺は左にハンドルを切って別の交差点に行くことにした。ところが、そっちも車が詰まっていた。

俺が駐車スペースを探し出すと、彼女は音楽のボリュームを下げた。あいにく、消火栓がある赤く塗られた縁石（すなわち駐車禁止）のところしか空（あ）いていない。

「さっさと終わらせちまおう」

そう言って俺はトラックを止めた。

彼女はこっちを見ていた。まっすぐなまなざしが俺に突き刺さる。瞳は何かを求めて燃えていた。俺が応えるのを待っているかのように。

エンジンを切り、深いため息をつく。息を吐きながら、ノルディック・サンダーの音楽が鳴り響く頭を空っぽにしていった。車のキーを抜いたとき、姉ちゃんの片手が俺の太ももに、もう片方の手が俺の頰に置かれていた。おっ？　と思うより先に、俺の顔はぐいと彼女の方に向けられた。

「ジミー・ジェイ」

彼女は猫なで声を出した。「銃が欲しいの。お願い」

俺は片眉を上げ、自分の中でどこかのタガが外れるの感じた。そして、荷台の大型武器庫を開けるボタンを押した。

いつも想像していた。人生で最後の最後に女とヤるときは、どんな状況かって。隕石が地球に衝突するのか、侵略軍が攻めてくるのか、核爆弾が落っこちてくるのか、とか。最後のセックスは、それまでの行為の集大成として最高のエクスタシーを味わえるのか？それとも、そう願ってるだけか？　ずっと無駄遣いしてきた性的エネルギーが最後の絶頂のために集約されて、放出された瞬間にビックバンのようなとてつもない快感に呑み込まれるのか？

俺たちは車の荷台側に回った。ハルマゲドンに備えた大量備蓄品に囲まれ、俺たちはまるで明日がないかのように求め合った。おそらく明日は本当にないだろう。彼女は叫んで目を剝き、激しく痙攣した。それが彼女がイッたという証拠なら、俺と同様、恍惚（こうこつ）の大噴火を味わっていたはずだ。

十五分後、俺たちはよろよろと荷台から降り、現実世界に戻ってきた。

両手に自動小銃M15を持ち、両肩から弾帯をクロス掛けにして胸が強調された喪服姿の女は、最高にクールに見えた。黒いハイヒール、赤毛の頭、セミオートマチック銃。なんて完璧な組み合わせなんだ。贅沢（ぜいたく）を言えば、彼女がナチス親衛隊の帽子を被（かぶ）り、鉤十字（かぎじゅうじ）のマークが入った下着を穿（は）き、俺に首ったけだったら、などと思ってしまう。

「そろそろ名前を教えてくれてもいいだろう？」

そう訊くと、「その時が来たら、わかるわ」と答え、弾帯の留め金をパチンと音を立てて留めた。「今は、あいつらを殲滅（せんめつ）させるのが先よ」

ごもっとも。議論の余地はない。

角を曲がり、モスクの小塔が視界に飛び込んできた途端、渋滞の原因が明らかになった。見る限り、車が立ち往生していただけではなく、歩道には正気を失った歩行者たちであふれていたのだ。パニックの連鎖で、通りはカオス状態だった。

俺は渋滞の中心部へ向かい、車と車の間を縫うようにして進んだ。彼女も俺の後からついてきた。二人とも堂々と銃器を晒（さら）して歩いていく。呆然と何かを眺めている見物人たちに割って入ると、彼らはすぐさまこちらに道を開けてくれた。そしてほどなく、この混雑の原因が判明した。通りをブロックしていた車の奥は、人はまばらだった。通行を止めているひと握りの人間がいるだけだ。しかも皆白人で、もれなく武装していた。どうやら俺たちは先を越されたらしい。メッセージを受け取った連中か、あるいは今日こそ決行すべきだとわかっていた賢明な同志か。誰ひとりとして、こちらを見ている者はいなかった。

全員がモスクに狙いを定めている。

その前には、聖域を守るようにマシンガンを構える大勢の異教徒たちが立っていた。全ての銃口がこちらに向けられている。

どれほど多くの人々が白人を憎んでいるか、正直、俺はわかっていなかったのだと思う。重武装した黒人解放組織〝ブラックパンサー党〟は、アメリカ政府が門戸を解放して世界中のテロリストを国内に入れてしまった頃、すでにこの街に住んでおり、中東からの黒人移民を守る準備をしていた。そんな世の中にしたのは、リベラル派民主党の臆病者たちだ。連中は、移民受け入れに反対するまともな白人たちに「移民受け入れのどこが悪い？　おまえらはさっぱり理解していない！」と正論を述べるふりして、国の内側から卑劣な手段で俺たちを攻撃し、破壊しようとし続けている。

弾が装塡された四十丁の銃が自分に向けられているのを見るのも、似たようなもんだ。四十人の敵の目が、自分を睨みつけている。この状況は、あの勇気凛々だった黒人の若造を酒屋の前で撃ち殺しておけばよかったと俺に思わせた。というのも、彼も同じ目をしていたからだ。彼が武器を持っていたら、俺は今頃エルドラド通りで骸（むくろ）と化していただろう。俺がそう感じるんだから、間違いない。

「この状況、笑えるね。もうやるしかないじゃん！」

　俺の肩越しに彼女が苦笑混じりで話しかけてきた。周囲の騒音で、彼女の声はまともに聞こえなかったが、そう言っていたはずだ。

　白人キリスト教信者たちと異教徒たちの間には、三十メートルほどの距離が空いていた。全員が口々に怒号を上げている。敵対する二つのグループの間で立ち往生している車は、クラクションを鳴らして「道を開けろよ。こっちは急いんでんだよ！」などと文句を言う段階はとっくに過ぎ、中は空っぽだった。運転者も同乗者も、武力衝突の最前線から逃げ出していた。傍観を決め込んだ車の持ち主たちは、車が被弾して穴が空いた場合、保険が効くだろうかと心配しているんだろう。ナチス式敬礼をする白人たち。それを笑い飛ばす黒人たち。あちこちから罵（ののし）りの言葉が飛び交っていたが、外国語の罵声（ばせい）も混じっていた。俺の頭の中は、グチャグチャの状態になっていた。

　そのときだった。俺の左側で急に人波が移動し始めたと思ったら、死人のオカマ野郎がよろめきながら、二つのグループの間を進んできたのだ。

　それが黒人なのか白人なのか、区別がつかない。なぜなら、頭のてっぺんから足のくるぶしまで、全身真っ赤に血塗られていたからだ。長い髭（ひげ）を生やして丈の短いドレスを着込み、巨乳でがっちりと広い肩幅をしていた。そいつはズルズルとプラカードを引きずって歩いている。そこには、「SHARE HAPPINESS（シェア ハピネス）」というレインボーカラーの文字とともに、生々しい血糊（ちのり）がべっとりと付着していた。

そいつは俺を見た。そして、通り過ぎていった。と思ったら、また振り返って俺の方を見やがった。次に虚ろな視線をイスラム教徒に向け、さらに再び振り返った。まるで、自分がどちらの派閥に属していたか思い出せないかのようだ。まあ、どちらでもないが。

俺にイスラム教徒とひとつだけ共通のものがあるとしたら、俺たちも向こうもゲイが大嫌いだということだ。ゲイはどちらにも属せない、寂しい奴らだ。連中との関わりを認めるのを価値があるとする神も宗教もない。

結局そいつは俺たちの方に向かってきた。俺は人を押し分けて最前列に並び、ウルスラを構えた。俺が一歩足を踏み出し、相手が俺を目指して歩いてきたとき、世界は俺とそいつの二人きりになった気がした。狙いを定めると、この世のあらゆる部分が削ぎ落とされていく感じだった。一発で仕留めてやる。

世の中に〝人間〟は自分ひとりだけ、というこの感覚は、これまで感じたことがない。俺が引き金を引いた途端、世界が発砲音とともに壊れ出した。それが戦闘開始の合図となったのだ。彼だか彼女だかあるいはどっちでもないのかわからない死人の額は吹き飛び、そいつは膝から崩れて俺の視界から消えた。次の瞬間、弾丸が耳のすぐ横を通り過ぎた。俺はすかさず反撃に出る。ドアのすぐ前のブラックパンサー党の連中に焦点を当て、うちひとりが崩れた。誰かが電動ノコギリで半分にされるのも目撃した。他の奴らも入り乱れ、銃は火を噴き続けた。まさにその場は、阿鼻叫喚の地獄絵図と化していた。

突然、俺の肺に風穴が開いた。一ヶ所や二ヶ所ではない。八ヶ所もだ。

それも前から撃たれたのではなく、背後からだった。

たちどころにアスファルトの舗装道路が目前に迫った。今回ばかりはシートベルトが守ってくれることもなく、側頭部が地面に叩きつけられた。世界は粉々に砕け、真っ暗になった。

気がつくと、俺は空を見つめていた。澄み切った青空に、ふわふわの薄雲が白いレース模様をつけていた。空ってこんなきれいだったんだな。そう感激したのも束の間、全方向から不吉な黒雲が迫り、全てを覆い尽くさんばかりに広がっていく。痛みは信じられないほど強烈だったが、次に目が捉えた光景はそれを吹き飛ばすほど衝撃的なものだった。

大作戦決行のこの日、俺に共感してついてきて、ともに最高の絶頂を分かち合った、あの喪服に弾帯をクロス掛けにした姉ちゃんが、俺の顔を覗き込んでいたのだ。彼女のM15からは煙が上がっている。まだ真っ赤に焼けている銃の先で、俺の頰をグイと自分の方に向かせた。俺は全ての神経を彼女に集中させた。

「銃を使わせてくれたことには感謝するわ、このファシストのクソ野郎！」

彼女はそう吐き捨てた。「誰があんたなんかに私の名前を教えるものですか」

彼女は再び引き金を引いた。おそらく九度目の。

こうして、俺は死んだ。

まあ、いい。イエス・キリスト、あるいはオーディンのもとへ俺は送り込まれるはずだ。今まで正しいことをしてきたからな、ご褒美が待ってるだろう。もう誰でもいいから、早く俺の手を摑み、引き寄せてくれよ。なんで、こんなに時間がかかるんだ？　もう永遠にさまよってる気分だ。

俺が言ってただろ？　この世の終わりなんて、自分が「この世は終りだ」と思ってるだけ。世界の終わりは自分が作り出すものだって。率直に言えば、最後の最後で、少しばかり騙(だま)された気分だったが。

天国はどこにある？　どこにもないじゃないか。

ここはどこだ？　ああ、ひどく熱い。まるで灼熱(しゃくねつ)地獄のように。え？　ちょっと待てよ。まさか――。

身元不明遺体

ジョージ・A・ロメロ

JOHN DOE

ジョージ・A・ロメロ
George A. Romero

PROFILE

『ナイト・オブ・ザ・リビングデッド』(1968)、『ゾンビ』(78)、『死霊のえじき』(85)、『ランド・オブ・ザ・デッド』(2005)、『ダイアリー・オブ・ザ・デッド』(07)、『サバイバル・オブ・ザ・デッド』(09)など、数々のゾンビ作品を手がけた映画監督。他にも、『ジョージ・A・ロメロ／悪魔の儀式』(72)、『ザ・クレイジーズ』(73)、『マーティン／呪われた吸血少年』(77)、『ナイトライダーズ』(81)、『クリープショー』(82)、『モンキー・シャイン』(88)など、ホラーをはじめとする様々な映画を世に送り続ける。また、テレビシリーズ『フロム・ザ・ダークサイド』では製作を担当。〝ゾンビもの〟という新しいジャンルを作り出した第一人者である(ただし、本人は、〝ゾンビもの〟という呼び方は嫌っている)。

HP：www.imdb.com/name/nm0001681/

Twitter：@GeorgeARomeros

二十一世紀になって最初の数ヶ月――まだ9・11同時多発テロが起きる前――に、全米の病院、老人ホーム、警察といったコンピュータ設備が整った最新の施設は、ＶＳＤＣ（Vital Statistics Data Collection／人口動態データ収集）ネットワークへの加入を命じられた。これは、ＡＭＬＤ（American Model of Lineage and Demographies／全米血族人口動態モデル）として知られる国勢調査局のある部署宛ての情報を受け取り、即座にダウンロードするサイバーシステムだ。イニシャルをもじって、「死活問題（A Matter of Life and Death）」と呼ばれたりもする。国内であれば場所を問わず、出生あるいは死亡の記録時には、医師、看護師、記録登録係――地元で届け出を出す者なら誰でも――ＶＳＤＣにダイレクトにデータをコピーするリンクをクリックしなければならない。実に単純明解な手順だ。

身元不明遺体のＶＳＤＣケースナンバー〈129-49-9875〉は、彼が死んだその晩、二回システムに認識された。最初は、カリフォルニア州サンディエゴにある聖ミカエル病院によって送られ、二度目は、三時間半後に、サンディエゴ郡の検視局から送信された。これにより、このケースは注目すべき案件となった。二度目のデータがＶＳＤＣに届いた時刻は午後十時三十六分だったが、それから四十八時間、国勢調査局の該当部署の統計学者が最新データの異常性チェックを行うまで、気づかれぬまま放置されていた。

　四十八時間で似たようなケースデータは何千と届くため、統計学者たちが問題の身元不明遺体のケースにようやく焦点を当て始めたのは、例の現象が実際にいつ発生したのかを最終的に決定しようとしてからだった。

　ＶＳＤＣのシステムの精緻性は、受信データを自動的に日付と時間で整理しないところにある。統計学者たちがきちんと手作業で案件を調べるのだ。その身元不明遺体のファイルは、一時的に「ビギナーズ」に分類され、他のケースよりも古い日付にされた。それよりも前に起こったと思われるケースはいくつもあったものの、どれも身元などの詳細が未解決のままになっている。そのほとんどは、単に統計学者が調査をしなくなったためだった。

　わずか四日後——例の身元不明者の死から四日目の晩——に、全ての発端が起きたとされているが、そのときにＶＳＤＣに残っていた職員は、男性二人と女性ひとりのみだった。彼らは、自分たちの作業が非常に重要だと信じ、使命感に燃え、あるいは単に意地を張って、徹夜で働いていた。

　それからの四十八時間は、何事もなく、いつもと変わらず経過したように思えた。男性職員のひとり、ジョン・キャンベルは自分のコンピュータをシャットダウンしてから帰宅し、頭を撃ち抜いた。それから七時間が経とうとしていたとき、もうひとりの男性職員テリー・マクアリスターが自身のログに最後にエントリーし、こう打っていた。

　みんな、メリークリスマス！　そして、おやすみなさい。

　二週間後にクリスマスが迫っていたので、別におかしくはない。

　彼と女性職員エリザベス・オトゥールは、コンピュータを点けたまま局をあとにした。二人はジョージタウンにある男性のアパートに向かい、メキシコ産のテキーラ、ドン・フリオを二瓶開け、夜が明けるまで肉欲のままに身体を重ねた。

　翌日の午前六時二十分、エリザベス・オトゥールは、神父のいとこにメールを送った。己の罪を懺悔し、男と一緒にワシントンから出るつもりだと告げている。メールは次のように締めくくられていた。

　私たちはそれほど遠くまでは行けないかもしれない。おそらくあなたに会うことは二度とないわ。あなたがまだそこにいて、このメールを読んでくれるのかどうかもわからない。あなたがそうしてくれることを願い、インターネットを通じて行った懺悔を神が受け入れてくれることを祈ります。罪を悔い、神の赦しを求めて痛悔の祈りを捧げようとしたけれど、祈りの言葉をちゃんと思い出せないの。もしできることなら、私を赦して。

　これでもう世界は終わる。さようなら。私の大好きないとこへ。エリザベスより。

この身元不明遺体のケースファイルは、サンディエゴの検視官ルイス・アコセラによって、ＶＳＤＣに送られている。当然のことながら、この遺体は身元がわかるＩＤを携帯しておらず、その人物の本名を知る者は誰もいない。彼はおそらく六十代のホームレスで、そのとき、ミッションベイ・ドライブの路上で物乞いをしていたと思われる。爆竹が破裂したような音が鳴り、彼はひどく驚いていたという。

音の主は、メキシコのナンバープレートを付けたオンボロのライトバン。サンディエゴ警察のパトカーに追跡され、車は猛スピードのまま角を曲がった。助手席には、〝コヨーテ（メキシコからの不法移民をアメリカに渡らせる密輸業者）〟が座っており、ドアを開けるなり、身を乗り出してウージー短機関銃をパトカーに向かって乱射し始めた。トラックはめちゃくちゃな蛇行運転をし、弾丸の雨があちこちに激しく降り注ぐ。うち七発が、タコス料理店の窓を粉々に破壊し、四発が、不幸にもたまたま居合わせた物乞い中の身元不明男性に命中した。被弾したのは、大腿上部、腹部上部、左肩の下、首の付け根の四ヶ所だった。ホームレスは歩道に倒れ、助けを求めて叫ぼうとしたが、頸部の損傷により、叫び声は空気が漏れ出る喘鳴にしかならなかった。

ライトバンは電柱に激突し、さらにパトカーが二台到着して激しい銃撃戦が繰り広げられた。警官二名が撃たれ、うちひとりは重傷だ。のちに判明したことだが、バンに乗っていたのは、密輸業者二名、不法移民四名、計六名のメキシコ人だった。そのうち死亡した四人は、それぞれが警察側からの怒りの銃弾を二十発以上受けていた。最終的に、残る二人は生きたまま捕らえられた。

本当に偶然なのだが、タコス料理店の窓が粉砕されたとき、ルイス・アコセラはその店内で白豆のスープを堪能しているところだった。銃撃戦が収束するや否や、彼は表に飛び出し、倒れていたホームレスのそばに駆け寄った。アコセラは、身元不明のその男性は、かなり苦しそうだったが、辛うじてまだ息があった。アコセラは、救命キットを取りに自分の車に向かったが、現場に戻ってきたときには、救急隊が到着しており、男性の喘鳴はすでに停止していた。

アコセラが腕時計に目を落とし、時刻を確認した。針が示していたのは、午後六時五分。もし男性が息を引き取ったのであれば、少なくとも三分以内のことだろう。通常の事例なら、必要書類の記入を快諾し、アコセラは死亡時刻を午後六時四分と見積もって、そう書いていたかもしれない。しかし、彼は書類には何も書かなかった。男性の銃創は、いずれも致命傷には思えなかったからだ。もし速やかにそれなりの病院に移送できれば、まだ蘇生の可能性はある。

白紙の書類を見た刑事が、つかつかとアコセラに歩み寄ってきた。そして、いきなり顔を突きつけ、こうまくしたてた。

「あの男は死んでいる。おい、聞いてんのか？　そんでもって、殺したのはおまえの同類だ！」

「私の同類だって⁉」

アコセラは相手が言わんとしていることを理解していたが、困惑した表情をしてみせた。

「その通り。おまえと同じラテンの血が流れてる奴らだ」

刑事は臆面もなく本音を吐いた。「いいか。あいつらが男を殺した。我々ではない。あいつらだ！　メキシコの密輸業者のせいで男は死んだ。それを証明するのがおまえの仕事。仕事をしない役立たずは、あとでどうなるか、わかってるんだろうな？」

目の前の刑事を殺してやりたい、絞め殺してやろうか、とはらわたが煮えくり返る思いだったものの、アコセラはそんな感情はおくびにも出さなかった。代わりに彼は早口で返した。

「被害者はまだ蘇生させられるかもしれない。今すぐ設備の整った病院に連れていけばの話だが」

周囲には人だかりができており、二人のやり取りが聞かれていたため、すでに現場には三台の救急車が来ていたにもかかわらず、さらにもう一台を呼ばなければいけない羽目になった。かなり渋々と、刑事は追加の救急車を要請した。少しして、ようやく四台目が到着した。その救急車はサイレンも鳴らさず、回転灯も点けていなかった。それでも救急隊は迅速な対応で、ホームレスを近くの聖ミカエル病院に搬送していった。しかし、アコセラはわかっていた。蘇生させるには、すでに時間が経ち過ぎていることを。

　刑事の理不尽な対応を受けても必死で怒りを呑み込み、礼儀正しく立ち振る舞っていたものの、救命キットを手にし、現場からマイカーに戻る途中、彼は堪えきれずに道路に転がっていたコロナビールの瓶を蹴り飛ばし、「クソったれの白人野郎め！」と大声を上げた。車に乗り込み、呼吸を整えたアコセラは考えた。検視が必要となるだろうから、もう一度あの身元不明の男性に会うことになる、と。

　午後八時二十二分、アコセラは郡の死体安置所のオフィスにいた。やっとのことで滞っていた書類整理を終えた彼は、渋い顔つきで壁に書かれているラテン語を見つめていた。

HIC LOCUS EST UBI MORS GAUDET SUCCURRERE VITAE
　ここは「死」から「生」を学ぶ場——という意味だ。

　そのとき電話が鳴り、アコセラは我に返った。

かけてきたのは研修医で、例のホームレスの件だった。あの被害者は、搬送先の病院の救急治療室で、午後七時十八分に死亡宣告がなされたらしい。

「ふん、クソ研修医め！」

　五十年も使い続けているダイヤル式の電話の受話器を叩きつけるように置き、アコセラは腹立ち紛れに悪態をついた。あの男性が息を引き取ったのは、午後六時四分だ。彼は重い受話器を再び摑(つか)み上げ、かけなれた番号を回した。

〈あら、先生。今日はどんな愚痴ですか?〉

シャーリーン・ラットコウスキーは、かけてきたのがアコセラだとわかると、相変わらずの率直な物言いで応対した。友人からはシャーリーと呼ばれて慕われているが、上司に対して媚(こび)を売ることを知らない天真爛漫(らんまん)なタイプだ。

「君がここにいたためしがないから、ひと言文句を言いたくてね」

〈ちょっと待って。いつもそこにいるでしょう? 冗談は休み休みお願いします〉

シャーリーンは、ニューヨーク州ブロンクスの典型的なブロンド美人そのものである。ホワイトストーン橋近くのパークチェスター出身で、マリリン・モンローのボディにジュディ・ホリデイの頭脳を持つ。マリリン・モンローは天然のおバカさんという感じだが、一方のジュディ・ホリデイは、おつむの足りないブロンド美女を演じるも、見てくれほど頭の足りない女優ではなかった。つまり、シャーリーンはゴージャスで、バカっぽく見えるが、実際はバカではない。

〈先生はいつだって不平不満ばかり〉

シャーリーンは間髪入れずにしゃべり続けた。〈まるで愚痴るのを楽しんでるみたい〉

「心から満足できるものが、何も、何ひとつないからだ。そこそこ納得できることですら、それほど起こらない。キャビア、フォアグラ、シャトー・ラトゥール・ワインを味わってみたら、普通の食事の数倍以上の享楽をしばしの間噛みしめることができる。キューバ産の手巻きの葉巻を女性の膝の上で転がし、快感を貪る。おそらく年に一度の贅沢だ。満足のいく人生の秘訣は、できるだけたくさん愉悦を得ることだ。一日一回。一日に数度。さて、君にとって悦びを得られるものは何かな？」

〈知・ら・な・い〉

彼女はそう言った後、質問の答えを模索しているのか、しばし黙り込んだ。そして、こう告げた。〈そうね。一日に何回かは排尿する必要があるわね〉

シャーリーンの天然ボケには慣れていたものの、あまりに予想外の返答に、アコセラは思わず噴き出しそうになった。それでも、平静を装ってわざと真面目に返した。

「まあ、排尿は、概ね快感を伴う経験と言える。その際には、我々の最も性的な器官を使うしな。しかし、来る日も来る日も、連日、癪に障ることばかりだ。心地よさを感じることの何倍も、何十倍もムカつくことが起こる。すなわち、人生を最大限に活用するには、楽しめない行為を楽しむ術を学ぶことだ！」

〈わかりました。で、今、本当は何が不満なんですか？〉

「研修医だ。全く頭に来る。なんで死んでから一時間以上経った時間を死亡時刻にするんだ！」

〈どうして一時間以上が経過したってわかるの？〉

「あの哀れな浮浪者が撃たれたとき、私は現場にいたんだ」

〈嘘でしょ⁉〉

「嘘なもんか。私はあの場にいた！」

〈じゃあ、被害者は搬送されるのが遅すぎたってわけ？〉

「ああ、遅すぎた」

彼は数時間前の事件現場の様子を思い返した。「連中は私を見下していた。バカな刑事が検視官より偉いと勘違いしているんだ。信じられるか？」

アコセラは、多少芝居がかった言い方をした。シャーリーンには、大げさな方がいい。内心は、彼は起こった出来事について刑事を責めてはいなかった。彼は己の弱さを責めていたのだ。しかし、それを認めてシャーリーンに本音を話す心の準備はできていなかった。

彼は引き出しを開け、しばらくごそごそと中を掻き回し、ようやくタバコの箱を取り出した。ずいぶんと前に買ったマルボロだ。古くなったタバコを一本引き抜き、今度はライターを探して再び引き出しを漁り始めた。

物音から判断したのか、シャーリーンが驚いた声を上げた。

〈また吸い始めたの？〉

「いや。喫煙を再開したんじゃない。タバコを一本吸おうとしているだけだ。一本だけ！この忌々しいものに火を点けられる方法を見つけ出せたらな！」

乱暴に引き出し内を引っ掻き回した末、やっとのことで古いマッチ箱を探り当てた。一本取り出して擦ってみる。

ところが、マッチ棒が二つに折れてしまった。もう一本取り出し、箱に擦りつける。今度は軸から頭の部分がもげた。

三本目は擦っても折れたりしなかったが、点火することはなかった。

「なんてこった！」

彼は大声で不満を垂れた。「昔のマッチは折れることなんて滅多になかったぞ。不良品を作りやがって！　もっとマシな商品を作れ！　どうせ安い金であげてるんだろう。それに――」

彼の文句は、四本目のマッチが点けた炎にさえぎられた。アコセラはすぐさまマルボロに火を点け、深く紫煙を吸い込んだ。久しぶりだったせいか、少しめまいがした。

もう一度タバコを吸う代わりに、彼は、燃えている端を昨日の残り物のコーヒーに浸して火を消し、吸い殻をゴミ箱に放った。

「ちきしょう！」アコセラは怒鳴った。

続けて、もっと怒りを込め、より大きな声で「ちきしょう！」と繰り返した。

わずかながら落ち着きを取り戻した彼は、シャーリーンとの会話に戻った。何が不満かという話題だっただろうか。

「ここだけの話、私はあのホームレスが今夜死んだのではないと考えている。私が最初に彼に駆け寄った直後でもない。しかも、銃撃戦で受けた傷は致命傷ではなかったはず。私は彼の命を救えた可能性があったと本気で思ってるんだ！」

シャーリーンはアコセラのディーナーだった。ディーナーとは、死体安置所で死体を管理し、洗浄や死化粧を行う者を指す。フランス語のようにも聞こえるため、彼女はこの言葉の響きを気に入っていた。「ディーナー」と実際に発音してみると、どこか「ＤＮＡ」と聞こえ、論理的思考の持ち主ではない彼女には、非常に重要な言葉に思えるという。実際には、語源はフランス語ではなくてドイツ語で、「召使い」の意味なのだが、シャーリーンの夢を壊したくないので、アコセラはその事実を告げていなかった。そして、彼女は実際に単なるディーナーというよりは、当局では、もはや検視官顔負けの有能な仕事ぶりを見せていた。

彼はシャーリーンに、タコス専門店の表で何が起きたか、警察が自分にどのように検視を強要したかを説明した。ブロンクスのブロンド美女がそうであると期待されている通り、彼女もまた、己の心の優しさを強調し、自分のハートは二十四カラットの輝きだと言ってきた。つまり、平たく言えば、アコセラの味方だと主張したのだ。

〈事情はわかったわ。それで、先生はこれからどうするつもりなの？〉

彼女の口調は少し柔らかくなっていた。〈この面倒ごとに関わりたくはないんでしょ？

私も巻き込まれたくはないけど、あなたの部下だから自動的に巻き込まれてる。となれば、私たちでできることをやらなくちゃ。そうでしょ?〉

午後九時四十二分。荷物が届いたことを知らせるベルが鳴った。それから三分もしないうちに、救急隊員二人がガムを噛みながら死体解剖室に入ってきた。身元不明遺体を載せたストレッチャーを押す彼らは、スチール製の解剖台の上に死体袋をどさりと置き、あっという間に部屋を出ていった。

「シャーリー?」

アコセラが呼びかけると、彼のディーナーは洗面所から姿を現わした。

「彼が……例の浮浪者が運ばれてきた」

「そうみたいね」

彼女は仕事に取りかかる準備ができており、金属の引き出しから、てきぱきと必要な器具を取り出し始めた。

まずは写真撮影だ。通常ならば、初めに死亡時の着衣のまま写真を撮るのだが、聖ミカエル病院から送られてきた遺体はすでに服を脱がされていた。シャーリーンはペンタックスのデジタルカメラが設置されたオーバーヘッドアームを動かし、裸身の写真を正面、右、左方向から撮っていく。背面の写真も撮影しなければならないため、遺体を腹這いにさせる必要があった。アコセラは男性の身体を裏返す手助けはしたものの、それ以外の作業は全て、シャーリーンがひとりでやってしまった。

遺体が横たわる解剖台は、体重計も兼ねている。身元不明者の体重は、八十四キロだった。

他の計測も行われた。レントゲン撮影もだ。


シャーリーンは、この仕事に携わってすでに六年以上が経つ。これまで何百という遺体を目の当たりにし、取り扱ってきたものの、今でも死んだ人間と閉じられた空間にいるのは、気味が悪くてゾッとする。

彼女は繰り返す悪夢にも悩まされていた。仕事場の建物だったり、スーパーマーケットだったり、友人宅だったり、夢の中で彼女はいつも違った場所にいる。やがてドアを抜けると、決まって同じ展開が待っている。時とともにささいなことが二つばかり違ってきていることを除けば、あとは全く同じだ。

ドアを通って彼女が足を踏み入れるのは、いつも解剖室。死体が置かれている室内中央の解剖台以外、部屋は真っ暗になっている。そこにあるのは常に同じ死体で、それは必ずタキシードを着ていた。彼の顔はかすかに見覚えがあるものの、夢の中のシャーリーンは、それが誰だかは思い出せない。解剖台の真上には、外科手術用のライトが煌々と光っており、そのまぶしい光を見るたび、彼女は舞台のスポットライトのようだと思う。高輝度の明かりに照らされた死体は、暗闇に浮かぶ不気味な太陽のごとく輝いている。

すぐにシャーリーンは、その場所は密閉されていることに気づく。窓も扉も一切なく、彼女が入ってきたはずのドアもなくなっている。すなわち、出口がない（幾度となくこの夢を見るうち、わざわざ出口を探すこともしなくなった。過去の経験から、探しても無駄だと学んだのだろう。初めの頃は探していたのだから、これが、時間が経過するにつれて変わってきた要素のひとつだと言えるだろう）。

死体は動き出す前に、必ず話しかけてくる。

「やあ、シャーリーン」柔らかく、耳に心地よい声だ。「踊らないか？」

そして、彼は起き上がる。

夢の中のシャーリーンは、部屋の中を駆け回り、壁を叩き、何かを探し出そうとする。その何かとは、壁をこじ開けられるかもしれない、隠された継ぎ目だ。必死になって探しながら（結局は見つからないのだが）肩ごしに背後を見やると、解剖台に座った形になった死体は足をブラブラさせていた。やがて床に足をついて立ち上がると、ゆっくりと歩き出すのだ。四肢の機能が衰えているのか、ぎくしゃくした動きで近づいてくる。一歩、また一歩と。

最後は決まって、シャーリーンは部屋の片隅に追い詰められ、自分にこう言い聞かせる。

「なんて愚かなの！　次こそ覚えておかなきゃ。部屋の真ん中に走るのよ。部屋の隅に逃げるから、毎回毎回捕まってしまう。中央にいれば、どの方向にも逃げられるから、あいつに捕まらずに済むわ！」

次の夢でも、彼女は逃げ惑う。

そして結局、どうしてもあと少しのところで手遅れになってしまう。

死体はすぐ目の前にいて、笑顔で迫りつつ、こう言うのだ。

「踊らないか？」

いや、笑顔ではない。というか、笑顔を浮かべた次の瞬間に、歯を剝いた凄まじい形相に変わるのだ。と思ったら、すぐに笑顔に戻る。

死体が笑顔から恐怖の表情に変わり、また笑顔になるという場面が、シャーリーンにとってはこの夢で最も怖い部分だった。死体が立ち上がり、追いかけてくると、彼女は悟る。あの恐ろしい瞬間がもうすぐ来るのだ。死体が「踊らないか？」と微笑む瞬間が。

少なくとも月に一回はこの悪夢を見るようになって一年以上が経った頃、シャーリーンはある日、母親の家を訪ねた。居間の壁に飾られたキリストの絵を見つめていたら、あることに気づいたという。首をわずかに左右に傾けたときに、絵が違って見えるのだ。髪の毛の細い束の具合が、キリストが柔和な微笑みを浮かべているように見せているのだが、五センチほど顔を左か右に傾けて絵を眺めると、キリストは血を流し、苦悶に歪んだ表情に変わる。

　この絵は、シャーリーンが生まれたときにはすでに同じ場所に飾られていた。彼女は幼少期から、この絵の前を何千回、何万回と横切っていたはずだ。しかし、大人になる前には、絵の存在すら忘れかけていた。彼女がディーナーになるずっと前に。ところが、悪夢の主役になれるほど、この絵のキリストが強い印象をシャーリーに与えていたのは明らかだった。

　死体の表情が変化するのは、基本的に母親宅の古いキリストの絵の再現だったのかと、悪夢と絵の関係性に気づいてから、あの場面の恐怖は薄らいでいった。これが時の経過とともに変わった二つ目の点だ。

　しかしながら、密閉された空間に囚われる夢の他の部分は全く同じままで、死体に追われる恐怖が和らぐことはなかった。

　悪夢の最後、彼女が目覚める直前、死体があと十センチくらいのところまで迫ったとき、彼女はようやくその見慣れた顔の主を思い出す。

　フレッド・アステア。ミュージカル界の巨星でダンスの神様と呼ばれた往年の人気スターだ。

　――踊らないか？

　シャーリーンがこの夢のことを母親のメイ・ラットコウスキーに打ち明けたとき、母親の家はまだブロンクスのグランド・コンコースにあり、キリストの絵も居間の壁に掛けられたままだった。

「なんで続けてるの？　どうしてやめないのよ、包囲網とやらの仕事」と、母親が言い、シャーリーンは「法医学の仕事ね」と、返した。

「呼び方はどうでもいいけど、あなたの仕事が悪夢の原因だとしたら、仕事を変えるべきだわ。そうしない理由は？」

「給料がいいから」

そう端的に答え、シャーリーンはクレーム・ド・ミントを再びグラスに注いだ。母の家にあるアルコール飲料は、このグリーンのミントカクテルだけだった。ひと口飲んで、彼女は早口でまくしたてた。「キャロル・スプリンガーを覚えてる？　彼女はフライト・アテンダントになったけど、毎晩悪夢を見てるって言ってた。自分が搭乗した飛行機が墜落する夢をね。しかも、毎晩よ！　私の夢で最悪なのは、フレッド・アステアが私をダンスに誘うことなの！」

「フレッド・アステア……私はずっと彼の大ファンよ」

母親は夢見る乙女の表情になった。

「私の好みじゃないわ。私にしてみれば、彼はちょっと――」

シャーリーンはそこでグラスを口に運び、ミントカクテルを飲み干してから言葉を続けた。「死人みたいに見える」

午後十時十七分。身元不明遺体の解剖はすでに始まっていた。両肩から胸部中央を通り、恥骨部まで、シャーリーンは淡々とY字切開を施していく。見たところ身体の表面に出血はない。

死亡しているのだから、心臓はもちろん動いていなかった。地味な解剖室には場違いのブロンクス出身のブロンド美女は、死体の前胸部の軟部組織をじっくりと観察している。男の胸は、観音開きの扉のように大きく開かれていた。内側の肋骨は、スペアリブ専門店〈デーモンズ・グリル〉のバーベキューソースがかかった子豚のあばら肉を思わせた。

肋軟骨の骨化という老化現象が見られるということは、彼はそれなりの年齢に違いない。シャーリーンは鋸歯状ナイフ――いわば、小型のノコギリだが――を用い、胸板と融合した軟骨を切り裂いていく。この処置により、死体の胸腔内を詳しく調べることが可能になる。異物は、即座に見つかった。

「ビンゴ！」

彼女は鉗子でつまんだものを検視官に見せた。「ほら、銃弾よ」

「それが命取りになったのか？」

アコセラの問いに、シャーリーンは首を振った。

「いいえ。肋骨で止まってた。一週間の入院と鎮痛剤投与で、彼は家に帰れたでしょうね。それで、彼の体内から一体何を探し出せばいいの？」

「彼に致命傷を負わせた原因を見つけたい」

「この男性は、たまたまあの時間に、あの場所に居合わせてしまった。運の悪さと都会に住んでいたことも遠因でしょうね」

「うーん」

検視官はルーズリーフのバインダーを見下ろして唸った。彼がこれまでいろいろと書き留めてきた私用のノートだ。銃弾が身元不明の男性の死を招いたのではないことは確かだった。アコセラは時折、頭に装着したウェアラブルのマイクロフォンのスイッチを押し、重要と思われる情報を声に出して記録していた。彼の言葉は、解剖室の隅にあるデスク上のコンピュータに無線で飛ばされる仕組みになっている。音声認識システムにより、話した内容がテキスト化されるのだ。その後、テキスト化された情報は、検視局の公式の検視報告書として、市や郡の然るべき組織の所定のリストに転送される。

この音声認識処理は、病理学者の負担の軽減が目的なのだが、残念なことに、システムは完璧とは言えない。解剖が済み、死体を縫合して冷凍保存した後、テキストの間違いを修正する必要があるのだ。とはいえ、文章の校正は気が遠くなるような作業ではない。大体の場合、八割がたは正しく文章化されている。解剖は二人一組で行い、どちらかが執刀し、どちらかが記録をするのだが、この夜は、シャーリーンが汚れ仕事の担当で、アコセラがマイクロフォンを装着して記録係に徹していた。

「白人男性（ホワイトメイル）」

　彼がこの検視で最初に口述したのは、その言葉だった。その後、マイクロフォンから指を離し、シャーリーンに話しかけた。「システムがどんなエラーをしてるか見てみよう。コンピュータはなんて書き出してると思う？　〝white（ホワイト）〟は〝why（ホワイ）〟〝wire（ワイヤー）〟〝write（ライト）〟になってる可能性があるし、〝male（メイル）〟は、〝mail（メール）〟〝mole（モール）〟〝mule（ミュール）〟と勘違いされてるかもしれない」

「先生の英語は訛（なま）りがあるものね」

「訛り？　そんなものはない」

「ありますよ。〝No（ノー） fucking（ファッキング） way（ウェイ）〟って言ってみて」

　シャーリーンからの唐突な頼みに、アコセラは眉をひそめた。

「なんだって？」

「いいからつべこべ言わずに、言ってみて。〝No fucking way〟って」

　ここで彼女と言い争っても勝ち目がないのはわかっていたので、アコセラは「わかったよ」とうなずき、渋々「No fucking way」と言った。

「ほら、やっぱりね」

シャーリーンは満足気にうなずいている。ラテンの血が流れているため、アコセラの英語には、わずかながらにスペイン語の訛りがあるようだ。ただし、自分では全くわからなかった。

「君の方こそ訛りがあるだろ。〝No fucking way〟って言ってみたまえ」

シャーリーンはためらうことなく発音したが、案の定、彼女の英語にも訛りがあった。

「ニューヨーク訛りだな」

まるで嘘をついているのを暴いたかのように、彼は指をさし、「麗(うるわ)しのニューヨーク！」とわざとらしく真似(まね)して発音してみせた。

「じゃあ、私たちは二人とも訛りがあるってことでおあいこね」

シャーリーンは首をすくめた。「このシステム、最新技術と銘打ってるくせに、私たちの英語を正確に聞き取れないとはね。先生は、私が何を言ってるか聞き取れなかったことがあった？」

「いいや、一度も」

アコセラは相棒のディーナーを見つめた。「他の人間だと、私はいつも相手の言葉を理解しようと努力しなければいけないんだが、君との会話で、私がそのように感じたことはない。ウマが合うというのかね、こういうのを」

シャーリーンは褒め言葉と取ってくれたようで、まんざらでもない顔をしている。もしかしたら、それ以上と取ったのかもしれない。

アコセラはマイクロフォンのボタンを押し、もう一度「白人男性（ホワイトメイル）」と言った。さらに口述記録を続ける前に、ボタンから指を外し、再びシャーリーンに話しかける。「機械がどんな間違いをしてるか、早速見てみないとな」

予想通り、電子頭脳は見事に聞き間違えており、〝write meal（ライトミール）〟とテキスト化していた。彼が〝occlusion（オクルージョン）〟と「血管の閉塞」を意味する用語を言った際には、〝confusion（コンフュージョン）〟と、「混乱」を表わす単語になっていた。


アコセラは事の大きさを何もわかっていなかった。身元不明遺体の解剖が行われた夜の午後十時三十六分以降、彼はメールをチェックするどころか、他のことに充（あ）てる時間がほとんどなかった。

生き残ろうとする以外は。

四十八時間後、アコセラがマイクロフォンにわめき立てた言葉がテキスト化され、人口動態データ収集システム、通称〝VSDC〟のコンピュータに届き、テリー・マクアリスター、エリザベス・オトゥール、ジョン・キャンベル（彼はまだ帰宅前で、頭を撃ち抜いていない）は、この検視官の言葉を理解するのに四苦八苦することになった。

サンディエゴから発信された、ひどく取り乱した様子のメッセージは、この二日の間で報告された他の三万六百四十二例と同様の現象の目撃証言であることだけは、彼ら三人も確信していた。サンディエゴの一件が全ての発端となる事例なのかどうかは定かではなく、さらなる調査が続いていた。キャンベルが去った後もさらに四日間、残る二人は調べを進めていた。エリザベスがテリーを見て、「これって世界の終わりかもしれない」と首をすくめ、彼が「なら、ここでこんなことしてても意味がないな。うちに来て、うまいテキーラを飲まないか？」と返すまで——。

身元不明の男性が解剖室に運び込まれてから四十分もしないうちに、シャーリーンは、いとも簡単に、もう二発の銃弾と重要臓器を遺体から摘出していた。その動きに無駄はなく、ぶっきらぼうな立ち振る舞いとブロンド美人の容姿が相まって、仕事中の彼女を見たら、まるでマンハッタンの老舗デリ〈カーネギー・デリ〉のウェイトレスのようだと思ってしまうかもしれない。

「肺（お待たせ、ご注文のサンドイッチね）」

「腎臓（はい、これはサイドオーダーよ）」

「肝臓、脾臓（サービスのピクルスをどうぞ）」

という具合に。

取り出した銃弾を受け皿に置いた後、外科用メスを使って切除した臓器のサンプルを保存液に浸し、各臓器の塊をバイオハザードバッグに放り込んでいく。彼女が心臓に手をかけようとしたとき、アコセラの声がした。

「待て！」

　検視官はバインダーノートから顔を上げた。「まだだ」

「なんで？」と、ディーナーは眉間にしわを寄せた。

「男性は四発被弾した」

　彼は理路整然と説明を始めた。「最後の一発を見つけ出す必要がある。あるいは、その一発がどの箇所から抜け出たのかをはっきりさせるんだ。ＧＳＷが致命傷ではなく、死因でもないことを証明しなければならない」

　ＧＳＷとは、解剖室で使われる言葉で、「ＧＵＮＳＨＯＴ　ＷＯＵＮＤ（銃弾による傷）」の略語だ。

「警察は死因がＧＳＷであってほしいと思ってる。だから私たちが検視してるんじゃないの？」

「私は連中が間違っていることを証明するつもりだ」

「どうしてそんなことを？」

「あいつらにぎゃふんと言わせてやりたい。刑事たちが困る顔を見たいんだよ。愚か者のくせに偉そうに！」

「ちょっと落ち着いて。真実はひとつよ」

シャーリーンは至極まともな発言をしたものの、怒りが収まらないアコセラは語気を荒らげた。

「警察の奴らめ、メキシコ人たちが銃を持っていたからって、全ての責任を彼らになすりつける気なんだ！　誰が撃った弾が浮浪者に当たったのか、私にはわからない。私がわかっているのは、彼を助けられたかもしれないということだけだ！」

バインダーを置いた検視官は解剖台に歩み寄り、メスと探針で男性の死体を探り始めた。彼が「あった！」と叫ぶまで、五分とかからなかった。左肩の下から鉗子で取り出したのは、血に染まった小さな鉛の塊――銃弾だ。

「ごめんなさい」

シャーリーンは素直に謝った。「私が見つけるべきだったわ」

「最後の一発が見つかった。そして――」

アコセラは肩の傷を観察し、息を吐いた。「やはり、致命傷ではない」鉗子でつまんだ弾丸をライトに照らしてしげしげと眺め、「男性の死因はＧＳＷではなかった」と微笑んだ。

「じゃあ、本当の死因は何？　心臓発作？」

「あり得る」と、検視官はうなずいた。

「他に考えられないわよね？　弾はいずれも重要な器官をそれていたし、男性は高齢だし、健康状態も良好ではなかった。ハロウィンでお化けの格好をした子供に驚かされて、死んだかもしれないわ。たまたま機関銃で四発撃たれちゃったけど、死んだのは心臓発作のせい。決まりね」

「君の考えが正しいのなら、私も正しかったわけだ。やはり、彼は蘇生可能だったかもしれない！」

　それからさらに十五分、二人は検視を続けた。全ての傷をくまなくチェックし、ウージー機関銃の銃弾が致命傷を与えたのではなかったと確信し、アコセラは満面の笑みを浮かべた。ようやく彼はディーナーに心臓の摘出を許可し、バインダーを取りに戻った。

　シャーリーンが長刃（ちょうば）のナイフで作業をする傍（かたわ）ら、アコセラはマイクロフォンに向かって語り出した。

「死因は……銃撃で受けた傷によるものではない。引き続き心臓を調べる。閉塞をチェック。心筋症……」

　そこまでしゃべってボタンから手を離し、彼はシャーリーンに声をかけた。

「左だけじゃなく、右も見てくれ。催不整脈性右心室の可能性もある。遺伝性疾患か、はたまたブルガダ症候群か」

　数分後、シャーリーンは男性の胸腔内から慎重に心臓を持ち上げた。ところが、観察用の容器に移そうとしたとき、心臓は彼女の手を離れ、床に落ちて鈍い音を立てた。シャーリーンは目の前の光景に、もはや正気を失いかけていたのだ。臓器を根こそぎ取られ、ほぼ空洞となった骸(むくろ)が、解剖台の上で動き出したのだから。

ひとりでに。

アコセラはその様子を見ていた。

「なんてこった」

ほとんど声にならない声でつぶやいた。次いで、思わず同じ意味のスペイン語が口から出た。

「Madre de Dios(マドレ デ ディオス)」

「死後……どのくらいまで……」

シャーリーンの声は恐怖で震えていた。「筋収縮が……起こり得るのかしら」

「場合によりけりだが――」

アコセラはそこまで言って、言葉を呑んだ。死体が目を開いたのだ。声に気づいたかのように、ゆっくりと顔を彼の方に向けてきた。たるんだまぶたの下の眼球は粘液で濁り、生前はブラックコーヒーを思わせる色だったはずの虹彩(こうさい)も、すっかり乳化していた。

アコセラと死体の距離は、二メートルほどあった。その死んだ目は、どこか遠くを見つめていた。視線は検視官の身体をすり抜け、はるか彼方(かなた)の地平線にある何かを捉(とら)えている感じだった。身元不明の男性は、アコセラを眺めているのではなく、その存在を知覚しているふうに思えた。悪寒よりももっとたちの悪い感覚が、彼の全身を貫いた。血管を流れる血液が全て、氷水に変わってしまったような感じだった。

「これ……現実なの？　夢じゃ……ないでしょうね」

シャーリーンの声と身体の震えは、収まるどころか、ひどくなる一方だった。アコセラは何も返してこない。だが、死体の方は反応した。ぎこちない動きで、彼女の方に顔を回したのだ。虚ろな目はシャーリーンに向けられた。

「踊らないか？」

死体は何も言葉を発しなかったが、彼女の耳には確かにそう聞こえた。

安楽死

ライアン・ブラウン

MERCY KILLS

ライアン・ブラウン
Ryan Brown

PROFILE

『Play Dead』『Thawed Out and Fed Up』などの小説で知られる作家。
テキサス育ちで、現在は妻と息子とニューヨークで暮らしている。
HP：www.ryanbrownauthor.com/
Twitter：@TyanBrownAuthor

まだ記憶が鮮明なうちに、これをしたためておこうと思う。未来がどうなるか定かではないのだから。未来があれば、の場合だが。

僕の名前はマーヴィン・ホワットリー。興味を引きそうな部分から始めようと思う。夕暮れ時、僕はパムの大型トレーラーハウスに到着し、室内に飛び込んだ。それは、彼女の命を救い、身の安全を確保し、二度と離れ離れにならないための行動だった。

軍人ならば、それを「攻撃目標」とか「作戦」と呼んだだろう。この二十四時間で全世界がどのようにイカれてしまったかを見ると、どちらもピッタリの言葉だ。

まずはいい知らせから。パムはそこにいた。次は悪い知らせ。彼女の顔はぐちゃぐちゃに噛（か）みちぎられていた。腕一本を除き、手も足も損壊していた。

あまり詳しく語れないのを許してほしい。自分の恋人が、ひどく荒らされた家の床の上で、辛（かろ）うじて頭部が少し残った胴体だけの姿になって身悶（みもだ）えしている姿は、とてもじゃないがまともに見られるものではなかった。それが彼女だと判別できる証拠は、デート先のコンサート会場で彼女に買ってあげたロックバンド〈レーナード・スキナード〉のTシャツのみ。相当血まみれになっていたが。確か大学二年のときにプレゼントしたはずだ。ベトナムから帰国してわずか一日で、僕はすでに別の戦いを始めていた。そしてこの戦いは、正式に命じられたものでも、契約書を交わしたものでもない。メコンでも大量の血や内臓が散乱する惨状を目の当たりにしたが、この現場は全く違う。これは完全に別物だ。

昨日から死者が蘇り始めたことを話したかな？　単に蘇っただけじゃない。人々を食い始めたんだ。食われて死んだ奴も同様に蘇り、人を食い始める。この現象が拡大していく様は、まるで猛威を振るう伝染病みたいなものだ。しかし、人を死に至らしめる病とは真逆で、死人を生き返らせる。それも、食人という余計な習性を付加して。原因は金星探査機からの放射線だとか、あれこれ憶測が飛び交っていた。

しかし、そんなことは問題ではない。

現時点で確かなのは、パムの半分が食われてしまったということだけだ。彼女は、生きても死んでもいない得体の知れない奴らのひとりとなった。もし両足があったなら、リノリウムの床から起き上がり、僕を食おうと駆け出してきただろうが、今の彼女は、せいぜい血糊と肉片にまみれてクネクネと身体をくねらすのが関の山だった。

僕の心はズタズタだった。半狂乱になって、そこら辺の物を手当たり次第にぶち壊し、涙が涸れるまで泣きたかった。

だが、僕は兵士だ。

仲間が木っ端微塵に吹き飛ばされるのを見たことがある。忌々しいジャングルでは、まずは生き延び、それから泣くという現実を即座に学ばされた。だから、まだ泣けない。

あのおぞましい連中の息の根を止めるには、頭部を破壊するしかないと聞いた。銃を携帯していたのなら、己のはらわたの中でもがくパムを静観するのではなく、その頭をすぐに撃ち抜いて楽にしてやったはずだ。しかし、僕は銃を持っていなかったし、彼女を安楽死させてやる他の方法を思いつく暇がなかった。なぜなら、開けっ放しのドアから、三十体以上の化け物が近づいてくるのが見えたから。連中は酔っ払いのような足取りで、ゆっくりとトレーラーハウスの正面に近づいてきていた。

生存本能が僕を突き動かした。

パムの身体をまたぎ、レコードプレイヤーの上の小さな窓へ移動すると、奴らが後方からも迫っているのがわかった。トレーラーは取り囲まれてしまっていた。

小さなキッチンスペースに戻り、凶器になりそうなものを探して引き出しを漁っていたとき、足首が何かに締めつけられた。

パムだ。床を滑りながらここまで這ってきたのだろう、彼女は唯一残った手で僕の足首を摑んでいた。ギョッとした僕は慌てて膝を上げ、彼女の手を振り払った。危うく嚙まれるところだったが、なんとか足首を自由にすることができた。僕は引き出しにあった肉切り包丁を摑んでトレーラーの奥に舞い戻り、自分の置かれた状況とそれにどう対処すべきかを考えた。

パムの見てくれは非常に恐ろしかったが、自分も彼女と同じ運命をたどる――アンデッドと化す――のではないかという思いは、もっと恐怖だった。

幸か不幸か、僕はこれまでも地獄を見てきた。荒れ果てた三角州を重い足取りで歩き続けた一年は、敵だけでなく、疲労と空腹と多湿とも戦う日々だった。故郷は果てしなく遠く、正気を失いそうになり、足元の仕掛け地雷を危うく踏みそうになったのは一度や二度ではない。当時僕が置かれていたのはあまりにも過酷な環境だったと思うが、それでもアンデッドになるよりはマシだ。人肉に飢えた血だらけの悪鬼（グール）になど、絶対になりたくはない。

この先、困難が待っているだろうが、生き延びる理由はあった。手遅れにならないうちに愛するパムのところへ来なければならなかったのに、それができなかったのは、あのクソ野郎のせいだ。奴にこの責任を取ってもらわねばならない。しかしとりあえず、それは後回しだ。

頭の中で、戦闘をシミュレーションしてみる。肉切り包丁で一、二体のアンデッドを無力化し、椅子を壊して、その脚でさらに数体を倒す。問題は、それでもまだかなりの数が残っていることだ。このままでは、自分が生存できる確率はかなり低い。

連中がこちらに向かってくる様子をうかがう限り、血の匂いに引き寄せられているに違いない。生きた人間の血。そう、僕の血だ。

なんとかしなければと必死で考える中、僕はパムを見下ろし、もしかしたら、この変わり果てた彼女が問題を解決してくれるかもしれないと思いついた。そう、カモフラージュとして。彼女みたいになるのをひどく恐れていた僕だったが、ふと、彼女のようになるのが唯一の打開策ではないかという考えが頭に浮かんだのだ。自分の外見と体臭を彼女と同じにしたら、奴らのひとりとして紛れられる可能性があるのでは？

あれこれ考えている余裕はなかった。僕はパムに歩み寄り、彼女の向こうの狭い空間を覗き込んだ。そこには、彼女の内臓の山が血塗られたまま放置されている。胃から込み上げてくるものを懸命に抑えつつ、そこに身体を横たえ、頭からつま先まで血だらけになるように転がった。さらに念を入れ、ジャングルで泥を塗りつけたように、臓物を摑んで顔になすりつけた。

準備が整い、立ち上がるとほぼ同時に、最初の一体が、トレーラーハウスの入り口のステップに上がってきた。そいつの顔には血がべっとりとこびりつき、腹部から腸がぶら下がっている。

オイルで汚れた作業服と潰れた耳から、そいつがティドウェル・スウィーニーだとわかった。ガソリンスタンドでタイヤを交換していた男だ。そいつが重い足取りで室内に入ってきたのを見て、僕は動きを止めた。そして息を殺し、顎の力を抜いて口をだらしなく開けた。スウィーニーを真似(まね)て。そう、アンデッドになりきろうとしたのだ。

灰色に濁った相手の目はこちらを観察しているようだったが、敵意や警戒心は浮かんでいない。よし、この計画はうまくいきそうだ。少なくとも、血と内臓に覆われた肉体が生命力にあふれていることは気づかれていない。

スウィーニーは、想像以上の速さで突進してきた。顎をガチガチ言わせ、まっすぐこちらの頸動脈(けいどうみゃく)めがけてくる。

僕は同じような動きをしながら相手をかわしたが、次の瞬間、兵士としての攻撃本能が顔を出し、肉切り包丁を相手の頭蓋骨(ずがいこつ)に根元までめり込ませた。太ったアンデッド野郎は、使い古されたタイヤのように何度か回って崩れ落ちた。肩で息をしながら、僕は床の上でピクリともしなくなった男を見下ろしたが、勝利の高揚感は長続きしなかった。残りの連中も着実にこちらに近づいている。奴らの声が聞こえるし、連中の腐敗臭も感じ取れるではないか。

ティドウェル・スウィーニーがとった行動から判断すると、どうやら外見だけでは、仲間だと向こうに思わせるのは不十分らしい。では、どうすれば……。

クソッ、結局は奴らと同類になるしかないのか。

ベトナムのダナンのバーで会った男のことがふと脳裏に浮かんだ。デイヴィーとかいう名前だった気がする。特殊部隊所属のスナイパーだ。二つの任務を終え、船で帰国の途につくと言っていた。

彼に生きて家に帰るための秘訣を訊いたところ、どちらの任務でも、生魚、米、緑茶という厳しい食事制限で乗り切ったという。東洋人の食事だ。ジャングルの中、敵はアメリカ人のパンケーキやホットドッグを詰め込んだ胃の匂いを一・五キロ先からも嗅ぎ分けると、彼は訴えた。臭気が毛穴から滲み出ているのか、とにかく生体の化学反応の問題らしい。そこで彼は敵と同じ食べ物を摂り、血液中にそのエキスを送り込んだ。それが彼の命を救ったと話してくれたのだ。その生体反応がどのくらいで始まるのかは訊かなかったが、自分で見つけだせばいい。

次のアンデッドがトレーラーハウスによろめきながら入ってくるのとほぼ同時に、僕はティドウェル・スウィーニーの内臓に噛みついた。実際のところ、クソみたいな味だった。生温かく、塩気があって、噛み応えもあるが、吐き気を催すほどまずい。

ほどなくして、ローラースケート場の夜間管理者であるシェリー・クリーヴァーが生ける屍になって姿を見せたが、僕に気づかなかった。さらにアンデッドが一体、二体と現われたものの、同様だった。おそらく、無理やり食べた物が功を奏したのだろう。

念には念を入れ、さらに数口、臓物を飲み込んだ。こうして、僕は大勢のアンデッドのひとりとなることができた。複数の仲間と連れ立って、足を引きずりながらトレーラーの外に出た。辺りはすっかり暗くなっている。この暗闇が幸いして、ここの地獄から抜け出られることを切に願う。

　ぎこちない歩き方を真似ながら、集団の一番後ろから歩みを進めていく。駐車場のメインゲートまでたどり着いて周囲の安全を確認したら、すぐに走り出すつもりだった。

　ところが、そこに行き着く前に、銃声が鳴り響き、僕の斜め横にいたアンデッドの頭部が吹き飛んだ。脳漿が飛び散り、そいつはドサリと地面に倒れ込んだ。

　陸軍歩兵だった僕は反射的に身を伏せるところだったが、なんとか立った姿勢を保ち、アンデッドらしくゆっくりと身体をひねってどこから発砲されたのかを探った。その直後、何かが複数光ったかと思うや否や、ライフルが次々と火を吹いた。一体狙撃者が何人いるのか、数える間もなく、頭を撃ち抜かれた周りのアンデッドが倒れていく。

　僕はその場に立ち尽くし、弾を装塡しながら接近してくる射手を見つめた。彼らは制服を着た保安官補たちだった。ステットソン帽を被り、自信たっぷりに肩で風を切って歩いてくる。途中で彼らは二手に分かれ、笑い声を上げていた。

　先頭を切って歩いてきた相手が誰か、僕は即座にわかった。あのクソ野郎――シェーン・ギャレットだった。パムのもとに駆けつけようとする僕を引き止め、彼女を助けられなかった原因。恋人に口づけすることも、抱きしめることも、愛を交わすことも二度とできなくなった、全ての元凶だ。

　別にギャレットがパムを直接殺したわけではなかったが、彼女が人肉を食らう化け物になり、死ぬよりひどい運命をたどることになったのは、ひとえに奴のせいだった。少なくとも普通に死ねれば、パムは人として魂を持ったまま眠れたはずだ。

　僕はこのまま突進し、ギャレットに飛びかかりたい衝動に駆られた。しかし、彼にたどり着く前に頭を粉砕されるのが関の山だ。今はアンデッドのふりをし続けるべきだろうと考え直した。この瞬間にも、あのクソ野郎が僕を撃ち殺す可能性はあるものの、やはり彼には、僕がすでに死んでいると思わせるべきだ。僕の命を奪ったことで彼に達成感を与えるより、ずっといい。

　保安官補たちは、ライフルを肩に担いで歩いていた。断続的に銃声が轟き、近くのアンデッドたちが倒れていく。保安官補たちはかなり近くに迫っている。連中の嗅ぎタバコのメンソールの匂いがわかるほどだ。向こうがまだ立っている我々アンデッドに狙いを定めるのも、時間の問題だろう。保安官補たちは銃を下げ、ニヤニヤと笑っている。〝アンデッド狩り〟が奴らの余興なのは明らかだった。

　僕は目を虚ろにし、口を開けて赤いよだれを垂らすがままにしていた。ツバを吐き、邪悪な笑みを浮かべたギャレットは、次はどれにしようかとアンデッドたちを品定めしていたが、僕の顔で視線が止まった。僕は瞬きをせず、ぼんやりとした目で相手を見据える。奴が大きく破顔したのがわかった。

「あー、俺って最低な人間だな」

突然、ギャレットがそう言った。

言われなくてもわかってる。僕は心の中で言い返した。

「え？　どういうことだ？」

同僚のひとりが彼に聞き返す。

ギャレットは僕を指差した。

「あの化け物、ホワットリーだ。かわいそうに、あんなになっちまって」

「昨日の晩、あんたが署に連行してきた軍人の若造か？　あんたのタマを切り取ってやるって、ずいぶん威勢が良かったのにな。今度はタマを食われないようにしないと」

その言葉に他の連中が噴き出すと、ギャレットはライフルを振りかざした。

「は？　何がおかしい？」

途端(とたん)に笑い声がやみ、彼は銃を下げた。その視線が横に滑り、パムのトレーラーハウスを捉(とら)えた。ギャレットは僕たちアンデッドと十分に距離を取り、トレーラーの方へと進んでいく。軽量ブロックを積み重ねたステップを上り、中を覗き込んだ彼はしばしその場に留まり、息を吐いてブツブツとつぶやいていたが、何を言っていたのかこちらには聞き取れなかった。ステップを下りてきた奴の顔には、あの悪意に満ちた笑顔が戻っていた。

「ひどい状態だ。さすがのホワットリーも、怪物になった女にはもう興味がないらしいな」

ギャレットは肩をすくめた。

ろくでなしめ！　パムがどうなったのかを心配したのではなく、奴は僕がパムを助けられなかった事実を確認しただけらしい。

ギャレットは再びこちらを見た。自分の見てくれが相手にどう映っているかはわからないが、僕はできるだけ平静を装い、ぼうっと宙を見つめ、よだれを垂らし続けた。まだ倒されていない他のアンデッドたちは、絶えずゆらゆらと身体を動かしながら、ゆっくりと保安官補たちに近づいていった。

保安官補のひとりがギャレットに告げた。

「護送車はもう満員だ。ここの連中は乗せる余裕はない」

「全員撃ち殺せ」と、ギャレットは命じた。

銃の撃鉄を引く音が聞こえ、僕は身を引きしめた。ところが、誰かが発砲してしまう前に、ギャレットが僕を指差して言った。

「ホワットリーだけは例外だ。連れて帰る」

「どうして？」

帽子のつばの下で、ギャレットは満面の笑みを浮かべた。

「あれは俺の戦利品だ」

それは、厳密には護送車ではなかった。荷台部分がスチールのレールで囲まれた、単なるオンボロの小型トラックだった。囲いの中には、アンデッドが三十体は詰め込まれているだろうか。保安官補二人にジーンズの腰の部分を掴まれ、すでにぎゅうぎゅう詰めになっている荷台に僕は無理やり押し込まれた。

そこには凄まじい悪臭が漂っていたが、アンデッドの大半はおとなしかった。ただし、数体――とりわけフェルダー市長とプルーイット牧師――は極めて獰猛な態度で、動く物に片っ端から反応して顎をガチガチ鳴らしている。おそらく猛烈に空腹なんだろう。

トラックの無線からは、録音されたメッセージが繰り返し流れている。避難場所を探している人は、スローカム牧場に報告しろという内容だった。車は、国道六号線を西に向かっている。ギャレットとその仲間たちが僕たちを連れていこうとしている場所があるに違いない。

その彼はライフルを携え、保安官補三人と一緒に運転席に座っていた。さらに三人が屋根に腰掛け、膝に銃を乗せてこちらを監視している。

今の自分にできるのは、ぼんやりあさっての方を眺め、ティドウェル・スウィーニーの腸をぶら下げておくことくらいだ。同乗のアンデッドのひとりが、切断された足を捨てた。時折その小指をクチャクチャと噛んで忙しそうにしていたのだが。そこで僕は、そのお下がりをもらっておくことにした。アンデッドらしさを増すアクセサリー代わりとして。

昨晩僕に何が起きたか、僕がどうしてこの苦境に陥ったかを説明しておくべきだろう。僕はアメリカの地を踏んでまだ数時間足らずだった。太陽は沈みかけており、パムの家を目指していた僕は郡境の道を車で飛ばしていた。助手席に置かれたブーンズのフルーツワインのボトルと花束がかすかに揺れている。早く会いたいと気持ちは逸るばかりで、アクセルを踏み続けた。

パムのところまであと一キロちょっとの辺りまで来たとき、サイレンを鳴らし、回転灯を点けたパトカーが僕の後ろに迫ってきた。

運転していたのはギャレットだった。まるでずっと僕を見張っていたかのようだ。おそらく僕がマイカーのフォードを停めておいたガレージのスタッフに金を払い、僕が街に戻ってきたら教えてくれと頼んでいたのかもしれない。というのも、ギャレットは僕がパムと再会したらすぐに、自分のところにやってくると知っていたからだ。

僕とパムとギャレットの三角関係は、高校時代に遡る。結論から言うと、パムはギャレットではなく、僕を選んだ。そして彼は、決してその現実を受け入れることはなかった。

卒業後、僕は徴兵され、ギャレットは都合よく入隊を逃れた。

奴は軍隊から却下されたのだが、驚いたことに、その理由は扁平足だった。

想像がつくだろうが、僕が戦地に向かうとすぐに、ギャレットはパムにちょっかいを出し始めた。執拗に口説く奴を彼女は撥ねつけていたが、とうとう相手が実力行使に出たので、彼女は真剣に奴を肉弾戦でとっちめた。パムは、男にだって立ち向かっていく強い女性だ。僕が彼女を大好きな理由のひとつがそれだった。

しかし時折、ギャレットの暴力が勝ることもあり、パムは身体や目の周りにできたアザの写真を送ってきた。僕ははらわたが煮えくり返るほどの怒りを覚えたものの、ベトナムから動けないのでは、自分にできることはほとんどなかった。

僕のベトナムでの従軍滞在期間は長く、過酷な日々だったと言っておこう。やがてすぐに、敵を殺し、地獄を生き延びる毎日が現地で始まった。

そして昨日の夕暮れ時。ギャレットはスピードの出し過ぎだと言って僕の車を止めた。僕はスピード違反などしていなかったのに。さらに奴は、十件近い駐車違反の罰金が未払いだと言いがかりをつけてきた。挙げ句の果てに、棍棒で僕の車のテールランプを叩いて割り、整備不良車の運転による罰則もその場で付け加えたのだ。

思い返せば、この時点で……僕が奴に「クソ食らえ！」と怒鳴るより前に、僕の牢屋行きは決まっていたようなものだ。

保安官事務所に到着しても、ギャレットは僕に電話の一本をかけることも許さなかった。つまり、パムに「コーンブレッドをオーブンに入れるのを待ってくれ」と伝えることすらできなかったのだ。

結論から言うと、僕は独房に入れられなかった。ギャレットはダラダラと時間をかけて書類を作成し、その間、僕は彼のデスクの横の椅子で延々と罵りの言葉をぶちまけていた。すると突然、ティナ・グラッドウェルの車が建物の南側の壁を突き破って飛び込んできたのだ。一瞬、何がなんだかわからなかったが、大量の木片やガラス片が吹きすさぶ中、彼女のダッジ・ダートが事務所のパーティションを次々になぎ倒して室内に乱入する様を目の当たりにし、僕は言葉を失った。その直前までギャレットへの怒りが胸の中でメラメラと燃え上がり、いずれこいつを男として役に立たなくしてやると誓っていたのだが、暴走車の出現で、僕のささやかな計画は脆くも吹き飛んでしまった。しかし、驚くのはまだ早かった。ティナの四歳の娘ミリーが砕け散ったフロントガラスから飛び出してきたのだが、なんと、お下げ髪のその子は、母親のもげた腕をガツガツと貪っているではないか。保安官事務所は、たちまち地獄絵図と化した。

混乱のどさくさに紛れ、僕はそこから逃げ出せたものの、それからの二十四時間は、人食いアンデッド、火災、自動車事故、パニックになった市民、警察による道路封鎖をひたすら避けて過ごさねばならなかった。僕の頭にあったのは、ただひとつ――パムのもとにたどり着くことだった。

だが、僕は遅すぎた。それもこれも、ギャレットのせいだ。あいつのおかげで、僕はパムを救えなかった。こうなったら絶対に彼女の仇を討ってやる。

護送車とは名ばかりの小型トラックが舗装道路から外れ、でこぼこ道に入っていったとき、僕は心に固く誓った。ギャレットが死ぬのをこの目で見てやる、と。今の奴は殺戮に快感を覚え、虜になっている。

スローカム牧場の敷地内は、混沌としていた。数え切れないほどの緊急車両、負傷者の治療優先順位を決める医療トリアージテント、家族や恋人を必死に捜す一般市民、メガホンで人々を落ち着かせ、場をコントロールするのに躍起になっている役人たち……。この光景、何かの冗談だろう?

しかしながら、護送車が止まった近くは、まるでカーニバルのようだった。

経営に行き詰まっていた牧場経営者のレニーと、これまたちっとも金が儲からないビリヤードプレイヤーのデルロイのスローカム異父兄弟は、一家のひび割れた道と雑木林の四百エーカーの土地で、ハンターたちから鹿狩りの入場料を取ったり、仕留めた獲物を剥製にして販売したりして生計を立てていた。僕の知る限りでは、奴らの敷地で実際に鹿を仕留めた奴などいない。あるいは、鹿を見かけたことすらないと言うべきか。だが、今夜は別だ。狩猟が解禁されて、大繁盛だろう。とはいえ、猟銃の照準線の先にいるのは鹿ではなく、アンデッドたちだが。

この世の終焉で利益を生み出すスローカム兄弟の話など、どうでもいい。

携帯用発電機が唸りを上げる中、投光器が照らし出していたのは、一台のダンプトラックだった。荷台を大きく傾け、巨大な柵囲いの内側に搭載物を流し込んでいたが、目を凝らすと、荷台に積まれていたのは砂利や木材ではなく、山のようなアンデッドたちだった。五十体はいただろうか。しかし、流し込まれた先の囲いには、その倍のアンデッドたちがおり、所狭しと歩き回っている。

そのうちのひとりの顔には見覚えがあった。鎖骨が奇妙な方向から突き出し、スーツが真っ赤に染まっているが、胸ポケットのシルクのハンカチは奇跡的に白いままだった。確か、ファースト・ナショナル銀行のケチな融資担当、フリント・ハットフィールドのはず。彼が誰かを思い出した矢先、銃声が響き、彼のハゲ頭は熟れすぎたカボチャのようにパックリと割れた。

囲いの周りにいた人々から歓声が上がる。手すりの外で見物していたのは、基本的にバイク乗りやトラック運転手などで、ビールを片手に賭けまでしていた。

囲いを見下ろすように建つ高床式の猟師小屋から、デルロイ・スローカムの声が聞こえてきた。

「素晴らしい一撃だ、ボビー・レイ！　あのフリント・ハットフィールド、私が弾丸を撃ち込んでやりたかったよ。融資担当のくせに貸し渋ってたもんなあ。化け物になって、初めて皆に喜ばれたんじゃないか？」

笑いがドッと起きた。

「お見事、ボビー・レイ！」

弟からメガホンを取り、今度はレニー・スローカムがしゃべり出した。「いいか、一撃で倒せたら、戦利品の剥製料金が通常の十パーセント引きだぞ」

デルロイがメガホンを奪い返した。

「よーし、お次は誰かな？　三発、五十ドルだ！　我こそと思う奴は前に出てこい。アンデッドはよりどりみどり。どいつを狙ってもいいんだぞ。ぜひ剥製にして書斎に飾ってくれ」

人々が興奮して大声を上げていたが、ギャレットが同僚にこう話しかけるのが聞こえた。

「柵の中は満杯じゃないか。ハンターたちの余興が進んで、少し余裕ができたらこいつらを詰め込もう」

ギャレットの言葉に保安官補たちはうなずき、タバコに火を点けた。うちひとりが訊ねた。

「スローカム兄弟は俺たちにもやらせてくれるよな？」

「ああ、当然だ」

ギャレットは片頬だけで微笑んだ。「俺は戦利品を割引料金で剥製にしてもらう」

奴がこちらに顔を向けたので、僕は慌てて虚ろな目をし、歯をガチガチと鳴らしてみせた。気を抜くと、つい目力が戻ってしまう。アンデッドのふりをしていることがバレないように祈った。

そのとき、トラックが近づく音が耳に入ってきた。続いて聞こえた声に、僕は激しい衝撃を覚えた。

「マーヴィンはどこ⁉」

パム！　僕のパム！　生きていたのか！

「ギャレット、あんたがマーヴィンと会ったのはわかってんのよ！　彼はどこなの⁉」

彼女は泣いていた。必死だった。パニックも同然だった。だが、紛れもなく、パムだ。彼女は生きていた。普通の人間として！

僕の心拍数と呼吸数は著しく上昇した。危険を承知で顔の血を拭い、声がする方を振り向いた。ああ、パムは確かにそこにいた。手足もちゃんとあり、無傷のままだ。彼女はギャレットと顔を合わせた。

ゆったりとしたフランネルシャツ、ほころびたタイトジーンズ、スニーカーというカジュアルな格好で、茶色のロングヘアはクリップでまとめてあった。彼女は取り乱し、怯(おび)えており、そして美しかった。

ギャレットのリアクションも、僕と同じだった。

「なんで――？　一体全体どういう――」

パムは彼の言葉をさえぎった。

「私の質問に答えなさいよ、このろくでなし！　マーヴィンはどこにいるの？」

　ギャレットは、まだ現実を受け止められないのか、数回瞬きをした。

「俺、おまえの家に行ったんだぞ。おまえは死んで……いたはず」

　そこの言葉にパムは眉をひそめ、困惑したように首を捻った。やがて何かに気づいたのか、ハッとすると、顔を手で覆ってうつむいた。肩が揺れている。再び顔を上げたとき、彼女の頬には涙が光っていた。

「ああ、ベッキー・リン……」と、彼女は嗚咽まじりに漏らした。

　その名前に、僕はピンときた。ベッキーはパムの親友だ。同じ年齢で、同じ体格で、二人とも髪はブルネットだった。片腕と両足と顔の半分を失った結果、パムだと勘違いするのも無理はない。彼女たちは服もよくシェアしていたので、ベッキーが〈レーナード・スキナード〉のTシャツを着ていたのも説明がつく。

　ギャレットはまだ事態が呑み込めていないようだったが、パムは手の甲で頬の涙を拭い、こう言った。

「あんたがマーヴィンを収監しようと署に連行していくのを見た人がいる。ギャレット、彼はどこ？　あんた、彼に何したの⁉」

　ギャレットは逆ギレした。

「は？　おまえに関係ないだろ？」

「マーヴィンをどうしたか、言いなさいよ！」

パムは彼の分厚い胸板を小さな拳で殴り始めた。

ああ、彼女と今すぐに結婚してもいい。僕は心からそう思った。

だが、ここで彼女の名を呼んでしまえば、計画が水の泡になるのは言うまでもなく、ギャレットをさらに逆上させるだけだろう。

奴はパムの手首を乱暴に握った。

僕は飛び出していきたい衝動をグッと堪える。

ギャレットはニヤリとして言い放った。

「おまえの彼氏は死んだよ」

「そんなの嘘に決まってる！」

「嘘じゃない！」

「あんたは大嘘つきよ！」

「おバカさん、いい加減、目を覚ませよ。マーヴィンは死んだんだ。何をしても無駄だ」

パムがパンチしていなかったら、僕が奴に掴みかかっていただろう。彼女の左拳が、ギャレットの顎に猛烈な勢いで当たった。彼は殴り返そうとしたものの、群衆から大きなどよめきが起こり、その動きをピタリと止めた。

ギャレットは周囲の見物人たちをぐるりと見渡した。人々の視線が注がれていたので、渋々と振り上げた拳を引っ込めた。どうやら、公衆の面前で女性を殴るほど愚かではなかったようだ。彼はパムに向き直った。

「俺を信じないっていうんだな？」

そう言ってギャレットが拳銃を取り出すと、僕らを取り囲んでいた連中は思わず息を呑んだ。奴はそのまま小型トラックの後部まで行き、荷台の柵を勢いよく開けた。近くにいたアンデッドに銃口を向けると、全く躊躇せず、次々と五、六体の脳天に銃弾をぶち込んだ。隙間ができた荷台に乗り込んだ彼は、倒れた死体をまたぎ、こちらへと向かってきた。そして僕の髪を無造作に引っ張ると、顔をパムの方に向けさせた。「これを見ろ！」

「なんてこと！」

彼女は叫んだ。「ああ、神様、どうか嘘だと言って――」

僕の〝嘘〟が愛しいパムを苦しめている。いっそアンデッドの真似事などやめて、彼女に真実を打ち明けようか。奴に引っ張られる髪の痛みをひた隠し、僕は逡巡した。だが、ギャレットはひどく興奮していたので、僕がアンデッドではなく、生きた人間だったとわかれば、かえって激昂して射ち殺しかねない。このまま化け物を演じ続けた方が、まだわずかながら生き延びる可能性は高いはずだ。

荷台から突き落とされた僕は、埃だらけの地面に身体を打ちつけた。さながらボロボロになって放り投げられたぬいぐるみのようだった。自分の足でよろよろと立ち上がったものの、できるだけゆっくりと、不規則な動きを心がけた。アンデッドらしく。

　パムは泣きながら、僕に腕を伸ばしてきた。だが、その手が僕に触れる前に、首の太い保安官補が後ろから彼女を取り押さえた。ああ、パム！　僕の胸は切なさで押し潰されそうだった。

　やじ馬は増えていたが、静まり返っていた。スローカム兄弟ですら、商売気を出すのを忘れ、こちらに歩み寄っていた。

　ギャレットは荷台から飛び降り、威圧的な態度でパムに言った。

「おまえの愛しいマーヴィンの今の姿を見ろよ。こんな化け物になってもイチャイチャしたいのか？」

　乱暴に扱われても、僕は切断された誰かの足を握り続けていた。演出効果を上げるため、口元にその足を持っていき、土踏まずを噛み切った。

　そのとき、僕はパムの変化を敏感に察した。まるでスイッチがパチンと入ったかのように。信じたくなかった現実を、彼女が突然受け入れたかに見えたのだ。

　悲しみというより、決意を感じさせる声で、パムはギャレットに言い放った。

「今の彼は、あんたより十倍人間らしいわ」

　そう発した直後、彼女は近くの保安官補のホルスターから拳銃を掴み取り、撃鉄を上げた。

マズい！　パムはギャレットを殺す気だ。僕はそう思った。

銃口がこちらの顔に向けられるまでは。

――え？

顔面に被弾したら、おそらく即死は免れまい。

彼女の射撃の腕は侮れない。事実、銃の扱いは本当にうまかった。僕の教え方が良かったと言っておこう。風の強い日に、四百メートル離れたフェンスの支柱の上に置いた小さな指輪に弾を命中させることができる。そのくらい達者なのだ。互いの距離が三メートルちょっとの今、彼女が外すとは到底思えない。

その後の展開は速かった。銃口が向いた方にいた連中が、一気にパニックになって逃げ出した。ギャレットはパムに寄りかかり、不敵な笑みを浮かべている。

「引き金を引けよ。マーヴィンを終わらせろ」

パムの意図は明らかだった。――安楽死。トレーラーハウスで彼女と間違えたアンデッドに僕が望んだのと同じことだ。

待ってくれ。僕が今必要なのは安楽死ではない。

僕は必死だった。口を開け、噛んでいた肉片を吐き出し、叫ぼうとした。彼女の名を。

だが、言葉を発するより先に、パムが僕の頭部を撃った。

意識を失っていたのだろうか。よく覚えていないが、おそらくそうなのだろう。目覚めた僕は、山と積まれた首なしの胴体や切断された四肢の一番下にいた。上からどんどん血が滴り落ち、悪臭が充満している。僕は、始末されたアンデッドと一緒に捨てられたようだ。

口の中は血の塊でいっぱいで、顔面にひどい怪我を負っている。舌を動かして傷の具合を探ると、パムが撃った弾丸は、左頬をきれいに貫通していた。僕を死に至らしめることも、歯を一本も欠けさせることなく――。ああ、こんな奇跡が起こるなんて！

血と肉片に覆われ、辺りは暗かったものの、窓から入る朧月夜のわずかな明かりだけでも十分、ガラスの目が複数こちらを見下ろしているのがわかった。それは、雄ジカ、鳥、アナグマ、魚のバスの虚ろな視線だった。そう、壁には狩られた動物の剝製がぎっしりと並べられていたのだ。

どうやら、僕はスローカム兄弟の剝製小屋にいるらしい。これから自分がどうなるのかを熟考しようと思った矢先、ドアが開く音がした。

「マーヴィン？」

パムの声だ。僕の名前を小声で呼んでいる。

「マーヴィン？　どこにいるの？」

返事をしようとしたものの、僕の喉はゴボゴボとくぐもった音を立てるだけだった。

「ああ、私のマーヴィン！」

彼女は死体の山に駆け寄り、僕の上に重なった肉片を必死に掻き分け始めた。しばらくして身が軽くなり、手足の自由が利くようになった。彼女から引っ張り出され、両足で立てたとき、僕はようやく彼女をこの手できつく抱きしめた。ずっと待ちわびていた素晴らしい瞬間だった。まだ現実がよく呑み込めなかった僕は、恋人が本物かどうかを確かめるべく、両手でパムの顔を挟んでその瞳を見つめ合った。目の前にいたのは、本当にパムだった。そして、僕たちは二人とも生きていた。

「ごめんなさい」

彼女は謝った。「ここに来るのが遅くなってしまって。事態が落ち着くまで待たなければならなかったから……」

僕は凝固した血の塊をなんとか飲み下し、口を開いた。

「どの……くらい僕はここに……？　今……何時なんだ？」

「真夜中を少し回ったところよ」

片頬に穴が開いたままだったが、僕はとびきりの笑顔を作ろうとした。

「運良く……弾が急所を外れて……良かった」

「何言ってるの？　狙い通りよ。あなたが口を開けっ放しにしてくれていたから、照準を合わせる時間はたっぷりあったわ」

なんて賢い子だ。パムは、最初から口の中に命中させようとしていたのだ。僕が口を大きく開けたベストなタイミングを待って、引き金を引いていたとは。あの瞬間を目撃していた人々が事実を知ったら、誰もが最高賞に値する一撃だったと認めるだろう。そして、それは僕の解放を意味していた。

もちろん、全てが元通りになるにはまだ時間がかかる。僕の意識は、まだ渦巻く靄の中にある感じだった。

「だけど、なぜわかったんだ？　僕がまだ……僕のままだと」

パムは目を丸くした。

「なぜって、当然よ。あなたが切断された足にかぶりついたとき、いつもの癖が出てたんだもの。ほら、トウモロコシを食べるとき、あなたはいつも女の子みたいに小指立ててるでしょ。それを見てピンと来たの」

僕のその癖を、彼女はずっとからかっていた。まさかそれが今日、自分の命を救ってくれることになろうとは、夢にも思わなかった。

「ここから逃げないと」

パムは僕の身体を支えてドアへと向かい出した。「表に私の車を停めてある。エンジンをかけたままで」

僕たちは外へ出て、剝製小屋の裏手を目指した。投光器の明かりは消え、全てが闇に包まれている。

しかし、暗闇など問題ではなかった。今や牧場に人の気配はない。アンデッドから安全を求めて避難してきた人たちは、表通りの向こうに設置されたテント村に移動したとのことだった。

アイドリングしているパムのシボレー車まであと数歩というところまで来たとき、ヘッドライトの光が僕の注意を引いた。新たな護送車がスローカムの敷地に入ってきたのだ。荷台の柵の中で、人食い化け物がすし詰めになっている。この距離からでも、飢えた奴らの唸り声が聞こえてきた。パムにもその不気味な声が聞こえたらしく、いきなり僕を助手席に押し込んだ。

「さっさとここから逃げ出さないと」

彼女の言う通りだ。一刻も早くこの場から立ち去るべきだ。しかし、僕は彼女に言った。

「待ってくれ。僕に考えがある」

湖の東側に建つギャレットの家の扉を蹴破ったのは、午前二時近くのことだった。奴は制服のままリクライニングチェアで酔い潰れて眠っていた。テーブルには手錠、膝の上にはショットガン、胸の上には「ペントハウス」誌が載ったままだ。

ギャレットはこちらの気配に気づいて薄目を開け、僕と視線を合わせた。

「シェーン・ギャレット、今度はおまえが死ぬ番だ」

耳元でそうささやくや、相手はギョッとして目を剝き、慌ててショットガンを摑もうとした。そうはさせるものか。僕はブーツを履いたつま先でギャレットの顎を力一杯蹴り上げた。折れた血まみれの歯を吐き出し、奴の身体はぐったりと弛緩した。そのまま両腕を椅子の背もたれに回し、後ろ手に手錠をはめた。上体を屈めて顔を覗き込むと、ギャレットはショックと恐怖と怒りが綯い交ぜになった表情を見せた。

「これは……どういうことだ？」

口から血を垂らしながら、クソ野郎はつぶやいた。「おまえは死んだはずだ！」

「違うな、ギャレット。俺は死んではいない。アンデッドになったわけでもない。こうして生きて、ピンピンしている」

僕は相手と同じ目の高さに顔を下げ、ニンマリと笑って頬に開いた穴を広げてみせた。

「おまえはもう逃げられない」

奴が手錠から逃れようと必死でもがき、無駄な努力を続けている。僕はドアに向かい、周囲に誰もいないのを確認して鋭く口笛を吹いた。

エンジン音が轟き、タイヤが勢いよく回転を始めた。闇の向こうから、トラックが唸りを上げて突進してくるのが見えた。猛スピードで、しかもバックだ。僕はすかさず入り口からポーチへと飛び出し、事なきを得た。

トラックは全速力で家の正面にぶち当たり、後部バンパーが壁を突き破った。舞い上がる埃が落ち着くや、リアウィンドウ越しにパムの姿が見えた。ハンドルを握る彼女は、肩越しにニヤリと笑い、助手席のドアをキックして開けた。中に滑り込んだ僕は叫んだ。

「エンジン全開だ、ベイビー！」

彼女はギアを一速に入れてクラッチを切り、アクセルを目一杯踏み込んだ。トラックは急発進し、その弾みで、荷台の低い柵から大量のアンデッドが室内に転がり落ちた。

僕たちが最後に聞いたギャレットの声は、人食い悪鬼の群れに襲われる奴の絶叫だった。彼は「頼むから殺してくれ！」と安楽死を求めていた。誰が楽に死なせるものか。少しずつ嚙みちぎられ、激痛を感じながら、ジワジワと死ねばいい。安楽死をさせてやるほど、相手に対する慈悲の心は全く残っていなかった。

それは四時間前のことで、あれからもう三百キロ以上走っていた。僕たちがラジオで最後に聞いた報告は、あのエリアではアンデッドの感染が深刻なペースで拡大しているというものだった。しかし、別の州からはなんの知らせも入ってきていないという。

僕は今、廃墟と化したモーテルの荒らされ放題の部屋で、これを書いている。パムのリズミカルな寝息を聞き、ろうそくに照らされた美しい彼女の顔を見ながら。僕たちの身にこの先何が起こるのか、皆目見当もつかない。言えることがあるとすれば、僕たちはこれからも生き延びていく、ただそれだけだ。もちろん二人で。

経験からわかったことを、もうひとつ記しておこう。アンデッドでいることは、生きている状態とは似ても似つかない。全くの別物。それが、僕が今回学んだことだった。

軌道消滅

デイヴィッド・ウェリントン

ORBITAL DECAY

デイヴィッド・ウェリントン
David Wellington

PROFILE

これまで20編の小説を上梓し、8ヶ国語に翻訳されている実力派小説家。『Monster Island』『13 Bullets』『Frostbite』『Positive』といったホラー作品、『Chimera』『The Hydra Protocol』『The Cyclops Initiative』など、アフガニスタン戦争を体験した退役軍人ジム・チャペルが主人公のスリラー作品シリーズが人気。また、デイヴィッド・チャンドラーのペンネームでファンタジー小説を、D・ノーラン・クラークの名で『Forsaken Skies』三部作を含むSF小説を書いている。現在は、ニューヨークを拠点に活動中。

HP：davidwellington.net/

Twitter：@LastTrilobite

［以下は、テキサス州ヒューストンのリンドン・B・ジョンソン宇宙センターのバックアップドライブで発見された、国際宇宙ステーションの最後の無線交信記録である。その晩、アメリカ人宇宙飛行士三人とロシア人宇宙飛行士ひとりがステーションに滞在していた。記録では、その四人はイニシャルで記されている。

JH：ジャクソン・ハーツフェルド。通称〝ハーツ〟。司令官。
SF：セルゲイ・ファヴァロフ。ロシア人ミッション・コーディネーター。
KR：カール・ガーンジー。科学ミッション・スペシャリスト。
MJ：マルシア・ジャーニガン。フライト・エンジニア。

［当データでは、宇宙管制センターのスタッフは皆、MCC（Mission Control Center）として表示される。

その夜の地球上での出来事を考慮すると、以下の出来事の動画データが闇に葬られても決して不思議ではない。しかしながら、この最後の宇宙飛行士の言葉から、何が起きたのかを断片的に知ることが可能だ。神経質な性質の人物、あの晩の出来事に起因するPTSD（Post-Traumatic Stress Disorder／心的外傷後ストレス障害）の患者は、これから先を読まないことを勧める]

MCC：ハーツ、どうぞ。緊張してますか？
JH：少し。
MCC：問題ありませんよ。笑顔を忘れないでくださいね。開始まであと五分。ポジションは大丈夫ですか？
JH：大丈夫。ただ――。
MCC：ハーツ、準備できましたね。カウント開始します。三、二、一、スタート！
JH：こんにちは、ベイカー小学校の皆さん。私の名前は、ジャクソン・ハーツフェルド。実は今、宇宙から話しかけているんです！　私がいるのは、国際宇宙ステーション、通称ISS。見てください。私の身体、浮いているでしょう？　宇宙には重力がないので、このように空中で浮くことができます。私は地球の周りを回る軌道上にいます。「軌道」が何かわからなかったら、先生に訊いてくださいね。現在位置は、ちょうどピッツバーグの約四百キロ上空。今夜、暗くなった空に、私のいる宇宙ステーションが見えるかもしれません。かなりの速度で移動する明るい点があったら、そこに私がいると思ってください……。

［JHによるベイカー小学校児童へのプレゼンテーションの一部は、関連性がないとして、この記録から割愛されている。このプレゼンテーションと並行して、MJがソユーズ宇宙船の最終進入を見届けていた。ISSとドッキングし、新たなクルーメンバー三人を送り込むのが目的だ。これにより司令官が交代し、JHの帰還が可能になる］

MJ：管制センター、ソユーズTMA-21Mを視認したわ。同船の搭乗メンバーだけど、なんだか――。

MCC：マルシア、確認しました。こちらでは、ソユーズとの無線連絡が不能になっています。ボイスメッセージの着信はなく、遠隔測定（テレメトリー）システムも作動していないように思えます。そちらでソユーズの速度は確認できますか？

MJ：計画通り、秒速十六キロね。マニュアルドッキングに変える必要は？

MCC：その必要はありませんが、ソユーズのクルーとの交信ができないので、問題の解決に努めます。安全性を考慮し、不具合が解消されるまで、ドッキングは中断します。

MJ：ハーツはその案を気に入らないでしょうね。彼のストレスレベルは……。とにかく、彼がこのブリキ缶から離脱するのが待ちきれないわ。
MCC：明日の予定を変更します。彼なら大丈夫でしょう。
JH：……ステーションは、モジュールでできています。そうですね、レゴブロックを想像してみてください。モジュールと呼ばれる独立した機能を持つユニットが、ブロックのように集まって宇宙ステーションを構成しているのです。〈ズヴェズダ〉〈ザーニャ〉とロシア語の名前が付いているモジュールもあります。ここにいるセルゲイ・ファヴァロフ宇宙飛行士と同じロシア人が作ったものだからだです。セルゲイは、ランニングマシンでトレーニング中ですが、宇宙では継続して運動をしないと、筋肉が弱くなってしまうんです。セルゲイ、皆さんに挨拶をどうぞ。
SF：ハロー、アメリカン・キッズ！
JH：ハハハ、セルゲイは面白い奴（やつ）でね。ロシア人ですが、君たちや私と同じように英語を話せます。調子に乗って冗談ばかり言うので困ります。
SF：その通り。僕はときどき冗談が過ぎるので、司令官に怒られてます。
JH：こら、セルゲイ。いい加減にしなさい！　っていう具合にね。とにかく私たち宇宙飛行士は、一日のほとんどをズヴェズダ・モジュールで過ごし、仕事をしています。でも今は、アメリカ製の実験室モジュール〈デスティニー〉から、このプレゼンテーションをお届けしています。実験室モジュールには、他に〈コロンバス〉と〈クエスト〉があります。次に紹介するのは、ビゲロー膨張式活動モジュール〈BEAM（ビーム）〉。これは風船のように膨らみ、居住空間を作り出す画期的なものです。それから、観測用モジュール〈キューポラ〉には、横窓六枚と天窓が設置されており、船外の様子を窓から確認することができます。さて、私が持っているこのペンですが、どんなふうに宙に浮くのか見てみましょう。ほら、手を離してもペンは落下しません。宇宙には重力がないからです……。

MJ：ヒューストン、ソユーズの範囲（レンジ）チェックを行う必要があるわ。

MCC：こちらからは問題なさそうに見えますが、そちらはどうです？

MJ：少し近すぎる。ドッキングは中断したんじゃ？

MCC：そうです、ISS。ドッキングは中断しました。ソユーズは十分な距離を開けたまま、ゆっくりと通過するはずです。

MJ：ヒューストン、範囲チェック中。これは——近すぎる。このままじゃ……。

MCC：現在のソユーズとISSの間隔は、五十メーター。誰か……誰かに不具合を直させます、ただちに。ですが、こちらは問題はないと考えています。ソユーズ到達まで、あと五分。不具合を解決し、必要とあればコースを調整する時間は十分にあります。

MJ：管制センター、じゃあ、私はここで息を潜めてるわね。
JH：……皆さんが見たいと思っている場所を当ててみましょう。それは、トイレ！　違いますか？　どの宇宙飛行士も、トイレについて訊かれるんですよ。きれいな話ではないので、具体的な説明はやめておきますが、とにかく宇宙ではあらゆることが地球上とは異なります。本当に——本当に——子供たち、君らに真実を教えよう。宇宙は……宇宙はクソ最悪だ。
MCC：ハーツ？　今なんて——？
JH：ここに来て三ヶ月。浮遊するペンにも飽き飽きしてるし、クソを垂れるのにいちいちケツから吸引するのにもうんざりだ！
MCC：ハーツ、応答してください。
JH：管制センター、誰もいないじゃないか！
MCC：もう一度言ってください。
JH：ヒューストン、言ってやるとも。私が見ているモニターに映っているのは、空の教室だ。子供もいなければ、教師もいない。一体全体、どういうことだ？
MCC：今、チェックしています。オーケー、オーケー。ああ、ちょっと待ってください。
JH：全く。君たちの準備はできてるのか？　私はここで何時間もこのクソみたいなプレゼンのリハーサルをしたんだぞ。それに――。
MCC：わかりました。説明させてください。実は、学校の児童、教員とも避難命令が出たんです。現在、彼らは皆、駐車場にいます。そこには警察が――。
JH：えっ？　子供たちは大丈夫なのか？　状況を教えてくれ。
MCC：ええ、無事です。おそらくなんでもなかったんでしょう。ただの避難訓練だったのかもしれません。よくあることです。
JH：避難訓練だと？　イカれた奴が校内で発砲し始めたらどうするかを子供たちに教えるアレか？
MCC：私のときは、「身を屈めて頭を隠せ」ってやつでした。もしや、ステーションに留まりたいですか？　こちらは安全ではないかもしれませんし。
JH：ハハハ、それはないな。私は今夜帰還する。恋人にキスをして、愛犬を撫で、飽きるまでビールを飲むつもりだ。じゃあ、これからどうする？　子供がいないのに、私がプレゼンを続けても意味はないだろう？
MCC：ハーツ、そのまま待機してください。
JH：今なんて？
MCC：待機しててください。こちらでちょっと……トラブルというほどではないのですが。

MJ：ソユーズは接近を続けてる。管制センター、ドッキングを中断したはずなのにどういうこと？　ソユーズの軌道からずれるように、ISSを移動しないといけない？

MCC：その必要はありません。問題がわかりました。というよりむしろ――。

MJ：ソユーズはすぐそこよ。肉眼で確認したわ。動きが速すぎる。

MCC：無線の不具合ではありませんでした。実際のところ、それがかえって問題なのです。乗組員との交信ができません。

MJ：もう一度説明して。

MCC：クルーが応答しないんです。発射時に、減圧事故が起こったのかもしれません。

MJ：なんですって⁉　つまり、ソユーズの乗組員は死亡してるっていうこと？　船内には彼らの死体が――。

MCC：ISS、落ち着いてください。こちらで宇宙ステーションを動かします。いいですか？　ステーションを移動するだけです――。

MJ：ソユーズはそこまで来てるのよ！　もう目の前よ。動きが速すぎる！　速すぎて――。

［ISSの通信アンテナの故障により、十七秒間の交信記録が欠けている。さらに三十九秒の記録が不明瞭となっている。この間は、途切れ途切れの音声データしか残っていない］

KR：管制センター、向こうは軌道に乗った――。
MJ：――きぼう実験室モジュール、コロンバス・モジュール。デスティニー・モジュールで減圧。それと――。
KR：――あり得ない。太陽電池アレイは全てイカれている。放熱器も何基か停止。どれが停止したのかを確認中。ロボットシステム〈カナダアーム2〉も使えない。複数の穴が空いている。穿刺孔だ。それも――。
JH：セルゲイ！　セルゲイ、そこから出ろ。セルゲイ！
MJ：管制センター、応答せよ。管制センター！　お願い、返事をして！
JH：セルゲイ！　もう無理だ――私はここにいられない――。
KR：なんだ、これ？　耳から――クソッ、血が。耳から出血――。
MJ：コロンバス停止。基幹構造P1トラス、P2トラス、P3トラスとピアース・ドッキング室のエアロックが制御不能。
KR：少し――ダメだ――視界が狭まり、ぼやけている。鼻血も出て……。
MJ：管制センター、聞こえてるなら、なんか言ってよ！　こっちはもう――。
JH：セルゲイ――本当にすまん。ああ、すまない……。

［ISSとMCCの間の無線交信は、協定世界時23時4分になっても、完全に復旧していなかった。交信記録は断続的に判別不能で、その部分はここでは省略しているが、苦痛にうめくKRの様子だけだったと思われる］

MJ：……衛星バス4号はイエローを報告。バス5号もイエローを報告。
JH：……することができたはずなのに……。
MJ：バス6号は……新しいパターンね。何も報告してこない。バス7号は——。
MCC：ISS、そちらは受信できてますか？　ISS、応答願います。
MJ：——レッドだわ。ああ、バス7号はレッドを報告。これは……これは良くない兆候ね。ハーツ、あなたは——。
JH：マルシア、彼を助けることはできたはずだ。できたんだよ。できたのに。
MCC：ISS、返事をしてください。受信してますか？
MJ：ヒューストン？　ああ、神様——ヒューストン、あなたなの？　てっきり——かと思った——。
MCC：補助アンテナの設置に時間がかかりました。もう——。
MJ：ここまで単独で——だけど、私たちは——。
MCC：電力が不足しています。カメラ配信もほとんど失いかけてます。何が起きたか説明してください。

MJ：何が起きたかですって？　何が起きたのか知りたいの？　管制センター、そっちは私たちより、もっともマシな考えを思いつくべきよ。こっちはステーション内の半分が停電している状態だわ。

MCC：こちらも似たような状況です。あなたとハーツは動画で確認しましたが、カールとセルゲイの姿はどこにも見当たりません。彼らの現状を報告して――。

JH：セルゲイは死んだ。私が彼を殺した。

MCC：ハーツ？　もう一度言ってください。

MJ：彼は大げさなのよ！　ハーツ、ちょっと黙ってて。いい？　管制センター、こっちはめちゃくちゃよ。ソユーズはステーションに無理やりドッキングしてきた。実験室は破損し、宇宙ゴミ（デブリ）が太陽光パネル全部を破壊した。バッテリーで電力を供給してるけど、長くは持たない。ただちに救助に来てもらわないと。

MCC：セルゲイが死んだ？

MJ：そう。そうよ。彼は死んだの。宇宙飛行士セルゲイ・ファヴァロフは死亡しました。死亡時刻は……そんなのどうだっていい。ソユーズが衝突した際、ハーツとセルゲイは実験室モジュール〈デスティニー〉にいた。ハーツは、減圧で死に至る前に、ここ、ズヴェズダに戻ってこられた。セルゲイはそこまでラッキーじゃなかった。彼は——。

JH：彼はランニングマシンに縛りつけられたままになっている。そこから逃げ出せなかったんだ。私は彼を助けることができたはずだ。マシンから解放してやれたはずなのに。全面的に司令官である私の責任だ。助けられたのに、私は……私は恐れをなしてしまって。手遅れになる前に、自分だけ逃げ出したんだ——。

MJ：ハーツ！　余計なことしゃべらないで！　私に解決策を説明させて。そうじゃないと、ここにいる全員が死んでしまう！

MCC：カールはどうなったんです？　彼は生きてるんですか？

MJ：管制センター、生きているといえば、イエスね。ひどい状態だけど。ソユーズの衝突時、カールはBEAM居住モジュールにいたの。BEAMはすぐにダメージを受けなかったから、自分は大丈夫だろうって思ったのかもしれない。衝突直後、私たちは何を持ち出せばいいか確認していたんだけど、彼は損傷具合をチェックしていた。おそらく、BEAMの空気が抜けていることに気づかなかったんでしょうね。あのモジュールは巨大な風船みたいなものだから、穴が空いてしまったんだと思う。彼から減圧症の症状の報告を受け、私たちが彼をBEAMから引き出したときには、すでに意識がなかったわ。ここに連れてきて、とりあえず寝袋に入れたんだけど、他にどうすればいいか……。カールは出血していて、目も真っ赤になっていた。管制センター、私は航空医官じゃないから、わからないの。どうしたらいいのか……。
MCC：現在、BEAMモジュールは密閉されていますか？　ズヴェズダの気密状態は正常ですか？
MJ：ええ。
MCC：ISS、そちらの生命維持状況は？
MJ：いいとは言えないわね。酸素発生器は全て使えなくなったから、ボトル入り酸素に頼ってる。水と食料はおそらく大丈夫。船内温度はやや高めだけど、不快なほどではないわ。二、三日……救助船が到着するまでは持ち堪えられる。ちゃんと考えて過ごせればね。一番の問題は、電力。ライト以外、生命維持に直接関係のないものは全部スイッチを切ってる。ライトもすぐに消えるでしょうね。バッテリーを使用しているけど、すぐに使用を制限しないといけなくなるわ。だけど、この事態を生き延びるてやる。そうでしょ、ハーツ？
JH：私は……。
MJ：この事態を生き延びてやるって言ったの。ハーツ、イエスって言って。
JH：イエス。
MJ：ちゃんとはっきりイエスって言って！　生きてやる。そう言って！
JH：イエス、イエス。生きて……やる。

ＭＪ：ったく。管制センター、何か言って。なんでもいいから言ってよ。どうしてこんなことになったの？　なぜソユーズの遠隔測定装置がオフになっていたのか、なんで衝突する前にステーションを移動できなかったのか、ちゃんと説明しなさいよ。「さらなる調査が必要です」なんて言い訳は聞きたくない。「わかりません」なんて言わないで。私は何が起きているのかを知りたいだけなの！

ＭＣＣ：それは……。

ＭＪ：さあ、ちゃんと説明して！

ＭＣＣ：いいですか、これは弁解ではありません。今回起きてしまったことですが、ええ、私たちのせいだと言っていいでしょう。

ＭＪ：ふん。

ＭＣＣ：言い訳ではないですよ。ですが、今日、仕事に来られたスタッフは通常の半分だけなんです。何かが起きていて……ひどい流感か何かの感染が広がっていて……こちらも十分な人員が得られていない状況なんです。まともに働ける人間が――。

ＭＪ：ハーツ、聞いた？　あなたのせいじゃなかったのよ。私をちゃんと見なさいよ、この役立たず！

ＪＨ：痛い！　叩くことないじゃないか。マルシア、君は――。

ＭＪ：セルゲイを殺したのはあなたじゃない。管制センターよ。たった今、向こうはそれを認めたの。いい？　向こうがそう言ったのよ。だから、あなたのせいじゃないの。いい？　わかった？
JH：……わかった。
MJ：だけどね、今あなたが私に協力しなかったら、私と一緒に作業をしなかったら、今度はあなたが私を殺すことになる。私だけじゃない。カールもね。理解した？
JH：わかったよ、マルシア。理解した。
MJ：管制センター、電気の節約のために、無線を切るわね。三十分ごとに報告を入れるから、私の通信を必ず誰かが聞けるようにしておいて。
MCC：了解しました、ISS。

[以下の交信記録は、協定世界時23時37分に受信されたものである]

MJ：管制センター？　私はキューポラ・モジュールにいる。あなたたちを見てる。つまり、地球を見ているの。現在、カリフォルニア上空。地上の森林火災が見えてる。とてもきれいだわ。森林火災は恐ろしいってわかってる。でも、宇宙から見下ろすと、点滅する明かりの集まりなのよ。緑の中に赤い光が瞬（またた）いてるのが、美しいって思っちゃうの。もうあまり時間がないから、今はただ景色を楽しんでるだけ。

ＭＣＣ：声から判断すると、少し元気が出たようですね、マルシア。
ＭＪ：そう？　さっきは泣いたりして、落ち込んでたから……。いつも私って、無理して自分を元気よく見せてしまうの。強くてタフな女性宇宙飛行士なんだもの……。たぶん、ハーツから離れているから、気分がいいのかもしれないわね。彼は作業をしていることはしているんだけど、遅い。のろのろと動いてる。助けにはなってるけど、正直、使えない。彼のそばにいるのは……どうだっていいわ。管制センター、救助について話して。救助船の到着時刻は？
ＭＣＣ：救助に関しては、もろもろ進行中です。搭乗メンバーがわかり次第、お知らせします。
ＭＪ：了解。ああ、すぐに泣けてきちゃう。涙が私の周りで浮かんでる。換気口の方へ漂っていくわ。電気がショートする前に回収するから大丈夫。心配しないで。
ＭＣＣ：私たちはあなたを信頼していますよ、マルシア。
ＭＪ：ありがとう。
ＭＣＣ：聞いてほしいことがあるのですが、ハーツの耳には入れないでもらえますか。
ＭＪ：……話して。
ＭＣＣ：奇妙なデータを見たんです。変則的な例なんでしょうが。いいですか、これに関しては、何も行動も起こさないでください。なんの意味もないですから。

ＭＪ：先を続けて。

ＭＣＣ：デスティニー・モジュールにあるランニングマシンなんですが、動いているんです。

ＭＪ：どういうこと？

ＭＣＣ：セルゲイが使っていたマシンです。今も作動中というデータが届いています。まるで彼がそのマシンを使っているかのようなデータが届いているんですよ。それって、もちろん、あり得ませんよね。

ＭＪ：あり得ないわね。

ＭＣＣ：だからといって、何か意味があるわけでもないのですが、一応お知らせしておきます。マシンが稼働しているということは、バッテリーを消耗していることになりますので。

ＭＪ：わかったわ、管制センター。

［協定世界時23時46分］

ＪＨ：……しなければ。もし彼が——。

ＭＪ：管制センター、ハーツが——。

JH：セルゲイが生きているなら、まだそこには空気があるということだ――。
MJ：ヒューストン、受信してる？
MCC：マルシア、聞こえてますよ。報告ですか？　どうぞ。
MJ：ハーツにロシア製の古いオーラン宇宙服を着せているの。彼に手を貸しているのは、彼がまだ司令官で、私に命令したからよ。あなたに交信したのは、私が司令官の決定に反対しているという事実を記録に残すためなの。
JH：彼をあそこに残しておくことはできない！　今にも死んでしまう。
MCC：確認させてください。ハーツが宇宙服を着ようとしているんですよね。その理由は？　彼はまさか――。
MJ：彼はデスティニー・モジュールに行こうとしてるの。セルゲイが生きているかどうかを確かめるために。
JH：マルシア、こいつを手伝ってくれ。手袋をはめたいんだ――よし。次はヘルメットだ。
MJ：イエス、サー。
MCC：ハーツ、その行為は時間と電力の無駄です。それに、エアロックを開ければ、かなりの空気を失うことになります。今回、こちらではEVA（船外活動）の助言を行えません。
JH：了解した。マルシア、ハッチを開けてくれ。

［以下の交信記録は、ＪＨの宇宙服の無線から直接受信したものである。電波は非常に弱く、地球上のＭＣＣが受け取れる通信の限界ギリギリであった。その結果、会話は断続的に判読不能になっている。これらの部分はアスタリスク四つ（＊＊＊＊）で記されている］

ＪＨ：オーケー。デスティニー・モジュールに移動中……うわっ、このモジュールは、ひどい状態だ。物があちこちに散乱し、配線が飛び出している。なんてこった。微小重力状態での成長を観察するために育てていたハムスターが＊＊＊＊。まるで＊＊＊＊浮かんでいる毛皮の塊だ。何が起きたか、考えるのはあとにしよう。

ＪＨ：暗い――部屋中にガラクタが浮かんでいて、私の宇宙服のライトはもう＊＊＊＊しない、だが――ああ、セルゲイが見える。彼は――クソッ！　彼は＊＊＊＊じゃないか！　動いている！　ランニングマシンの上で歩いているじゃないか！

ＪＨ：違うんだ、マルシア。そうじゃない！　どういうわけか、彼は生きている。理由はわからない。でも、見たんだよ。壁に空いた穴から広い空間が見えて＊＊＊＊　＊＊＊＊　＊＊＊＊ああ、それが、ここに空気がないのに＊＊＊＊を意味していることくらいわかってる。いや、違う。マルシア……ムカつく。とっとと消え失せろ！

ＪＨ：セルゲイ――おい、＊＊＊＊　＊＊＊＊　＊＊＊＊私の声が聞こえるか？　いいや、もちろん違うとも。マルシア、彼の目は開いている。こっちを見ている……何かを求めている＊＊＊＊　＊＊＊＊　＊＊＊＊。

ＪＨ：セルゲイ、君は＊＊＊＊　＊＊＊＊　＊＊＊＊なのか？

ＪＨ：今から……彼をこの＊＊＊＊に拘束しているストラップを外そうと思う。いくぞ。オーケー、セルゲイ。私にチャンスを＊＊＊＊。ちょっと＊＊＊＊、おい！　＊＊＊＊、離せ！　＊＊＊＊　＊＊＊＊　＊＊＊＊なんてこった！　ああっ！　マルシア！

ＪＨ：＊＊＊＊　＊＊＊＊　＊＊＊＊　＊＊＊＊　＊＊＊＊　＊＊＊＊　＊＊＊＊　＊＊＊＊！

ＪＨ：＊＊＊＊私の袖に嚙みつき＊＊＊＊　＊＊＊＊　＊＊＊＊歯が＊＊＊＊クソッ！　クソッ！　穴が空いた！　空気が＊＊＊＊マルシア、穴から空気が漏れている。奴は六層構造の宇宙服を嚙み切り＊＊＊＊　＊＊＊＊ああ、神よ！　なんてことだ！

ＪＨ：マルシア！　＊＊＊＊を開けてくれ！

［協定世界時　０時７分］

ＭＪ：管制センター？　管制センター、そこにいる？　これは何？　どこに――。

ＭＣＣ：すみません！　すみません、ちょっとトイレに……。あまり気分がすぐれなくて。ISS、どうぞ……。
MJ：管制センター、大丈夫なの？
MCC：まずは、そちらの……デスティニーの状況を教えてください。セルゲイについて。
MJ：彼、ハーツに襲いかかったのよ。嚙みつこうとしたみたい。
MCC：それは――。
MJ：セルゲイは……なんていうか、あんなふうに生きてるなんて……彼はハーツを襲って、宇宙服の袖を嚙み切ろうとしたの、彼自身の歯で。
MCC：彼は今どこに？
MJ：ハーツのこと？　彼はここにいるわ。宇宙服を脱ごうとしてる。かなり動揺していたけど――。
MCC：あ、セルゲイのことを訊いたんです。セルゲイは今、どこにいるんですか？
MJ：……彼は……その……。
MCC：彼はどこにいるんですか？　具体的に教えてください。
MJ：彼は……まだデスティニーにいる。ハーツは急いでハッチを抜けて戻ってきた。ずいぶんと怯(おび)えていたわ。こちらに入るなり、乱暴にハッチを蹴って閉めたの。セルゲイが来る前にね。セルゲイは……あの……なんていうか……。

ＭＣＣ：マルシア、ちゃんと説明してください。非常に重要なことなので、こちらで正確に把握しておかなければなりません。セルゲイはハーツの皮膚を噛み切りましたか？　直接、腕を噛んだのですか？　それとも宇宙服の袖だけで済みましたか？
ＭＪ：そこまではわからない。ちょっと待って――。
ＭＣＣ：マルシア、教えてください。それによって対処が変わってきますので。
ＭＪ：待って……ハーツ、じっと座っててくれる？　管制センター、彼は無傷よ。管制センター？
ＪＨ：私は大丈夫だ。なんともない。
ＭＪ：管制センター？　ねえ、聞こえてる？
ＭＣＣ：――すみません。あなたの担当者は、またトイレに立ちました。現在、こちらではおなかを壊す人が続出してましてね。一時的に私がここを引き受けます。そちらの状況は、今のところ問題なさそうですね。セルゲイは隔離されたし。彼の体液に直接接触しなかったんですよね。
ＪＨ：問題なさそうだと？　これが問題ないっていうのか？　おい、どういう――。
ＭＪ：管制センター、ねえ、一体どうなってるの？　何が……そっちで何が起きてるの？
ＭＣＣ：心配する必要はありませんよ。

MJ：私が無線のスイッチを入れた瞬間……突然、船舶からの救難連絡、警察署や陸軍基地からの「メーデー、メーデー」と叫ぶ声やSOSのシグナルが聞こえてきたの。これって――。

MCC：心配はご無用です。あなたはそこで生き延びることだけを考えてください。いいですか？　こちらではあなた方を無事に帰還させることに専念しますので。わかりましたか？

MJ：……わかったわ。

［協定世界時　0時37分］

MJ：管制センター？　応答して。管制センター？

MCC：はい、聞こえてますよ。

MJ：今回は、救難連絡はそんなに聞こえてこなかったわ。もしかして、そちらの状況が好転してるのかしら。

MCC：おそらく……。聞いてください。ロシアと話し合っている最中でして、米露共同で救助ミッションを行うことになるでしょう。準備は着々と進んでいますので、どうかもう少し待ってください。

MJ：カールは持たないと思う。彼の呼吸は……本当に苦しそうで、脈も弱ってきてる。
MCC：了解しました。
MJ：了解しましたって言われても――。ただ、私が思うに――。
MCC：現実を見据えなければなりません。
MJ：そうね。私もそう言いたかっただけなのかもしれない。
MCC：マルシア、こちらから、新たな指示を出さなければなりません。たぶん、あなたが納得するようなものではない可能性が大きいのですが、とても重要なことです。もしカールが死んだら、あなたは……ある行動を取る必要があります。
JH：カールは死なせない。私はCPR（心臓蘇生法）を知っている。
MCC：ダメです、ハーツ。彼に触ってはいけません。少なくとも今は、まだ行動を起こさないで――特に彼がまだ生きているうちは。
JH：私はもう誰も死なせない。私の目の前では。誰もセルゲイの後を追わせない。
MCC：マルシア、キューポラ・モジュールに移動できますか？　ハーツに会話を聞かれない場所に行けばいいのね？
MJ：……ええ。私、ひとりで？　そうしてほしいのね？
MCC：そうです、マルシア。私の言うことをよく聞いてください。カールが息を引き取った瞬間、カールが死んだとあなたが思ったら即座に、彼の頭部を叩き割らなければばいけません。
MJ：……ちょっと待って。意味がわからない――もう一度説明してくれる？
MCC：これは極めて重要なことです。カールが死んだとあなたが判断した直後に、彼の頭を損壊させてください。
MJ：管制センター、そんなこと……私にできるかどうか……。
MCC：他に選択肢はありません。これはあなたの長官からの直々の命令です。
MJ：管制センター、自分で何言ってるのかわかってるの？　狂気の沙汰だわ。ねえ、本気で言ってるわけ？　私にカールの頭を――。
[今回の交信記録では、MJと管制センターの会話が繰り返される大きな金属音によって妨げられている。その後の五分間、記録は途絶え、騒音は交信中継続している]
MJ：管制センター、あれは――。
JH：あれはセルゲイだ！　彼はハッチを叩き続けている。あれだけ叩いているってことは、こっちに入ってきたいんだと思う。
MJ：管制センター、おかしいと思われるかもしれないけど、ハーツの言っていることは間違ってない。彼は――。

MCC：マルシア、その件に対処する指示を出します。
JH：セルゲイを中に入れるぞ。彼を押さえつけよう。さあ――。
MJ：それはやめて！
JH：――大丈夫だ。準備はいいか。彼を押さえつけて、動きを封じるんだ。
MJ：ハッチから離れて！　ハーツ、何考えてるの？　やめて！
JH：管制センター、これからハッチを開ける。もしセルゲイが生存しているなら、
ハッチの向こう側で生存可能な条件が揃っているという証拠だ。何も問題はない。
MJ：管制センター、私はハーツを止めようとしてるけど、彼は――ああっ！
MCC：マルシア、応答してください！　マルシア⁉
MJ：あの野郎、私の顔を殴ったの。今、ハーツはハッチを――。

［轟音が聞こえたが、ズヴェズダ・モジュールから大量の空気が放出した音だと推測される。悲鳴も聞こえたものの、誰の声かは不明。六分間、聞き取れるのは、MCC側からの交信のみ］

MCC：マルシア！　マルシア！　聞いてますか？　何をすべきかわかってますね？
MCC：マルシア？　聞こえてますか？　ハッチを閉めてください。セルゲイをハッチ

の外側に留めてください。絶対に中に入れてはいけません。
ＭＣＣ：マルシア、必要な行動を取ってください。
ＭＣＣ：マルシア、こちらの声を聞いてますか？
ＭＣＣ：マルシア？

［協定世界時　０時48分、通常の双方向交信が再開］

ＭＪ：聞こえてるわ、管制センター。ちゃんと聞いてる。彼は……。
ＭＣＣ：あなたはやるべきことをやった。何が起きているか、わかったのでは？
ＭＪ：いいえ。私には何がなんだかさっぱり……。
ＭＣＣ：マルシア、あなたは賢い。もう現状が理解できるはずです。こちらがいくら説明しても、あなたは信じなかったと思います。言葉で聞くと、非常にバカげた話に聞こえますからね。だけど、セルゲイの顔、見ましたよね？　どんな顔になっていたか、その目で。私もこちらで確認しましたから、あなたも見たはずです。
ＭＪ：見たわ。でも……あなた……私がさっきまで話していた管制担当者じゃないわね？
ＭＣＣ：違います。皆、持ち場を離れました。私が唯一残っている人間です。それに、私もすぐに離れなければなりません。それだけお伝えしようと――。
MJ：えっ？　ちょっとそれは……。
MCC：何が起きたのか話してください。正直に。
MJ：彼は……あ、ハーツのことね。彼はハッチを開けてしまったの。ハッチの向こう側には空気がなかった。だから……こちら側の空気も抜けてしまい、私は呼吸ができなくなった。考えることもできなくなったわ。ハーツはハッチの内側にいて、セルゲイ……セルゲイが彼に摑みかかり、嚙みちぎったの。ハーツの喉を。おびただしい出血が認められたけど、全てハッチの向こう側に吸い取られていった。で、セルゲイはハーツもハッチの向こう側に引きずり込んで……。
MCC：いいえ、そうじゃありません。セルゲイはハーツに嚙みつきましたが、彼をハッチの外に引きずり込んではいません。
MJ：でも……彼は……。
MCC：今さら嘘をついても意味はありませんよ、マルシア。お互い、でまかせを言うのはやめましょう。私はモニターでそちらの様子を見てましたから。
MJ：わかったわ。
MCC：あなたが何をしたか教えてください。
MJ：私……私が……ハーツを押したの。ハーツをデスティニー側に押し出し、ハッチを閉めたのは、私よ。完全に密閉した。
MCC：あなたは正しいことをしたまでです。
［協定世界時午前０時53分］
MJ：だから、今は二人ともハッチの外側にいる。二人とも……。
［金属を叩く音が繰り返し響いている］
［協定世界時　１時39分］
MJ：状況は……ひどいの？　そっちの状況もかなり……？
MCC：はい。
MJ：救助船は……来ないのね？
MCC：その通りです。
MJ：私には……すべきことがあるわよね？　カールのことを確認しないと。
MCC：はい。彼の状態を確かめてください。

MJ：彼は……彼は呼吸をしていない。脈もないわ。あっ！　なんてこと！
MCC：マルシア？
MJ：これは、一体どういうこと？　彼の目が、目が開いて……でも……でも……。
MCC：然るべき行動を取ってください。
MJ：つまり、その、彼は寝袋の中に入ったままなんだけど……出ようとしてるわ。彼をなんとかしなくちゃ。――消火器がここに――。
MCC：マルシア、やりなさい。
MJ：ああっ、どうしよう！　神様！　私ったらなんてことを……管制センター、聞いてる？　管制センター？
MCC：聞いてます。続けて。
MJ：血だらけよ。あちこちに脳味噌も飛び散って。どこもかしこも血飛沫とバラバラになった脳味噌だらけ。それらが浮かんで換気口に向かっていく。ひどい。吐きそうだわ。換気口のフィルターにカールの脳の一部がくっつくのが見えて――。彼は――彼は――。
MCC：落ち着いて。深呼吸して。
MJ：デスティニー側に彼らがまだいるの！　二人してハッチを叩き続けてる。彼らは――。

［原因は不明だが、交信記録は協定世界時2時19分まで途絶えている。以下の記録で最初に聞こえてきたのは、ＭＪがすすり泣く声だと判明された］

ＭＪ：管制センター？　＊＊＊＊　管制センター？
ＭＣＣ：まだ……こちらにいます。
ＭＪ：＊＊＊＊　＊＊＊＊　＊＊＊＊　＊＊＊＊　＊＊＊＊。
ＭＣＣ：マルシア、ちょっと！
ＭＪ：あなた、まるで＊＊＊＊　＊＊＊＊　＊＊＊＊。あなたは……そうでしょ？　あぁ、ひどい。なんで＊＊＊＊　＊＊＊＊　＊＊＊＊。
ＭＣＣ：ええ、私は襲撃を受けました。マルシア、私は……もうじき死にます。そして、その後……。
ＭＪ：ダメ、そんなこと言わないで！　私たちは二人でこの現実に向き合ってるの。二人一緒だから向き合うことができてる。お願いだから……そんなこと言わないで。
ＭＣＣ：わかりました。
ＭＪ：いや！　こんなのいや！　＊＊＊＊　＊＊＊＊　＊＊＊＊。静かにして！　もういい加減にして！　あの二人、まだハッチを叩いてる。拳で何度も何度も＊＊＊＊

MCC：ハッチが密閉されて、そこにいる限り、あなたは安全です。彼らは入ってこられません。

＊＊＊＊　＊＊＊＊。

MJ：誰か、奴らを止めて！　あのクソ野郎を止めて！　止めてよ!!

MCC：私は可能な限りあなたと話し続けますから。

MJ：カールと……ハーツ……私が二人を殺した。

MCC：あなたの行動は正しかった。宇宙飛行士の訓練中に、習いませんでした？　生き延びるために、どんな行動でも取れ、と。教官はそう教えたはずです。

MJ：ええ……そう習ったわ。でも、救助は来ないのよね？

MCC：残念ですが、そちらの救助には、誰も向かいません。

MJ：電力をセーブしないといけない。でも……その時が来たら、そろそろだなと思ったら、教えて。

MCC：本当に知りたいんですか、その時が来たのを？

MJ：管制センター、今の私にはあなたしか残されていないの。

[協定世界時　3時58分]

MJ：管制センター？
MJ：応答して、管制センター。お願い！
MJ：返事してよ！　聞こえてる？
MJ：お願いだから！

［協定世界時　4時21分］

MJ：ひどいわ。約束したのに……。
MJ：彼らは……まだハッチを叩き続けてる。諦める気なんてなさそうね。もしも誰かがこれを聞いてるなら……ああ……。ステーション内の科学実験はまだ続いてるのよね。本来は、宇宙空間のハムスターを観察する実験だったけど。
MJ：だから……私は実験を続けるわ……連中がなんであろうと、ハムスターの代わりに。
MJ：被験者は、深刻な頭蓋外傷を負っても活動的な反応を見せている。
MJ：被験者は、代謝過程を維持するのに酸素を必要としない。
MJ：被験者は……ああ、もうどうだっていいわ！
MJ：静かにして！　もう我慢できない！　黙れ！　黙れ！　黙れ！

［協定世界時　6時46分］

MJ：バッテリーはほとんど残ってない。たぶん、これが最後の……私からの……。
MJ：ああ、神様。ここの空気が……なんだか黒い斑点がいくつも見えて……少し、頭がクラクラする。
MJ：お願い……静かにして。もう……やめて……。
MJ：管制センター？　本当にそこにいないの？　実は黙って聞いてるんじゃ？　ふと……そんなふうに思っただけ。あなたがまだ私の声を聞いてるんじゃないかって……。
MJ：私を食べたらさぞかしおいしいだろうなって思ったりしてない？
MJ：それとも……もっと別のことを考えてる？　もっと……人間らしいことを？
MJ：あのね……あなたにお礼を言いたかっただけ。ずっと……私と一緒にいてくれて……。
MJ：管制センター？　あれは何？　なんの音なの!?

［協定世界時　6時48分］

ＭＪ：音を立てているのは、セルゲイとハーツだけじゃなかった。ソユーズのクルーたちもだった。そう、無理やりドッキングしてきたソユーズの宇宙飛行士たち。ようやくわかったわ。ここでのこの状況は……彼らから始まったのね。ソユーズが交信不能になったのも、無謀なドッキングだったのも、全ては彼らが……。

ＭＪ：うちひとりは……彼のヘルメットのフェイスプレートにはヒビが入ってるけど、顔が見える。私をじっと見てるわ。キューポラ・モジュールの窓越しに、こっちを見つめてる。ああ、あの目ったら……。

ＭＪ：全員、ガラス窓を叩いてるわ。拳で……何度も……繰り返し……叩いてる。

ＭＪ：……静かに……なってきた……。何も……見えない。何も……聞こえない。何も……。

乱杭歯（らんぐいば）

マックス・ブラリア

SNAGGLETOOTH

マックス・ブラリア
Max Brallier

PROFILE

『Can YOU Survive the Zombie Apocalypse ?』や、その続編『Highway to Hell』をはじめ、30編以上の小説を手がけてきたニューヨーク・タイムズベストセラー作家。また、『The Last Kids on Earth』『Galactic Hot Dogs』『Lego Nexo Knights : Knights Academy』といった児童書も手がけている。『Eerie Elementary』シリーズでは、ジャック・シャベールのペンネームを使用。ニューヨークの自宅にいないときは、西ペンシルベニアのお気に入りのバーで、ハンターのトロフィーに囲まれていることが多い。
HP：www.maxbrallier.com/
Twitter：@MaxBrallier

ボー・リンの歯並びはひどかった。特に飛び出した八重歯——乱杭歯は黒ずんで腐っており、それを見るたび、不快でたまらなく、無性にイライラした。俺が奴の喉仏を撃ち抜いたのは、それも理由のひとつなのかもしれない。

そんなボーだが、実は町の歯医者だった。俺が知る奴は、口を開くたびに虫食いだらけの前歯と汚い犬歯を見せていた。歯医者なのに。信じられるか？

しかし、きっかけは歯ではない。

全ての発端は、俺とデブラ・リンだった。汗ばむ七月のその日、俺たちはデブラの家の裏手にあるポーチにいた。腐った歯の持ち主、ボーは彼女の旦那で、二日間の日程でピッツバーグに出張中だった。つまり、俺とデボラは、夜中にこそこそと密会しなくてもいいということだ。俺の年季の入ったシボレー・インパラの狭い車内で、身体のあちこちをどこかにぶつけながら手早く事を済ませる必要もなかったし、ＡＢＣモーテルを使う費用も節約できる。

裏庭のポーチに腰掛け、快適な気分で、一番のお愉しみを始める前にゆったりと過ごすことができるわけだ。

そのバックポーチで。

いいかい、その建物裏手のポーチは、狩りをする際の隠れ場所(ブラインド)みたいなものだ。家から森までの約二百メートルは、やや背の高い草が生えた原っぱになっており、森の奥は、アレゲーニー国立森林公園に続いている。

もしこのバックポーチが自分のものだったら、俺は手すりに猟銃サベージ99を置いておくだろう。ラジオから流れるアメフトの試合の解説を聴きながら、白尾(はくび)シカの気配を感じるや否や、狙い撃ちにする。人間を誤射しないようにといちいちチェックする心配もないし、狩猟制限もない。この家は、人里の喧騒(けんそう)から遠く離れた場所に建っていた。

あの腐った乱杭歯が俺を殺人に駆り立てたのは確かだ。しかし、このポーチが自分のものだったらという思いも、ひと役買っていたのかもしれない。ポーチを自由に使う想像を膨らませていたとき、デボラがガーデンテーブルの上に身を乗り出し、こう切り出したのだ。

「ジャック、あれは絶対失敗しない計画だわ」

彼女の目には、これまで見たこともない妖しい輝きが宿っている。

俺はビールをひと口飲み、首を横に振った。

「計画を〝絶対に失敗しない〟と言う奴に限って絶対に失敗するもんだ」

デボラは不満げな顔をし、上体を起こした。花柄のクッションに載せた腕は、どことなく枯れ木の枝のようだ。

俺はさらに続けた。

「映画の影響かどうかはわからんが、映画では、保険金目当てで旦那を殺す女の計画がうまくいった試しがない」

「でも、それとこれは別よ」と、デボラが言い返した。「私は先月、この計画に着手したけど、あんたは半年の間、行動は起こさないわけでしょ。確かに、保険をかけた二日後に旦那が死んだら、怪しまれるだろうけど」

俺はビールを飲み干し、新たな瓶を開けた。こちらが少しは興味を持っていると、彼女に思わせるのには十分だろう。

「十二月の狩りの最中に、あんたが決行すればいいのよ。ちょうど白尾シカ猟の解禁シーズンだし」

「彼が俺とハンティングに行きたがる理由があるか？」

「あんたは戦争に行ったけど、あいつは行かなかった。それに負い目を感じてるところがある。町の男の半分は出兵したのに、旦那はずっとここに留まっていたからね。だから、あんたの誘いは断れないのよ」

俺はビールを飲み、思いをめぐらせ、舌で前歯に触れた。尖(とが)った犬歯の形が舌先でわかる。だが、俺の歯は腐っていない。

デボラはテーブルの上の曇ったグラスを爪で突いた。

「ボーってね、クルクルと弧を描く、なんとも可愛らしいサインを書くの。だけど、私は時間をかけて練習したから、今じゃソックリに署名ができる。書類はすでに保険会社の担当者の手元よ。保険金の額は、二十五万ドル。ジャック、二十五万ドルよ!」

「で、それを俺と折半するんだな?」

「あんたが望むならね」

「他に理由があるのか?」

「だって、その後は私たち、一緒になるわけだし、結局は全部私たちのお金ってことになるでしょ? そうよね?」

「ああ、そうかもな」

彼女はサンダルを脱ぎ、裸足のつま先で俺の足に触ってきた。艶（なまめ）かしい動きで、彼女の足の指が太ももから上へと上がっていく。普通の男ならまともな思考ができなくなって当然だ。

「おまえの言う通りだ」

俺は彼女の動きを中断させ、用を足すと告げて立ち上がった。

ボー・リンの自宅内に入り、居間を通り抜ける。棚の上には、いくつもの写真立てが並べてあった。結婚式の写真もあったが、ひと際目を引いたのは、歯科医の何かで表彰されているボーが写っているものだ。彼は、大きな歯のブロンズ像を手にしている。いや、ブロンズ製ではなく、ブロンズのように塗装したプラスチック製だろう。

写真の中のボーは、大きな笑みを浮かべてこちらを見ていた。

俺が戦地に赴いたのは、十九歳のときだ。船出の前の晩、酒場〈ブルズ・タヴァーン〉で飲んだのだが、そのときボーもいた。彼は俺と握手を交わし、幸運を祈ってくれた。微(ほほ)笑(え)んだ彼の口元からは、いつものように腐った乱杭歯が覗(のぞ)いていた。

戦から戻った俺の帰郷を祝う飲み会の雰囲気は、出兵前とは大きく異なっていたが、奴の乱杭歯は相変わらずだった。

無神経にもほどがある。

あり得ない。

俺は戦場に行き、戦い、仲間が爆弾で吹っ飛ぶのを成す術(すべ)もなく見ていた。なのに、こいつは！　このクソみたいな町の歯医者は、見るもおぞましい黒い歯を放置したままでいやがった。

バックポーチに戻り、俺はデボラに考えておくと伝えた。

彼女は「それでいい」という感じで首をすぼめただけだった。

さらに俺は、やると決めたら、至近距離で一気にやってやると付け加えた。自分が年を取ったとは思いたくないが、最近は世も末だと思える光景が目につく。女みたいな髪型の男。男がやるべき仕事をやっている女。タトゥー。エンドゾーンで踊るスポーツ選手。みんなクソ食らえだ。だから、俺がやるとなったら、女々しいやり方は選ばない。男の中の男らしく、顔を突き合わせて決行するのみだ。

そんな熱い決意とは対照的に、再びデボラは素っ気なく首をすぼめただけだった。

それで話は決まった。

その夜に。

裏手のポーチでの短い会話で――俺は小便でちょっと場を外したが。それから俺たちは寝室に入り、普段ボーが寝ているシーツの上で激しく絡み合った。しかし、どうしてもあの汚らしい乱杭歯が頭に浮かび、俺の息子はあまり役に立たなかった。結局、ボーの腐った歯に邪魔されっ放しだった。そこで、俺はあることを決意したのだった。

＊　＊　＊

夏も秋も、高飛び込み台の梯子(はしご)を上るような日々だった。

毎日、一段ずつ、飛び込み台が近づく。高く上れば上るほど、後戻りしづらくなっていった。あそこまで言い切ったのだから前言撤回は恥なのは当然だし、どこか、梯子を上っていく自分の背後に誰かが続いている気分になっていた。つまり、自分が梯子を降りるとなるとその人物まで降りなければならず、面倒臭さと迷惑をかけるバツの悪さが伴う。結構な高さまで上ってしまった今なら、なおさらだ。しかも、梯子の下では、大勢がこちらを注視しているという感覚だった。つまり、こういうことだ。一度上り始めたら、どんな気持ちになろうとも、最後まで上り切らなければならない。

そして、ついに飛び込み台に立ち、はるか下のプールに向かってジャンプする。それが決行の瞬間だ。目指す先にはボーがいる。歯医者のくせに、自分の腐った乱杭歯を平気で他人に見せる男。シカ狩りに最適な素晴らしい裏庭のポーチを宝の持ち腐れにしている男。ああ、気に食わない。

俺が思うに、一度何かアイデアを思いつくと、それをやめることも考え直すこともできないタイプの人間がいる。そいつらをやめさせる唯一の手段は、新たにより優れたアイデアを提供するか、ぐうの音も出ないほどの反駁で納得させるしかない。

ボーにとっては不幸なことに、夏が過ぎても、秋になっても、より良い新たなアイデアは俺の頭に浮かばず、やらない方がいいと自分が納得できる否定要素も見つからなかった。

十二月九日、シカ猟が解禁されて四日目。俺たちは狩りに出た。コーヒーにウィスキーを垂らしたくらいでは単なる気休めにしかならない、凍てつく朝だった。車を出したのはボーの方だった。ピカピカに磨かれた赤いシェビーのピックアップトラックだ。朝日がまだ昇らない午前五時半、俺たちは車を停め、森の中へと入っていった。

　持ってきた懐中電灯のスイッチをボーが点けるなり、俺はライト部分に手をかざした。

「暗い方がいい。どうせほどなく日の出だ。あと少しだけ、暗闇と静寂の時間を楽しもうじゃないか。いいだろう？」

「でも、自分がどこを歩いてるか見えないよ」

「道なら俺が知ってる」

　俺たちは、トウヒや白松といった針葉樹が生い茂るデリー・リッジの森の中を一時間以上歩いた。最初は、木材を切り出すための古い伐採道をたどり、しばらくして横道にそれた。横道は曲がりくねっており、注意していないとすぐに迷ってしまいそうだった。

　ボーは鮮やかなオレンジ色のベストを着ており、全てのハンティング用品が真新しかった。開店したての〈エース・ハードウェア〉で買ったばかりなのだろう。店員に勧められるがまま揃えたのか、ありとあらゆる小道具をぶら下げており、歩くたびに音を鳴らした。

　獲物を待つための隠れ場所に到着し、ボーは開口一番、「椅子を持ってくればよかった」と抜かした。隠れ場所は、極めてシンプルだ。節くれだった大振りのトウヒの枝をひっくり返せば、あっという間に自然のライフルレストができ上がる。切り株に腰掛けると、十五メートル先の小川と、その奥の広い空間が枝葉の間から見ることができる。これはこれで問題ないが、ボーの家のバックポーチとは比べものにならない。しかし、もうすぐあの快適なポーチからシカを狙い撃てるのだと思い、おのずと笑みがこぼれた。

まだ太陽が完全に昇り切らないうちに、俺たちは最初のビールを開けた。それでも朝日は、木々の隙間から木漏れ日となって降り注ぎ始めている。黄色がかった光の帯が、スポットライトのごとく周囲を照らしていた。

ボーは「今日も良き一日でありますように！」と、手中のビール瓶を俺のに当て、音を鳴らして乾杯したがった。だから、それに乗ってやった。言いたいことはたくさんあったものの、全て呑み込んだ。ビールを飲むときに、瓶やグラスをぶつけて音を立てるなんて、俺は大嫌いだった。

カチャ、カチャ、カチャ。

乾杯して瓶を鳴らすたび、「楽しい時間はまだまだ十分にあるんだ」と己に言い聞かせ、幸せな気分に浸れるとでも言うのか。そうとしか思えないほど、ボーは何度も同じことを繰り返した。

だが、俺はボーの血流にできるだけアルコール成分を注ぎ込みたかった。この男には、酒に酔ってだらしなく弛緩してほしい。だから、ボーが瓶を差し出すたび、俺の瓶を当てて音を鳴らしてやった。俺がそうしてやれば、彼は調子に乗ってビールを呷り、すぐに飲み終えてしまう。そして新しいビールに手を伸ばすのだ。思惑通り、酒が回ってきた彼の動きは、次第に緩慢になってきた。

「安全装置を外せよ」

俺は彼のライフルを軽く叩いた。「撃つ準備ができてから安全装置を外しましょう、だと？　そんなの女子供がやることだ。戦地では、真っ先に安全装置を外すんだ」

もちろん、そんなの嘘に決まってる。俺は実戦で銃の扱いを学んだ人間だ。しかし、ボーはそれを真に受けると知っていた。

案の定、ボーは安全装置に手を伸ばした。金属音がし、装置が外れたのがわかった。

彼は酒を飲み続け、アメフトチームのピッツバーグ・スティーラーズの話をした。歯科医療についてもあれこれ語り、もし五歳以上の大物を仕留めたら、一生歯科検診を無料にしてやると大口を叩いた。

それから静寂が流れた。彼が何かを言いたがっているのが感じ取れたし、俺自身、会話の後に気まずく黙り込むパターンが嫌いだったので、こちらから口火を切った。

「何か言いたいことでもあるのか？」

「ああ……聞いた話なんだが、戦地では、殺した相手の耳を、戦利品として切り落とした米兵もいたとか――。単なる噂だよな？」

ぶしつけな質問が俺の気分を害するかもしれないと思ったのか、ボーは弱々しく笑った。「君は見たことがあるのかい、人間の耳を削ぎ落としたって奴を？　勲章代わりに首にぶら下げてるとか？」

「いや、見たことはない」俺は首を横に振った。

「そうか。それは良かった。軍服を着て、切り取った耳をネックレスみたいに下げてる米兵なんて、あり得ないよな」

ボーはそう言って、またビール瓶を突き出してきたので、彼はにこやかに応じてやった。

おまえはそうやって、人の言うことをすぐに信じるのか？　おめでたい奴だな。

とにかく、米兵が耳を削ぎ落とさなかったことに乾杯だ。

ビール瓶が軽やかな音を立てると、彼は笑顔になり、腐った乱杭歯が露わになった。

ダメだ。もう我慢の限界だ。

手にしていたビールを飲み干しながら、俺は己を奮い立たせた。戦場から引き上げて以来ずっと感じていなかった興奮が、身体の奥から湧き上がってくる。手が震え、歯が鳴り、期待で胸が躍った。もうすぐ何が起こるか、知っているからだろう。

俺は立ち上がり、「ビールは飲んでも、あっという間に身体の外に出たがる」と背伸びをした。すでにここに来て、かれこれ二時間近く経とうとしている。

すると、「ビールを飲むのは、マス釣りみたいなもんだ」と、ボーが言った。

「どうして？」

「キャッチ・アンド・リリースだからさ」

マス釣りの〝捕まえて離す〟行為をビールに用いるなら、さしずめ〝飲んで出す〟だろうか。

彼はひとしきり大声で笑った後、俺がほとんど酔っていないとか、自分はまだ小便をしていないとか、何かぶつぶつ話していた。

ライフルを大枝に立てかけた俺は、五メートルほど藪の中を歩いて、太いオークの木の裏に周った。小便にはそれほど時間がかからなかった。ほとばしる液体が、オークの幹や森の地面を濡らしていく。少し酸っぱい臭いが鼻腔を突き、ブーツの足元には水溜まりができた。

ズボンのファスナーを上げ、目を閉じ、深呼吸をした。深く息を吸い、そして吐く。ゆっくりと、かつ長く。そのとき、半ばささやくような小声で、隠れ場所にいる奴を呼んだ。

「ボー、シカを見かけた。来いよ。おまえの獲物だ」

巨大なオークの木に視界をさえぎられているので、ボーの姿は見えないものの、彼が立ち上がるのは音と気配でわかった。それにぶら下げている小物類が風鈴のごとく鳴る。彼は一歩ずつ草を踏みながら、こちらに近づいてきた。

「ジャック、どこだい？」

不安げな声からは、目を細めて心配そうにこちらを探すボーが容易に頭に浮かぶ。おそらく彼は戦場にいる気分なのだろう。そう、これは狩猟初心者のボーにとっては、生と死がせめぎ合う戦同然だ。

俺は背中をオークの木に押しつけた。ボーの足取りは重かったが、早くシカを撃ちたくて待ち切れない気持ちも想像できた。相手は興奮と緊張が入り交じり、舌であの乱杭歯を舐め回しているかもしれない。そう考えるだけで、無性に腹が立った。

ふと視線を落とすと、地面に伸びたボーの影が近づいてきた。足音は、火がボッと燃え立つ音に似ている。いよいよ最後の一歩か。私は息を止めた。

「シカなんて見えないぞ?」

そう言ったきり、ボーは次の言葉を発することはなかった。なぜなら、俺がオークの木の陰から躍り出、彼が肩に担いでいたライフルの銃身を勢いよく摑んだからだ。ボーはしゃっくりみたいな笑い声を立てた直後に、目を丸くして一瞬信じられないといった顔をし、「これは趣味の悪いジョークなのか?」と考えているふうだった。

俺は銃を強く引っ張って下げ、その勢いでボーは前屈みになった。安全装置はすでに外されている。指が引き金を探り当てるや、俺は迷うことなくそれを引き、銃は火を噴いた。銃口がボーの顎の下にきつく食い込んでいたので、銃声は少しくぐもった音になった。まるでM80爆弾を食らったかのように、下顎は全部吹き飛び、後頭部にもぽっかりと穴が空いていた。肉や血管、骨、頭髪が血まみれになって、頭にできた穴からぶら下がっている。

発砲の衝撃で地面に銃尾を打ちつけたライフルは、その反動でボーの口の中を貫通し、彼は串刺し状態のまま、仰向けに倒れた。

ボーの顎、喉、地面……どこもかしこも鮮血で真っ赤に染まっている。そんなふうに損壊してもなお、ボーは息をしていた。ただし、かなり弱い呼吸で、穴の開いたストローでジュースを飲もうとしているときの音に似ていた。

相手の目はこちらを見つめていた。上唇──残っている唇は上側だけだった──は醜くめくれ上がり、あの腐った乱杭歯が丸見えになっている。

そして、彼の汚い前歯の上を舐めるように動いていた、あの舌も。

ボーは俺から視線を離さず、舌も数分の間、乱杭歯を舐め続けていた。

死ねよ、さっさと。

ボーの舌はさらに二回歯の上を滑り、その間も奴の目はずっと俺を捉えていた。ふと俺は、自分が息を止めていたことに気づいた。どれくらい呼吸していなかったのだろう。

俺が大きく息を吸うと同時に、ボーの舌はとうとう動きを止めた。

彼はようやく死んだ。

俺はハンカチを取り出し、ライフルの銃身を拭いた。ちょうど自分が握っていた部分を念入りに。それから隠れ場所に戻り、新たに開けたビールを三分の二、飲んだ。時計を確認すると、午前八時を十五分過ぎたところだった。

とっくに終えているべきだったのに。

あの腐敗した乱杭歯のせいだ。

奴の口から飛び出したなんとも汚らしい歯は、あまりにも人目につく。毎週日曜日になると、メソジスト教会の集まりで肉を嚙み、白身魚を貪っていた歯。そこでも彼の歯は、皆に見られていたに違いない。

突然、ボーの言葉が聞こえた。

君は見たことがあるのかい、人間の耳を削ぎ落としたって奴を？　勲章代わりに首にぶら下げてるとか？

心臓が飛び出しそうになったが、それは脳裏に蘇った声に過ぎなかった。

やるんだ、ジャック。

俺は自分に語りかけた。

おまえは梯子の最後の一段を上がろうとしている。身体を押し上げて、飛び込み台の端まで行くんだ。

しかし、私はまだそうしなかった。

ボーのハンティングバッグは、隠れ場所に置かれていた。俺は研いだばかりだと思われる曲刀をそこから取り出し、死体へと戻っていった。

奴の舌はだらんと垂れ下がり、顔色は土気色に変わっていた。

これが誰かわかる人間はいるか？

いや、いないだろう。

下顎は見事に吹き飛び、顔の下半分はどろどろになっていた。

死体の傍らにしゃがんだ俺は上唇をめくり上げ、曲刀の先を歯茎に差し込んでゆっくりと刃を前後に動かした。何度も繰り返しているうちに、腐った乱杭歯はグラグラと揺れ出した。

ボーのまぶたは開いたままで、死んだ目がいまだにこちらを見据えている。

再び、俺の頭にあの声が聞こえてきた。

君は見たことがあるのかい、人間の耳を削ぎ落としたって奴を？　勲章代わりに首にぶら下げてるとか？

「ああ、見たことがあるとも」と、俺はボーの問いに答えた。

手応えを感じて刃を捻った途端、歯が手の中に落ちてきた。俺は、水辺でその歯に付着していた血を洗い流した。腐った乱杭歯はまだ濡れていたが、俺は懐中時計用のポケットにしまった。

次いで、ボーの上着からトラックのキーを引っ張り出し、最後にもう一度、死体を一瞥すると、森の中を駆け出した。

赤いシェビー・トラックに戻ったときには、午前九時半近くになっていた。時間が予想以上にかかったのを除けば、ここまでは順調だったものの、初めて予期せぬ事態が起きた。奴のCB無線が壊れていたのだ。ボーはボランティアの消防士だったので、よもや無線が使えないとは思わなかった。この無線で警察に連絡するつもりでいたのだが、予定は変更だ。しかし、このくらいのことで計画が台なしになるとは思えない。罪滅ぼしだと思って、多少手間暇をかけてやろう。

俺は車のスピードを上げて町に戻り、レストラン〈フィッシュ&ゲーム〉を通り過ぎた直後に急ハンドルを切って方向を変えた。タイヤが嫌な音を立てて滑り、テラス席の客の視線がこちらに注がれるのがわかった。しかし、それでも別に構わない。俺がどれだけ慌てているかを印象づけておけば、あとでボーの一件がニュースになったときに、皆は合点がいくはずだ。だから、あんなに急いでいたのか、と。

警察署長の名前は、サープと言った。俺が署内に駆け込んだとき、彼はデスクに座っていた。

「緊急事態だ！」と、俺は大声を出した。自分の演技はなかなかのものだった。少し息を切らし、声がうわずった感じも上出来だったと思う。

「署長、事故が起きた！　ボー・リンが自分で自分を撃ちやがった。彼は、ああ、彼は死見たんでしまった。なんてこった！　俺は一部始終を目撃した。彼がどんなふうに倒れるかも見た――クソッ、現場は目も当てられない状態なんだ！」

ボーの肉体には、すでに山のようなヒアリがたかっていた。行列をなして喉に開いた大きな穴へ入り込み、鼻腔にも忙しなく出入りし、せっせと皮膚も眼球も突いている。彼が沈んでいる血溜まりで溺れているアリも何匹かいた。

サープ署長はしばらく死体を見下ろしていたが、タバコを一本取り出して火を点け、こう言った。

「もう一度、君が見たことを聞かせてくれ」

「俺はちょうどここにいたんだ。雄ジカが見えたんだが、俺はライフルを持っていなかった。小便をしていたんでね。そこで、小声でボーに獲物がいるぞと教えたんだ」

俺は記憶をたどりながら語り出した。本当の記憶だ。嘘は言っていない。「彼がここまで歩いてきたんだが、木の根っこに足を取られ、転びそうになった。全てがスローモーションのようだったよ。倒れる彼を見て、俺は叫んだが、どうにもならなかった。で、銃声が鳴って、彼と銃が地面に打ちつけられた。倒れた反動で、彼の上半身は起き上がったかに思えたが、血が噴水みたいに噴き出してるだけだった」

そこまで一気にしゃべった。結局、ほとんど見たままの事実を告げたことになる。

「彼を蘇生させようとしたか？」

署長の問いに、俺は眉をひそめた。

「蘇生も何も、喉がなくなってるんだぜ」

「手首の脈を確認したか？」

「だから、ボーはそのときすでに喉がなくなってたんだ」

サープ署長は俺をちらりと見た。

「おまえ、血が付着してるな」

尋問のようなその言葉にハッとし、俺は自分の手を見た。そうだった。俺は奴の乱杭歯を引き抜いたのだ。指先も爪も血で汚れ、その血は乾いていた。

「ああ、確かに。車のキーを探してボーの上着を漁ったからな。死体に触ってないとは言ってない。ただ、脈は確認しなかったってだけだ。顔の半分が吹き飛んでなくなってるのに、脈を確認しようなんて、普通思うか？　それに、俺は二メートルも離れていなかったんだ。彼が倒れたときに血飛沫が付いたんだろうな」

サープは黙ったまま、死体を見ていた。

「ボーが俺をここまで乗っけてきた。だから、キーは奴が持ってたんだ」

そう俺は付け加えた。そう言いながら、心の中で微笑んでいた。なぜなら、俺はすでに答えを知っていたからだ。「車を出すってしつこくてね。新しく買ったシェビーのトラックを見せたかったんだろうな」

署長はゆっくりと首を縦に振った。

「ボーらしいな」

それからサープはいろいろなことを語った。事件の報告の手順、森を管轄する部署への連絡、妻デボラのこと、俺との会話をテープに録音すること、この事件が如何に残念か、などを。彼は死体をこのまま置き去りにはしたくないようだったが、深い森の中では誰も見つけられないだろうということで、渋々と来た道を俺と戻り始めた。署長は部下の警察官を連れて、現場に戻ってくるらしい。ボーのライフルを拾い上げた彼は、これは署に持ち帰ると言い、それから俺のライフルも取り上げた。俺のも調べないといけないという。もちろん俺は理解を示した。

森を抜けて戻ると、ひとりの警官が待ち構えていた。パトカーに寄りかかって立っていた彼の横には、救急車が一台停まっており、救急隊員二人の姿もあった。

サープが彼らと話している間、俺は少し離れ、口をつぐんでいた。警官たちの会話を立ち聞きしても意味がない。

ふと、あの歯がポケットの中で蠢いている気がして、俺は急に落ち着かなくなった。ポケットに手を入れて確認してみたところ、乱杭歯は動いてなどいないとわかり、ホッとした。指先で歯をいじっていると、サープがこちらを呼ぶ声が聞こえたような気がした。もしかしたら、長いこと呼んでいたのかもしれない。

「ジャック！　聞こえてるか？」

「ああ」

　私は慌ててポケットから指を出し、振り向いた。「ちょっと悪寒がしてね。今頃になって、疲れが出てきたのかな」

「町に戻った方がいい」

「俺からデボラに伝えようか？」と、俺は訊いた。

「ああ、そうだった。ニュースが彼女の耳に入る前に、署から誰かを行かせる。無線で連絡し、レオナルドを向かわせよう」

　俺はボーのシェビー・トラックに乗り、その場を出発した。立ち去り際に、サープと警官、救急隊員が現場に向かうのが見えた。

　町に戻る前、〈ルシーズ・ロードサイド〉というダイナーに立ち寄り、ミートローフを載せたオープンサンドを注文した。サイドディッシュには、フライドポテトではなく、コールスローを選んだ。ほどなくレオナルド保安官補の車が、店の前を通過していった。おそらくデボラのところへ行ったのだろう。夫のボーが偶発的に起きた事故で命を落としたことを知らせに。

　午後二時を回る頃、レオナルドの車が通りを戻っていった。俺は会計を済ませ、〈ブルズ・タヴァーン〉に寄ってローリング・ロックのビールを一ケース頼み、死んだ男のトラックに再度乗り込んだ。

＊　　＊　　＊

デボラは言った。

「つまり、実行したのね？　本当に」

あの居心地のいいバックポーチに、俺たちはいた。半年前、この計画はこの場所から始まった。

太陽は沈みかけていた。冬の日没は気が滅入る。いつだって、こちらの心構えができる前に陽がなくなり、暗くなると同時に奇妙な霧が立ち込めるのだ。

谷間に住んでいると、朝から霧に包まれることもしばしばだ。顔の前に手をかざしても、ほとんど見えないほどの濃い霧。月が昇り、夜空の銀色のスポットライトに照らされると、森が緑色に霞む。

俺は五本目のローリング・ロックのビールを飲んでいた。

「レオナルド保安官補はなんて伝えたんだ？」

「ごくあっさりと。事実そのまんまを簡単に」

「泣いたふりとかしたのか?」

「涙は本当に出たわ。少しだけ」

「そうか」

俺は小さくうなずいた後、こう付け加えた。「保安官補は、俺のことをなんか言ってたか?」

デボラは首を横に振った。

「あんたが現場にいたってことだけ。怪しい人物とか、嫌疑がかけられている人がいるとか、そういう話は一切なかったわ」

彼女は立ち上がると、俺の膝の間にひざまずいた。指先や爪が俺の太ももに触れる中、デボラはうつむき、ジーンズのボタンに手をかけた。耳元にはグリーンのイヤリングが揺れている。なんとも艶めかしい瞬間だった。ところがそのとき、ボーのあの声が蘇った。

君は見たことがあるのかい、人間の耳を削ぎ落としたって奴を? 勲章代わりに首にぶら下げてるとか?

俺は無視しようとした――どうせ気のせいだ――。そのうち、デボラは俺を快感の中に引きずり込んだ。俺の胸板の上で彼女は手を滑らせ、俺が軍人時代からずっと身につけている認識票をそっと撫(な)でた。小さな金属板が揺れるのを見ていると、またボーが語りかけてきた。

君は見たことがあるのかい、人間の耳を削ぎ落としたって奴を？　勲章代わりに首にぶら下げてるとか？

今度はもっと強い調子だった。耳元で怒鳴られた感じに思え、俺は思わずデボラを押しのけていた。そして、洗面所に行くと言って席を立った。

洗面所のドアを閉めるなり、俺は急いでポケットに手を突っ込み、ボーの歯を取り出した。慌てていたのか、もう少しで歯を落とすところだった。

手のひらに載った黒い歯を見つめる。ただの歯――死物だ。

再び、ボーの声が頭の中で響いた。その声は大きく、家中に轟いているのではないかと思うほどだった。俺は洗面所を飛び出した。

ボーは地下室に小さな書斎を持っていた。彼が請求書を切ったり、収支の計算をしたりしていた場所だ。部屋の隅には、古い歯科用の椅子や治療器具が置かれている。

探し物が見つかるのに、さほど時間はかからなかった。私が探していたのは、小さなドリルだ。歯科用ドリルではなかったが、小型だったので、たぶん大丈夫だろう。

例の乱杭歯を指の間に挟み――ボーの血液がまだ少しこびりついたままだ――、回転するドリルを歯の側面に当てた。最初はゆっくりと削っていたが、徐々に回転数を上げた。途中で危うく戦利品を落としそうになった。

俺は首から下げていた認識票の鎖の留め金を外し、歯に開けた小さな穴に鎖を通そうとした。これが意外と難しく、息を止め、全神経を指先に集中させねばならなかった。しかし、なんとか歯に鎖を通すことができ、戦利品付きの認識票を首に掛け直すと、心から安堵した。

　地下室から上階に戻り、冷蔵庫から六本目のビールを取り出す。さっきまでと比べ、踏み出す足はしっかりと地に着いている気がした。歩くたびに、胸元で歯が弾んだ。

　サープ署長が外にいた。

　彼はポーチに立っていた。広い裏庭と森への入り口を背にして。外気は冷たく湿っており、その吐く息が月明かりの中でくっきりと白く見えた。

　デボラは俺をちらりと見た。口は固く結ばれている。俺は笑顔を浮かべた。胸の肌に触れる金属の認識票とあの腐った乱杭歯と同じくらい冷ややかに。

「ジャック」

　署長は警官らしくうなずいた。警官は、会釈の仕方まで学ぶのだろうか。

「ジャックはボーのトラックを返しに来てくれたの」

　私がここにいる理由をデボラは説明した。しかし、説明する必要などない。この日、全ては完璧だった。まさに勝利の一日だ。

　俺はサープ署長に大きく破顔してみせた。

「署長、ビールはどうです？　持ってきますよ」

彼は首を横に振り、彼女に訊いた。

「デボラ、座ってもいいかな？」

彼女は「もちろんいいわよ」と答え、署長は分厚いコートの裾をまくって椅子に腰掛けた。

「私がここに来たのは、ボーの死体が現場から消えていたと伝えるためだ」

一瞬その言葉が理解できなかったのか、デボラは目を白黒させた。

「どういう意味？」

「現場にあった死体がなくなっていたんだ」

そう言ったサープは俺を見上げた。「ジャック、君が帰った後、何人か引き連れて現場に戻ったんだが、ボーの死体が消えていた。そこには死体はなかったんだよ」

胸に触れる歯の存在を改めて感じつつ、俺は口を開いた。

「ツキノワグマか？」

サープは小さくうなずき、肩をすくめた。

「地面には血の痕がずっと続いていたが、死体が引きずられたようなものではなかった。皮膚片が少し残っていたくらいで。あ、デボラ、聞きたくなかったら――」

「大丈夫。私は平気」と、デボラは気丈に返した。

「血痕は小川まで続いていたが、その先は――」

署長の説明は続いていたものの、俺の耳には何も言葉が入ってこなかった。胸の中で、俺は笑っていた。

というよりも、予想外の結果に歓喜し、ヒステリックに叫んでいた、と言うべきか。

これ以上の展開があるだろうか。

同じ日に二回宝くじに当選するようなものだ。男を殺し、警察署長が現場検証して何が起こったかを確認したところで、死体が消えたのだ。調査すべきものが、もはや何もないではないか！

サープとデボラは何やら話し合っていたが、俺はところどころしか聞いていなかった。州警察はさらなる物証の発見に努める、と署長が約束し、狩りに出ている誰かが主人を見つける可能性はある、と彼女は彼女で憶測を語っていた。

俺はバックポーチ――すでに〝俺のハンティング用隠れ場所(ブラインド)〟と呼んでいいのかもしれない――から森の奥を眺め、俺にはデボラが必要なのか、必要ならばその理由は何かと考え始めていた。彼女と一緒にいて楽しいことは楽しいのだが、その声は少し甲高(かんだか)くて耳障(みみざわ)りだし、髪の毛はいつもパサパサで藁束(わらたば)みたいだ。

まあ、彼女に乱杭歯がないのはいいことだ、と俺は思った。そうでなければ、彼女もただちに吹き飛ばしていただろう。そんなふうに勝手に想像を膨らませていたら、いつの間にか大声で笑っていたらしい。サープとデボラが呆然(ぼうぜん)とこちらを見ているのがわかり、それを見て、俺はますます笑い声を立てた。

たぶんデボラをなんとかすべきだろう。そして、森にまっすぐに続く草原を見渡せる素晴らしいこのポーチを、完全に俺のものにしてやる。

そのとき、俺は白昼夢から覚めた。夢見心地の高揚感が不穏な動揺に変わっていく。森の方で何かが動いたのだ。オークの木がまばらになっている辺りだ。

何かが森からやってくる。

白尾シカだろうか？

いや、違う。

ポーチから森までの距離は、およそ二百メートル。目を凝らしてみたものの、よくわからない。すると雲の動きが変わり、周囲の霧が若干晴れた。俺には、森で蠢く何かが見えた。

——あれは人間だ。

その人物は木々の合間を抜け、草地へと降りてきた。足取りがひどくぎこちない——致命傷は受けなかったものの、足を撃たれてバランスを崩した雄ジカのようだ。

見ているのは、俺だけだった。サープ署長は家の方に顔を向けてテーブルについていたし、デボラは彼の横で話し込んでいる。俺だけが裏庭を見つめていた。

あれが何なのか、見当もつかない。どう説明すればいいのかもわからなかったので、何も言わなかった。

しかし、俺の心拍数は急上昇していた。ギアが二速から三速に入り、どんどん加速していくように。やがて息が切れ切れになってきた。

「ジャック?」

サープの目がこちらを捉えている。「ジャック、今日はもう暗すぎるから、明日の朝一番で捜索隊を出す。君も参加してくれ」

「了解」と、俺は短く答えた。

「君が参加し、我々に協力してくれれば、容疑を晴らすのに大いに役立つだろう」

「容疑だと?」

俺は聞き返したが、返事は聞こえなかった。空を覆っていた雲が動き、黄色い月が顔を覗かせた。一瞬、視界はさらにクリアになった。

家から百五十メートルほどの場所で、鮮やかなオレンジ色のベストが見えた。他にこれといった特徴はなかったが、あのオモチャみたいなベスト――〈エース・ハードウェア〉で買ったばかりの代物(しろもの)――がそいつの胸で、月明かりを受けて反射している。

あれはボーだ。

俺は空気を吸い込み、サープからデボラへと視線を移した。そして、待った。何を待っているのかわからなかったが、待った。おそらく、この手の込んだかに見えた、狂気に満ちた計画の犠牲者が、実は俺だったと気づかされるのを待っていたのかもしれない。

　しかし、彼らは平然と話し続けている、
　俺の心は、突然石を放り込まれた湖面のごとく乱れた。とはいえ、俺は気が触れたわけではない。石を投げたのはボーだ。俺の理性は激しく揺り動かされた。とはいえ、俺は気が触れたわけではない。しかし、俺がイカれていないのなら、どうして俺が殺した男が森から向かってくるのが見えてるんだ⁉

　俺は勘違いしていたのか？　本当は彼を殺していなかったのか？

　違う！　そうじゃない！　サープ署長はボーの死体を確認した。血の海に倒れていた無残な姿を。そして、俺はあのときボーの上に屈み込み、曲刀を歯茎に刺して腐った乱杭歯を無理やりほじくり出したはずだ。そうだよな？

　俺は首に指を滑らせ、認識票のチェーンをわずかに引っ張ってみた。歯が揺れて胸に当たる。ほら、そうだとも。奴の乱杭歯はここにある。だから、あれは現実に起きたのだ。

　乱心者の妄想ではない。

　なのに、だ。ボーは徐々に近づいてくる。

　俺はこの場を立ち去りたかった。いとまを告げて死んだあいつのトラックに向かい、中に乗り込み、エンジンをかける。そして車を走らせるんだ。オハイオ州まで。州境を超えても、運転をし続ける。何が起きたのか、知らずに済む場所まで。

　あるいは、サープが帰るべきだ。とっとと出ていけよ。署長はダラダラとここで何をしてるんだ？

　ところが、署長とデボラの会話が終わる気配はなかった。彼らの声が、はるか遠くから聞こえてくる気がする。俺は再び口を開け、何かを言おうとした。夜も更けてきたので、お開きにしよう、とか。しかし、俺は話せなかった。言葉が喉にへばりついて出てこない。

サープ、帰れ！　車に乗って、さっさと失せろよ、この野郎。

　静かな夜だった。中心部からは数キロ離れ、近所に民家は建っていない。サープとデボラが一瞬でも黙ってくれれば、ボーが草の中を進む音が聞こえるのに。

　二人にはあの足音が聞こえないのか？　彼らが振り向けば、あの男が見えるはずだ。

　だが、デボラたちは振り向かなかった。

　そして、ボーはどんどん近づいている。

　六十メートル。

　それ以下か。

　奴の口も見えた。パックリと割れている。もう腐った乱杭歯はない。

　突然腕が叩かれ、俺は我に返った。叩いたのはサープだった。

「ジャック、おまえは未亡人を訪ねるときはいつも、ビールを買ってくるのか？」

「え？」

　唐突な質問で驚いたが、俺はすぐに頭を振った。「いや、こいつはデボラのだ。冷蔵庫から持ってきた」

「違うな」

サープは片眉を上げた。「私は〈ブルズ・タヴァーン〉に寄ったんだが、マイクが言っていたぞ。おまえが少し前に来て、ビールを一ケース買っていったと」

「――ああ、そうだ。すまない。ちょっと俺、どうかしてた……」

サープは目を細め、こちらをじっと見ていたが、やがてもう一度腕を叩いてきた。

「おい、おまえはナンシーが死んだとき、俺にスコッチを買ってきたじゃないか」

そう言って、署長は短く声を立てて笑った。

彼の言う通りだ。俺は署長の妻の訃報を聞き、励ますためにスコッチを持っていったのだ。

無線から、声が漏れてきた。正確に聞き取れなかったのだが、どういうわけか、たったひと言、「死人、死人、死人」と繰り返されている気がした。

その言葉を聞き、再び男の姿に目をやった俺の正気は、音を立てて崩れた。

これは現実だ。

ボーが向かってくる。

よろよろと歩き、死ぬ間際にそうだったように、時折身体を痙攣させながら。

もはや家まであと三十メートルのところまで迫ってきていた。俺はふと、奴の服の色が暗めになっていることに気づいた。そうか、小川で濡れたのか。

俺は視線をサープに戻し、それからデボラに移した。彼らの会話はまだ続いており、今後の展開や捜索のこと、葬式はすぐにやるべきか、それとも待つべきかなどを話し合っている。呑気な二人を見て、俺の頭は破裂しそうになった。

あそこだ！　あそこを見ろよ！　俺はボーを殺したはずなのに。サープ、振り返って、後ろを見てくれ！

何かが聞こえた。

初めてボーのうめき声が耳に届いた。

かなり硬直しているのか、彼はやっとのことで両腕を上げた。腕をこちらに差し出す様子は、何かを求めているようにも見えた。

まさか。あの乱杭歯か？

返してほしいのか？

そうなのか？

俺の憶測はあながち間違いではないのかもしれない。今、胸元の歯が燃えるように熱くなっている。

のろのろと、だが着実に歩み寄ってくる皮膚の剝がれた屍もどき。

無縁から垂れ流される「死人、死人、死人」と連呼する声。

延々と居座り続け、帰る気配を見せないサープ署長。

そして、**俺の肌に密着する醜悪な黒い乱杭歯。**

俺はボーをじっと見つめた。大きく開いた口に何が残っているのかを見据えるために。

不気味なうめき声を上げる彼に、俺は我慢の限界だった。戦慄が全身を貫き、身体の奥底から叫び声が上がってきた。感情を爆発させた俺は、椅子を倒し、ビールをこぼし、胸を掻（か）きむしり、罵（ののし）りの言葉をわめき、認識票を引きちぎってテーブルの上に叩きつけた。まるでポーカーで負けて逆上した人間がやるように。

認識票の鎖には、戦利品が付いていた。

そう、ボーの歯だ。

「いい加減、あれを見ろ！」

俺はサープに怒鳴りつけた。その声はどこかボーに似ていた。

「人間の歯を抜く奴がいるかって？　しかも、勲章代わりに首にぶら下げてる奴が？」

沈黙が流れた。

サープの目はこちらを捉え、デボラの口はOの形になっている。

それらから二人は気がついた。テーブルの上の変色した何かに。サープは俺をなだめるように左の手のひらを上げつつ、腰のリボルバーに右手を伸ばした。

しかし、俺の動きの方がすばやかった。落ちていたビール瓶を拾ってサープの顔に叩きつけ、さらに頬を数回殴った。相手は椅子から転げ落ち、俺はここぞとばかり喉に割れたボトルを突き刺した。

デボラは悲鳴を上げた。

俺は急いでサープのホルスターからリボルバーを抜き、ポーチの外れまで飛び出した。ごく自然に、俺は大きく破顔した。ずっとこの瞬間を待っていたのだ。このバックポーチから〝狩り〟をすることを。自分でも驚くほど大きな笑顔だったので、きっと曲刀で耳から耳まで切り開いたかのように見えただろう。

その日に殺した男をもう一度殺すため、俺は銃を向けた。人間とは思えないこの不気味な存在は、すでに家まで二十メートルという場所まで進んでいた。引き金を引くと同時に、手の中で銃が激しく揺れ、弾丸はボーの胸に命中した。

被弾の衝撃で奴はよろけたものの、その動きを封じることはできなかった。再び足を前に出し始めたではないか。

さらに二回引き金を引いたものの、ボーは執拗に歩み続けている。これは一体どういうことだ？　何がなんだかわけがわからない。俺の脳内では、悪夢のような考えが火山の噴火のように噴き出していた。俺は前に踏み出し、ポーチから草地に降り立った。あの男のそばまで行き、どうやってまだ生きていられるのかを確かめなければならない。

あるいは、生きていないのか。

奴の周りにはハエがたかっていた。その姿は、へべれけになった酔っ払いが帰宅しようとしているふうだった。ああ、やはり喉などない。顔はヒアリにびっしりと覆い尽くされ、皮膚の大半が食われてしまっている。もはや、よちよち歩きの赤い肉塊でしかない。ボーがうめくと、上唇がめくり上がり、紫色に腫(は)れ上がった歯茎の下に空洞が見えた。そこはかつて、俺が抜歯した乱杭歯があった箇所だ。

俺はリボルバーを構え、心臓に狙いを定めて引き金を引いた。距離が近かったせいもあり、今度は拳大(こぶしだい)の穴が開いた。それなのに、ボーはさらに大声でうめき、ズルズルと足を引きずってまだ前進し続けている。

背後で足音がしたので肩越しに見ると、デボラが走り出していた。彼女は車の方へ駆けていく。きっと逃げ出す気なのだろう。俺は最後の二発をボーの胸ぐらに撃ち込んだものの、なんの抑止力(よくしりょく)にもならなかった。両の手を俺の方に伸ばし、奴はどんどん近づいてくる。白くベトベトとした気持ち悪い腕だった。残った歯で俺に嚙みつこうとしている気さえした。

俺は後ずさりしたものの、草で足を滑らせ、仰向けに転んでしまった。起き上がるよりも先に、すぐそこまで来ていたボーが覆いかぶさってきた。下顎も喉もない奴の顔からしたたるよだれと血が、俺の顔にボタボタと垂れてくる。こいつは人間じゃない。邪悪な化け物だ！　ボーに爪を立てられ、俺は必死で悶(もだ)えた。やはりこいつは、俺に嚙みつこうとしている。

だが、ボーの前歯が俺の顔に突き立てられる直前、轟音とともに奴の頭部が破裂した。

俺は半泣きでガクガク震えながら、身体の上の肉塊を取り払った。無我夢中で身を翻し、両足で立ち上がると、ひどいめまいで地面が回転して見えた。これは夢なのか。もうすぐ夢から覚めるのか。本気でそう考えていた。

振り返った俺の目に飛び込んできたのは、ポーチで仁王立ちになっているデボラだった。その横には、サープが乗りつけたパトカーがあり、ドアが開いたままになっている。彼女は、ボーのライフルを握っていた。サープが現場から回収したもので、銃身の先は血糊が付着したままだった。

ああ、デボラ。助かったよ。君は命の恩人だ。なんて礼を言っていいか。全くなんて一日だ。だが、俺たちはこの地獄を乗り越えた——伝えたい言葉が次から次へと浮かんできた。しかし、それを口に出す前に、デボラの手の中で猟銃が跳ね、発射された銃弾は俺の腹を引き裂いた。吹き飛ばされた俺は、そのまま後頭部から地面に落ち、物言わぬ骸と化したボーの真横に崩れ落ちた。

草を踏む足音が近づき、デボラが俺たち二人を覗き込んだ。彼女は薄ら笑いを浮かべ、興味深げにこちらを見下ろしている。狂気に満ちた恐ろしい表情だった。彼女は誰に問いかけるでもなく、こう言い放った。

「ああ、ひどい。これを見た保険会社の担当者はなんて言うかしらね」

次第に俺の視界は曇り始めた。どうやら、また霧が濃くなってきたらしい。夜空に浮かぶ月はあんなにきれいだというのに――。

灼熱の日々

キャリー・ライアン

THE BURNING DAYS

キャリー・ライアン
Carrie Ryan

PROFILE

『The Forest of Hands and Teeth』シリーズをはじめ、『Daughter of Deep Silence』『Infinity Ring : Divide and Conquer』などで知られるニューヨーク・タイムズベストセラー作家。最近は、夫で作家のジョン・パーク・デイヴィスとの共著のマジカル・アドベンチャー『The Map to Everywhere』シリーズを手掛けている。彼女の処女作『The Forest of Hands and Teeth』は映画化の企画が進行中。夫とたくさんのペットとともに、ノースカロライナ州シャーロットで暮らしている。

HP：www.carrieryan.com/

Twitter：@carrieryan

いずれ、火が燃え尽きてしまうことは誰もがわかっている。残された燃料はあとわずかだ。雨は非常な脅威だけれど、もう何日も降っていないのだから、いつ雨が降ってもおかしくない。要は時間の問題なのだ。

しかしその後、何が起きるかは訊ねるまでもない。どうせ私たちは死んでしまうだろう――ひとり残らず。運が良ければ、死はすばやく訪れる。運が悪ければ……喉を齧られる間、それがどんな感触なのかを思い知らされることになる。

最悪の運命なのは、あいつらのようになってしまうことだ。損壊した肉体を引きずって歩く、生きた屍のように――。

夜間の奴らは、揺らめく炎の奥に広がる闇で蠢く影の一部に過ぎなかった。しかし、日中となると話は違う。連中の姿がはっきりと目視できるからだ。皮膚がめくれた大きな傷口からは赤い肉が覗き、陽光の中で濡れたように光っている。

早い段階でヘンリーの車が爆発したのだが、それがきっかけで、奴らが火を怖がることに気づいた。つまり、小屋をぐるりと囲むように物を燃やし続ければ、向こうが炎を越えてこちらに来ることはない。まずは簡単なものから始めた。埃だらけのカーテン、ボロボロの毛布、カビの生えた引き出しに長いこと収納されていた衣類などだ。それらを積み上げ、炎を高く上がるようにした。しかし、そのやり方では、あっという間に燃え尽きてしまうことがわかった。

私たちは頭をひねり、やみくもに物を燃やすのではなく、もっと賢いやり方を試みるようになった。家具を壊し、その木片を広げた上で火を点けるのだ。それ以来、火は轟々と音を立てて燃え盛るほどではないものの、安定して炎が上がっている状態を保てるようになった。我々はローテーションを組み、交代で火の番をした。六人いたときは二人ずつ組みになり、たとえ三、四時間だったとしても、まとまった睡眠を取ることができた。ところが今は四人になってしまい、まともに寝ることもままならない。この三日と半日で、私が眠ったのは五時間くらいだ。とはいえ、火の番をする時間が長くなったのを不満に思っているわけではない。そもそも、外にあんな連中がいるのに、のうのうと眠ることなど不可能なのだ。遠巻きながらも、死人の大群に囲まれているのだから。

このままでは、自分たちが奴らの一員になるのも時間の問題だった。ひと部屋ずつ火にくべられる物を片っ端から掻き集めてきた今、家の中が空っぽになるのもそう遠くない。それはすなわち、こちらが奴らの仲間入りすることを意味している。すでに一階の可燃物はほとんど漁り尽くしており、二階も似たような状態になりつつあった。もはや小物や衣服、家具だけではなく、木製であれば、壁、床、下地材に至るまで、建物を破壊してまで燃やしてきた。絶対に火を絶やしてはいけないのだ。

炎の貪欲さには、ほとほとうんざりしている。与えても与えても、火は際限なく全てを呑み尽くす。あっという間に燃え種は灰と化し、焚き物も残り少ない。自分らができることもどんどん少なくなってきている。

「私たちもルースとアンディと一緒に行くべきだった」

そう嘆くレイニーは、階段に背を向け、ポーチに座っていた。彼女の手は、膝の上に置いたショットガンを何気なく弄んでいる。まだらに赤い染みができた乾いた地面を見つめる目は虚ろで、煤だらけの頬には、涙の痕が彗星の尾のように付いていた。「今頃二人は守衛詰所に到着しているはずよ」

私は顔を上げ、ロバートと視線を合わせた。彼は私が支える梯子に上っており、家の外壁の羽目板を剝がしているところだった。私も彼も、今朝、ルースを見たことをレイニーには話していなかった。ルースの顔の半分は削がれ、片腕はなくなっていたが、それでもまだ彼女だとわかった。ルースはここを発つ前、夜に山を降りることになった場合の防寒用として、私のジャケットを借りていったのだ。

――ここじゃ、上着なんて必要ないでしょ。火で暖を取れるんだから――

そう言ったルースの言葉が思い出される。

つまり、私が貸したジャケットが目印となり、たまたま見つけた化け物がルースだと判別できたのだった。奴らと同類になってしまった彼女だったが、まだあの上着を羽織っていた。肩からボロボロに裂けて、半ば垂れ下がっている状態になっていたが。ルースが私のジャケットを着てここから去ったことを、レイニーは知らなかったのだ。

そもそも、私のジャケットがどんなものかも、レイニーは覚えていないだろう。

足を引きずりながら歩く死体の群れの中に、再びルースの姿を認められないかと私は待ち続けていたが、レイニーは見る価値すらないと言い、決して奴らを近くで見ようとはしなかった。

ある意味それは、現況を生き抜くための彼女なりの知恵なのだろう。現に、彼女は火の番をしていないときには実際に眠れているのだから。レイニーは、彼女の親友とその親友の恋人はまだ生きている――というか、おそらく安全だと信じてやまない。二人は非常に頭が切れるのだから、と。

彼らと一緒にここから出ていくべきだったのかは、早かれ遅かれ議論せねばならない。ロバートがレイニーに何か言い出すかもしれないと思ったので、私はそれを待った。しかし、彼は歯を食いしばり、羽目板の釘（くぎ）を黙々と抜いている。ポーチ側に貼（は）られた羽目板のほとんどはすでに剝がされていた。羽目板は燃え方が速く、うねるような黒煙を上げた。煙は大きな雲状の塊（かたまり）となって風に乗り、近くの木々の枝葉に絡みながら流れていく。

前日の晩、ロバートとレイニーはかなり激しく口論した。結果的に、彼女は「もうあなたは私を愛してなんかいないのよ！」と泣きわめき、彼もブチ切れて、皆の前で「この世がこんなふうにならなかったとしても、この旅が始まる時点でおまえと別れておくべきだった」と言い返す始末。それ以来、二人は険悪なムードのままで、ここには緊迫した空気が流れていた。

「ねえ、今からだって彼らを追いかけられるわ。まだ遅くない」

床から一段高くなっているところに腰掛け、レイニーは同じ主張を繰り返している。「今夜、守衛詰所まで行ってみましょう。あの二人は暗闇の中、ペースが遅くなっているはずだから」

「いや、それはない」

ヘンリーが強い口調で反論し、家の右手の炎に羽目板を一枚放り投げた。彼は額に光る汗を腕で拭い、拭ったところに黒い煤の筋が付いた。

「とにかく、今すぐ出発しましょう」

レイニーはそう提案したが、誰も取り合わなかったので、さらに付け加えた。「私は真剣よ。ここで待っても、あいつらの数が増えるだけだわ！」

「レイニー、もう手遅れだ」

剝がした羽目板を私に手渡し、ロバートはようやく口を開いた。私は、その板を庭の山積みになっている木材のところまで運んだ。

「昨日も同じことを言ってたじゃない！」

レイニーは叫んだ。「おとといも！」

大きく振られる手に、苛立ちが表われている。「もうあれこれ考えている場合じゃないのよ。わかってるでしょう？　燃やせる物はじきに底をつく」

「ありがたいね。疑う余地のない事実を指摘してくれて」

嫌味たっぷりに返したロバートに、レイニーは歯ぎしりをして言った。

「あなたのその態度が問題なのよ。もし本当にそれが疑う余地のない事実なら、ここを発つべきという私の意見に賛成するはずだわ」

「まだ二階の半分と屋根裏部屋が残ってる」と、横からヘンリーが指摘した。

「そう？　それってどれくらい持つのかしら？　あと二日？　せいぜい三日ってところ？」

レイニーは皮肉を込めて問いかけ、その場の空気は重くなった。紛れもない現実が突きつけられた瞬間だったからだ。

「少なくとも、ここにいれば安全よ」と、答えるのが私には精一杯だった。脳裏にルースの無残に裂けた顔が蘇る。

いつもならレイニーは、当たり障りのないことしか言わない私を無視するのだが、今回は私を睨みつけ、片眉を上げた。「あら、そうなの？　この状態が安全ですって？」

私は赤く燃える炎の防壁と、その向こうでうろつく屍たちに目をやった。奴らがやってきた最初の晩は、今でも忘れられない。初めは、ほんの数体だった。何が起きているのか必死に理解しようと苦悩しながら、私たちはなんとか奴らを叩きのめすことができていた。そのときはまだ、非常通信無線を見つけて作動させる前で、連中が蘇った死者であることもわかっていなかった。とにかくあいつらは、至るところにいた。

街は最悪の状態になっている、と私たちは知った。ほとんどの市民が、最初の晩すら生き延びられなかったらしい。私たちが生存できたのは、ただ単に、この場所が田舎で人口が少なかったからだろう。

とはいえ、いずれ死者たちは、私たちを見つけてしまうだろう。事実、木立を抜け、火の手前の開けた場所でたむろする死者たちの数は、日に日に増えていた。

果たして、事態が好転することなどあるのだろうか？　もちろん、あり得る。しかしながら、その逆――状況のさらなる悪化――も起こり得る。少なからず、私たちは連中との距離を保つ方法を考え出した。この小屋は安全だ、目下のところは。

今でも寝ようとすると、永遠に明けないのではないかと思われた最初の夜の光景が頭に浮かんでくる。窓ガラスを引っ掻く無数の指。ドアの向こうから聞こえてくる不気味なうめき声。その記憶が鮮やかに蘇るたび、私の胸は潰れそうになり、恐怖で息ができなくなる。いつの間にか、梯子を摑む私の拳に力が入り、指が真っ白になっていた。ロバートがポーチまで降りてきたとき、さり気なく私の手を撫でたので、彼はそのことに気づいていたに違いない。

「いいか」と、ロバートはレイニーに向き直った。「俺たちは、ここに留まるのが最善策だという結論に達したんだ」

その言葉を聞き、彼女は絶望的な表情になった。

「だって、そのときは、いずれ救助が来るだろうって思っていたんだもの。今とは状況が違う」

「助けが来る可能性はゼロじゃない」

そう言い返したのはヘンリーだった。

レイニーは首を横に振り、ヘンリーの方にクルリと顔を向けた。

「救助に来られるのなら、今頃とっくに来てるはずだわ。そう思わないの？　それとも、私たちが起こしている火煙が煙幕となって、救助隊が私たちを見つけられないのかしらねえ」

確かに、今も救助が来ないのは、どう考えても良い兆候とは言えない。ますます空気が重くなった。

「ここにいれば、まだ複数の選択肢があると思いたいだけでしょう？」

訴えかけるような口調で、レイニーは言葉を続けた。「今の私たちに、選択肢なんてもうないのよ。燃やせる物が少なくなっているってことは、同時に、私たちに残された時間も少なくなってるってことなんだから！」

　嗚咽を堪える彼女の頰を、涙が伝って落ちていく。「私たちがこのまま生き延びられるか、それとも死んでしまうのかと、不安でたまらない……もう限界だわ」彼女はショットガンを床に落とし、家の中へ駆け込んだ。

　ロバートは苛立ち紛れにひとしきり髪を掻きむしった後、大部分の羽目板が剝がされてひどい姿になったポーチの壁に額を押しつけた。私は頭を抱える彼の背中に、そっと触れてみたい衝動に駆られた。きっと相手の心臓の鼓動に合わせ、私の指がかすかに上下するのがわかるだろう。

　しかし、そうする代わりに私は立ち上がり、ロバートとヘンリーを交互に見た。自分がひどく無力で、臆病者だと感じる。

「彼女の言うことは正しいわ。そうでしょう？」

　私は二人に問いかけた。「この状態は、どう考えても行き詰まってるもの」

「まだ、そこまでひどくない。打開する道はあるはずだ」

　そう答えたロバートの物言いは、レイニーと話すときと違い、柔らかだった。

　彼の「まだ」という言葉に胸が締めつけられた私は、一歩前に踏み出した。ただ単に、そうすべきだと思ったのだ。幾度となく繰り返し想像したように、ロバートに手を伸ばし、壁に相手の身体を押しつけ、本能に全てを委ねる——。

世界が終焉しようとしている今、何が起きても誰も気になどしないだろう。

しかしそのとき、ロバートがこちらに身体を向き直したので、私は不自然な近さで彼の前に立つ形となった。ああ、このまま彼が私の腕を摑み、抱きしめ、キスをしてくれればいいのに。

私は頰がカッと熱くなるのを覚え、視線を落とした。彼を見つめていると、身体を重ね合う妄想で脳内が支配されそうになるからだ。微妙な立ち位置を弁明すべく、私は最も安易な言葉を選んだ。

「レイニーと話をしてくるね」

そして、あたかも最初から彼の前を素通りするつもりだったかのように移動した。

自分でもわかっている。確かなことがあるとしたら、それはたったひとつだけ。私たちが全員で力を合わせない限り、生き延びられるチャンスは得られないということだ。前の日も、ロバートとレイニーの関係が壊れたのに、私がそこにつけこまずに、二人の間を取り持って仲を修復させようとしているのもそのためだ。あのときのレイニーは、私の肩に身を寄せて泣いた。そして、自分と別れようとしているロバートがいかに愚か者かを延々と訴え続けていた。

今、二階にいる彼女は傷心しているというよりも、憤慨していた。部屋の中を落ち着きなく歩き回り、手を固く握りしめている。そして、向こうが私を認めるや否や、愚痴が噴き出した。

「ロバートにここに残るよう、説き伏せられた自分が信じられないわ。私はあのとき、ルースと出ていくって決めていたのよ」

レイニーは一旦大きくため息をつき、さらにまくしたてた。「一緒に来てほしいと彼女に懇願されたのに、私は断った。ロバートのためにね」

厳密に言えば、私が寝る時間で、レイニーが火の番をする時間になっていたが、今の彼女には、そんなことはどうでもいいのだろう。彼女が不満を吐き出し続ける間、私は窓の外に目をやり、心の中で数を数え始めた。昨日、森を抜けてやってくる死人の群れの数は、ほぼ一定に保たれていたが、今は様子が違う。明らかに数が増えている。あの屍たちがどこからやってきて、それが何を意味しているのか、私にはさっぱりわからない。ただ、連中を見ているだけで肺が縮まった感じになるので、過呼吸を予防するために、呼吸に神経を集中させる必要があった。

ふと我に返ると、レイニーの非難の言葉はやんでおり、彼女は黙ってこちらを見つめていた。あたかも私の存在に初めて気がついたみたいに、きょとんとした顔をしている。彼女は何かを待っているようだった。聞き逃していたが、私は彼女に質問されていたらしい。

「ねえ、なぜあなたはルースとアンディと一緒に行かなかったの？」

レイニーはそう訊ねた。おそらく同じ問いを繰り返したのだろう。

私は気まずさを感じ、足をぎこちなく動かした。そもそも、私はこのグループにとっては余計な参加者だった。他のメンバーから見れば、ヘンリーの弟が参加できなくなった直後にちゃっかり旅に加わった、いてもいなくてもいい人間なのだ。返事に戸惑っている私に苛立ったのか、レイニーの眉間に見るみるうちにシワが寄っていく。私はゴクリとツバを呑み込み、もしかして彼女はこちらの秘めた想いに気づいているのだろうかと訝しんだ。

彼女は頰を緩めた。だが、その笑みは決して友好的なものではなかった。

「そっか。あなたも、ロバートのために残ったわけね」

私は目を剝いた。速まる心臓の鼓動が肋骨越しに感じられる。レイニーから視線を外すことができない。

すると、彼女は声を立てて笑った。

「安心して。あなたの秘密は黙っておくわよ。でも、大した秘密じゃないけどね」

顔をしかめた私を見て、彼女はもう用はないと言わんばかりに手を振った。

「私の彼氏に恋心を抱く新入生ひとりにつき、一ドルもらえたら、もっと素敵な山小屋を借りられたでしょうね」

「……元彼氏でしょう?」

そう訂正したものの、自分の声が上ずったのが気に入らなかった。

　レイニーは平然とこう返した。

「一時的に喧嘩別れしただけよ。そのうちヨリを戻すわ。今までもそうだったように」

　彼女の表情が少し柔らかくなり、こう続けた。「この世は終わる。誰もひとりで死にたくない。きっとロバートもそう思ってる」

　その瞬間、全員で力を合わせることが、今一番大事なのだということが頭の中から飛んでいた。私は単に、自分と同じように彼女も傷つけばいいと願った。気がついたときには、うっかり言葉を滑らせていた。

「ルースは奴らと同じになってたわ」

　レイニーの目が大きく見開いた。一瞬、彼女は私の言葉を理解できていないようだった。もはや、言い繕うには遅すぎた。後戻りはできない。真実を明かしたことが正しかったのだと自分を納得させるべく、私はさらに付け加えた。

「今朝、彼女を見たの」

　私は窓の方を指差した。「炎の向こう側で、他の連中と一緒に群れていた」

　レイニーが事態を把握しているかどうか定かではなかったので、私は決定打を打った。

「ルースは死んだのよ」

　レイニーは口を大きく開けたが、なかなか言葉が出てこなかった。ようやく押し殺した声で、「……なんですって？」と発した。彼女はこちらを見つめ、私が前言を撤回するか、もしくは冗談だと明かすのを待っていた。しかし、私がそのどちらでもなく黙って立ち尽くすだけだったので、まるでスローモーションのように、彼女はその場に膝から崩れ落ちた。

こんなことをしてしまった自分に、ほとほと嫌気が差す。レイニーに謝罪しようか、それともなぐさめの言葉をかけようかと思いあぐねていると、外から悲鳴が聞こえてきた。私はレイニーと一瞬視線を交わしたが、彼女が狼狽(ろうばい)しているのがわかった。私たちの間のぎくしゃくした空気は、たちどころに吹き飛んだ。レイニーの心を貫く恐怖を共感できたのは、自分も同じように感じているからだ。おそらく彼女の脳裏にも、私と同様の疑問が浮かんでいるはず。あの悲鳴がロバートのものなのか、それともヘンリーが上げたのか、表で一体何が起きているのか――。

私は脱兎(だっと)のごとく寝室のドアに向かったが、レイニーの方が入り口の近くにいたので、彼女に先を越されてしまった。二人とも猛烈な勢いで階段を降り、ポーチへと急いだ。悲鳴は、家の横手から聞こえてくる。手すりを飛び越えた私は、着地の衝撃で足首に走った痛みを無視し、慌てて小屋の角を曲がった。途端に私の全身が凍りつき、足が止まる。

炎の防壁の一部が鎮火し、煙だけになっていた。黒煙の塊がもうもうと立ち込め、濃霧のように周囲を覆い尽くしている。煙霧の中で何かが渦巻くように蠢く様(さま)は、まるで幻想的な舞踏を見ているように美しかった。それが何なのかを悟るまでは。

奴らだ。屍たちがとうとう雪崩れ込んできたのだ。

炎の壁は破られた。

一度にあまりにも多くの考えが浮かび、それぞれが我先にと頭の中を支配しようとしたので、私の思考は完全に停止した。私のせいだ。もっと木材を火にくべておくべきだった。とはいえ、燃え種はほとんど残っていなかった。炎の防護壁を一定の高さに保つには、どうしても量が足りなかったのだ。私は松明を摑み、屍たちを打ち負かすべきだったのかもしれないが、奴らを食い止めておく炎がなくなった今、一体なんの意味があるだろうか。

あるいは、小屋に逃げ戻り、バリケードを築くべきだった。しかし、一階部分にはほとんど壁らしい壁は残っておらず、バリケードを築ける状態ではなかったのだ。

万事休すだ、と私は思った。もうおしまいだ。

だが、私は心の準備ができていなかった。

私は必死になってロバートを探した。だが、分厚い煙が邪魔をして、彼の姿はどこにも見つけられない。彼かと思っても、結局は奇妙な歩き方をする例の化け物たちだった。

あまりにも視界が悪く、生きている人間なのか、生きている死人なのか区別をつけることができない。

人間だとわかる唯一の手がかりは、叫び声だ。なぜなら、屍たちが発するのは、耳障りな唸り声だけだったからだ。

「ロバート！」

私は声の限りに名前を呼んだ。「ヘンリー！」

耳を澄ましても、聞こえてくるのは、奇妙なうめき声と、何かを引きずる湿り気のある音と、骨を鳴らしたときのような乾いた破裂音だけだ。突然、私の足元で誰かが倒れ、煙の塊が大きく揺れた。下を見た私の目に飛び込んできたのは、潰れた頭部だった。それは、しぼんだ風船のように、首からだらりと垂れ下がっている。次の瞬間、私はハッとした。そいつが着ている上着には見覚えがあった。私のジャケットではないか。案の定、その屍はルースだった。

彼女の後ろにヌッと立つ影が見え、私は身構えたが、それはロバートだった。両手には、木材が握りしめられており、その先端は血に濡れていた。彼の視線はこちらに向けられていたものの、おそらく私を見ていたのではないだろう。何かに集中している様子からして、その表情には残忍さが浮き彫りになっている。歯を剝き、何かに集中しているまたぎ、持っていた木材を高く上げた。私の目がたくましい腕の筋肉が張り詰めたのを捉えた次の瞬間、彼はルースの頭部目がけ、木材を思い切り振り下ろした。一度ではなく、二度、三度と。

ただでさえ半分削がれていたルースの顔はさらに破壊され、血と骨と何なのか考えたくもない頭の中身が飛び散った。私の脛(すね)に、生温かい飛沫(しぶき)が付着したのを感じた。思うに、この時点ですでに私は、暴力に対して慣れっこになっていたようだ。死人に対しても。だが、私は間違っていた。

　頭では、ルースがあいつらのひとりと化したことはわかっていたつもりだった。彼女が死んだのも理解していた。ルースは私たちを襲うしかできない化け物になってしまっていた。そして、ロバートに他の選択肢がなかったことも。奴らの動きを止めるには、頭を破壊するしかないのだ。

　彼は私たち――私――を守ろうとしていた。

だが、何ヶ月も思い焦がれてきた男性を見る限り、現実的な自己防衛手段を持たないであろう化け物に対する彼の攻撃は、あまりにも悪意に満ちていた。屍は、こちらが殴っても殴り返してはこないのに。私の中で嫌悪感が湧(わ)き上がり、急に息苦しくなった。

　顔を上げると、ロバートはまだルースにまたがったまま彼女を見下ろしていた。まるでガラスのような目――。その冷たさに私はゾクリとしたものの、瞬(まばた)きをする彼の顔の後ろに何かがいる気がして、さらに戦慄(せんりつ)が走った。彼の背後に迫りつつあったのは、中年の男だった。額の髪の生え際(ぎわ)は後退し、首には大きな穴が開いている。

「ロバート！」

　私の叫び声は頭の中でだけ響いた。過呼吸気味の私の喉から出たのは、吐息混じりのかすれ声だった。到底彼の耳には届かない、と思ったものの、彼は顔を上げ、私をまっすぐに見た。ところがその直後、男の指がロバートの肩を掴み、彼は目を剝いた。その瞳には凄まじい恐怖が浮かんでいた。次に何が起こるのか、彼は悟ったのだ。

　放心していた彼の感情が露わになった瞬間、私の中で何かが弾けた。

　以前の私だったら考えられない本能が顔を出し、自衛本能すら押しのけていた。私は勢いよく前に飛び出した。武器など何も持っていなかった。あるのは、素手と猛烈な怒りだけ。ロバートが男の手から逃れようと懸命にもがく中、私は中年の男に体当たりをした。できるだけ強く、相手の身体を押しやった。

　男は後方によろめくと同時に、今度は私を掴んだ。腕に相手の指を感じた。男の爪が腕の肉に食い込み、私は反射的に振りほどこうとしたものの、向こうの握力は驚くほど強かった。男はそのまま地面に尻餅をつき、私は引っ張られて相手の上に乗る形になった。転んだ拍子に互いの足がもつれ、簡単に離れられなくなっている。男はひどく飢えており、執拗に私に嚙みつこうとした。さらに、私の髪やシャツを掴もうと、やみくもに腕を伸ばしてくる。大きく開けた口からは、腐りかけた歯が見えていた。

　こちらも抵抗して相手を引っ掻いたが、無駄だった。拳で殴ったり、足で蹴ったりしても結果は同じだった。とはいえ、攻撃を避けるのはそれほど難しくはなかった。前腕を相手の喉に強く当てたまま、男の頭を地面に押さえつけていたのだ。こうすれば、嚙まれることもない。しかしその体勢は、相手の両手を自由にしてしまい、男は私のあちこちを掴み、顔に引き寄せようとしてくる。果たして、いつまでガチガチと音を立てる化け物の歯を避けていられるのかは、定かではなかった。

その時点で、私は純粋にパニックに陥っていた。誰かに助けを求めようと周囲を見渡したものの、厚く立ち込めた煙の中、他の者たちもそれぞれ屍たちとの死闘で手一杯のようだった。ロバートは、ナイトガウンを着た若い女性を振り払おうと必死で、ヘンリーは消防士のユニフォーム姿の二人と揉み合っている。

そこに、レイニーが駆け寄ってきた。彼女は手にした銃を構え、繰り返し引き金を引いた。無我夢中で発砲しているようだった。消防士のひとりが倒れると、レイニーは銃口を横にスライドさせてもうひとりも撃った。

私の下で横たわる男は相変わらず身悶えしており、私の腕は痺れ、押さえる力が弱まってきた。このままでは長く持たない。私は炎が上がっている場所に目を向けた。火のところまでは、一メートルくらいだろうか。燃えている椅子の脚を見つけた私は、心を決めた。一か八かだが、思い切った行動に出るしかない。手が火傷しようが、そんなことは構わなかった。問題なのはタイミングだ。

私は相手を押さえていた腕を離し、身を乗り出して火の中の椅子の脚を掴んだ。本当にほんのわずかの差で、起き上がってこちらに襲いかかろうとした男の顔にそれを突きつけた。化け物が炎でひるんだ隙に、椅子の脚を男の頭蓋に振り下ろし、何度も殴った。私は力が弱かったので、相手の頭の骨を叩き割ることはできなかったが、相手の猛攻から逃れるには十分だった。一度は男から離れたものの、私は再び椅子の脚を叩きつけた。念のために、さらにもう一回。

するると、男の髪に火が点いた。一度燃え出したら、あとは早かった。炎は服に移り、かつてはきっと高級だったに違いないい仕立てのいいスーツを舐め尽くしていく。ところが、炎に包まれても、男はまだ動きを止めなかった。よろめきながらも立ち上がり、こちらに向かってくるではないか。なんてしつこいのか！　どんなに暴力を振るわれても、噛みつこうとする行為をやめる気配は見えなかった。それが何よりも、私の恐怖を増殖させ、胸の中でどんどん重い塊になっていった。

そのとき、私はようやく理解した。この化け物たちには、人間性の欠片すら残っていない。つまり、まともなやり方で奴らを止める術はないのだ。論理的に説き伏せることも、交渉することも不可能。できることは、行動を遅らせることだけ。連中が迫ってきたら押し返し、また近寄ってきたら押し返す、の繰り返しで、そのうち人間側が体力の限界に達し、精神的にも根負けする。どんなに頑張っても、私たちの行く着く先にあるのは「死」。死ぬかどうかではなく、いつ死ぬかなのだ。

そう悟った瞬間、私は虚脱した。心に穴が開いたようだった。底なしの深淵がぽっかりと黒い口を開けている。そんな感じだった。私はその場にへたり込み、焼かれながら足を引きずって迫ってくる屍を見た。ふと、考えた。この男は生前、どんな人生を送っていたのだろうかと。かつては名前があり、家族も仕事もあったはずだ。彼の夢や希望、悪夢や野望、苦悩はなんだったのか。もちろん、彼に関することは何ひとつもわからない。永遠に。

でも、彼は今ここで化け物になっている。そのことだけは、私が知っている。

いつか私も、誰かに同じことを思われるのかもしれない。

私がやり残したこと。叶（かな）えたかったけれど諦めてきた全ての願い。不安、困惑、ためらいを感じたあらゆる局面。そんなものは何ひとつ問題ではない。

ここに至るまでの全ての日々、時間、一瞬一瞬をいかに無駄に過ごしてきたかを、私は今、とことん思い知らされていた。できることなら、時間を巻き戻したい。

もう後悔はしたくなかった。

だから、せめて最後まで戦おう。

私は両足で立ち、男に蹴りを入れた。後方に飛ばされた相手は火の中に背中から倒れ、だらんと四肢（しし）を伸ばしている。炎はほぼ全身に広がりつつあり、もはや筋肉が言うことを聞かない状態のはずだ。まだ立ち上がろうともがいていたものの、実際に起き上がれることはないだろう。男はすっかり弛緩（しかん）し、他の木材と一緒に火の燃料と化した。

火の点いた椅子の脚を掲げ、私は吸い込まれるように炎に近づいていった。そいつを覗き込もうとしたそのとき、誰かに摑まれ、後ろにぐいと引き寄せられた。何も考える間もなかった。椅子の脚が手から離れ、地面に落ちていく。私の両手が胸元に押さえつけられたまま、背後から伸びた誰かの腕の中に抱えられていた。

耳元に相手の口が近づき、歯がかすめるのを感じた私は激しく抵抗した。食われるのは耳？　それとも首？　ほとんどパニックになりかけたとき、私は言葉がささやかれたのがわかった。私に話しかけている？　ならば、私を捕まえているのは例の化け物ではなく、人間だ。

「静かにして、カーソン。もう大丈夫だ」

ああ、この声は！　相手は同じささやきを繰り返した。その言葉が私の中に深く染み込み、意味を理解するまで。私はもがくのをやめたが、彼の腕はまだ私を固く抱きしめ続けている。

私はこのまま腕を離さないでほしいと思った。それは、相手がロバートだからではなく、呼吸をするたび上下する彼の胸の動きを背中で感じ、彼もまた私と同じ恐怖を経験しているのだと悟ったからだ。私はひとりぼっちなんかじゃない――。

私は瞬きをし、辺りの状況を把握しようと試みた。地面に転がり、動かなくなった屍たちの多くは、頭部が潰されているか、凄まじいまでに殴打されている。ヘンリーは死体を見下ろして立ちすくんでおり、その手には、血がべっとりと付着した木材が握られていた。その後方では、レイニーが家の壁に寄りかかって震えている。抱えたショットガンの銃口は、下に向けられていた。

死者たちの流入は止まっていた。私が火の中に押し倒した男が、大きな炎を上げて燃えている。消えかかっていた火が、思わぬ形で勢いを取り戻したのだ。

そうか。私は合点がいった。

「死体は燃えるのよね。火葬にするくらいなんだから」

そうつぶやいた私の背後で、ロバートが言った。

「燃料には困らないってことだな」

私は声を上げて笑った。なんてことだろう。私たちの一番の脅威が、私たちの窮地を救うことになろうとは。つまり、死者たちがやってくる限り、私たちの安全は確保されるのだ。

「もう大丈夫だ」

ロバートはもう一度言った。その声は、耳にかかる吐息と同じくらい柔らかだった。私は笑いながら、泣いていた。恐怖の後に安堵が一気に押し寄せてきたからだ。

彼はまだ背後から私を抱きしめていたが、私の手を自由にしてくれた。彼は深呼吸をし、私は目の前の光景に眉をひそめた。あの男を撃退すべく手に取った椅子の脚は、まだ地面で燃えている。私の手のひらと指は火傷で赤くただれていた。今、痛みは感じないが、そのうち焼けつくような疼痛が襲ってくるだろう。痛みなど平気だ。少なくとも、生きている証なのだから。ヘンリーは、倒れている死体のひとつに近寄り、炎の中へと引きずっていく。もはや燃料でしかないとわかっていても、本能的に私は顔を背けた。死者たちを木材代わりの単なる可燃物だと割り切って考えられれば、ずっと楽なのだろうが、それはどこか不公平な気がしてしまう。ある意味、彼らに助けてもらっている状況であるし、化け物になる前の彼らは私たちと同じ人間だったのだ。かつては名前も願いも希望も持っていた、普通の人々だった。

私のように。私には、まだ自分自身として行動する時間がある。

ロバートの腕が緩み、私はクルリと回って彼と向き合った。胸に抱かれたまま自分の身体を押しつけると、彼の心臓の鼓動を肌で感じた。ロバートがハッとしたのがわかったが、私はつま先立ちになり、火傷していない方の手で彼の顔を引き寄せ、唇を重ねた。不思議と全くためらわなかった。

不安を感じなかったといったら嘘になる。だが、長い間待ち焦がれていた瞬間だった。

身を離したとき、こちらを見下ろす彼の表情から、驚きと困惑が見てとれた。私は頬がかっと熱くなるのを感じたものの、視線をそらしたりはしなかった。少なくとも数秒間は。

レイニーの声に、私は我に返った。彼女は腕組みをし、片眉を上げてこちらを睨んでいる。

「どういうつもり？」

私は口を結び、ロバートが返事をするのを待った。彼は私のキスに応えるわけでもなく、かといって私を突き放しもしなかった。だから、正直なところ、相手の本心はわからない。ロバートは私を見ていたが、口角がゆっくりと持ち上がり、破顔した。そして、照れ臭そうに首をすくめた。

ヘンリーは目を丸くして、作業の手を止めている。レイニーは呆れたように片手を振り上げ、「ふん、どうだっていいわ」と言い放ってヘンリーの手伝いを始めた。すでに炎は以前よりも高く上がっており、熱い空気が風に乗って漂ってくる。目前まで迫っていた死者たちは、火の勢いに恐れをなしたのか、ずっと後退していた。

「こんなことしたって、何も変わらないのよ。わかってるの？」

レイニーがこちらに話しかけていると気づき、私は彼女に顔を向けた。彼女は死体を蹴って火にくべ、さらに言った。「私がさっきまで言っていたことは、今でも全部正しいわ」

ロバートは最後には自分のところに戻ってくると、レイニーは言いたいのだろうか。彼女たちが別れたことに、なんら変わりはない。憧れの彼とキスができた興奮で得た輝きを保とうとしたが、それは難しかった。どんよりとした暗雲がまた心を覆い尽くそうとしている。

私の笑顔を消し去ることができ、レイニーはまるで勝者のような笑みを見せた。

物事は同じように続いていくしかないのだ。私たちは安全を確保したかに見えたものの、それでもなお、ここから逃げ出せるわけではない。奇妙なうめき声を上げて足を引きずって歩く死者たちに、いつまでも取り囲まれたままだ。そう、私たちに永遠に離れられない。歩く屍と、焼却される死体が放つ、べたつくような甘い香りからは——。

OF THE
DEAD

【訳】阿部清美 Kiyomi Abe

翻訳家。映画雑誌、ムックなどで翻訳、執筆を手掛ける。主な翻訳書に『24 CTU 機密記録』シリーズ、『メイキング・オブ・「トワイライト 〜 初 恋 」』『24 TWENTY FOUR THE ULTIMATE GUIDE』『ジェームズ・キャメロンのタイタニック【増補改訂版】』『だれもがクジラを愛してる。』『サイレントヒル リベレーション』〈タイラー・ロックの冒険〉シリーズ（竹書房 刊）、『アサシン クリード 預言／血盟』（ヴィレッジブックス 刊）、『ギレルモ・デル・トロ 創作ノート 驚異の部屋』『ギレルモ・デル・トロの怪物の館 映画・創作ノート・コレクションの内なる世界』（DU BOOKS 刊）などがある。

NIGHTS OF THE LIVING DEAD

ナイツ・オブ・ザ・リビングデッド　死者の章

Nights of The Living Dead：An Anthology

２０１７年１２月１日　初版第一刷発行

著………… ジョナサン・メイベリー、ジョージ・A・ロメロ
訳…………………………………………………… 阿部清美
編集協力…………………………………………… 大木志暢
ブックデザイン…………………………………… 石橋成哲
本文組版…………………………………………… ＩＤＲ

発行人……………………………………………… 後藤明信
発行所……………………………………… 株式会社竹書房
〒102-0072　東京都千代田区飯田橋２－７－３
電話　03-3264-1576（代表）
03-3234-6208（編集）
http://www.takeshobo.co.jp
印刷・製本………………………………… 凸版印刷株式会社

ISBN978-4-8019-1273-1　C0197
Printed in JAPAN